本色文丛·柳鸣九 主编

独特生涯

王 火/著

海天出版社（中国·深圳）

图书在版编目（CIP）数据

独特生涯 / 王火著. —深圳：海天出版社，2019.4

（本色文丛）

ISBN 978-7-5507-2574-4

Ⅰ.①独… Ⅱ.①王… Ⅲ.①散文集—中国—当代 Ⅳ.①I267

中国版本图书馆CIP数据核字（2019）第005880号

独特生涯
DUTE SHENGYA

深圳出版发行集团
海天出版社

出 品 人	聂雄前
策划编辑	林星海
项目负责人	韩海彬
责任编辑	韩海彬
责任校对	万妮霞
责任技编	梁立新
装帧设计	深圳斯迈德设计 0755-83144228

出版发行	海天出版社
地　　址	深圳市彩田南路海天大厦（518033）
网　　址	www.htph.com.cn
订购电话	0755-83460397（批发）　0755-83460397（邮购）
印　　刷	深圳市新联美术印刷有限公司
开　　本	787mm×1092mm　1/32
印　　张	11.25
字　　数	187千
版　　次	2019年4月第1版
印　　次	2019年4月第1次
定　　价	50.00元

海天版图书版权所有，侵权必究。
海天版图书凡有印装质量问题，请随时向承印厂调换。

　　王火（王洪溥）1924年生于上海，1948年毕业于复旦大学新闻系，做过陈望道先生助教及记者。中华人民共和国成立后，在沪、京、蓉参与创办两家出版社和三个杂志社。任团长出席过国际作家会议，并出访中国台湾及欧洲多国，现为中国作协荣誉委员、四川版协名誉主席。作品屡屡得奖，长篇小说《战争和人》三部曲获国家图书奖及茅盾文学奖。

总序：学者散文漫议

◎ 柳鸣九

"本色文丛"现已出版三辑，共二十四种书，在不远的将来，将出齐五辑共四十种书。作为一个散文随笔文化项目，已经达到了一定的规模，也大致上形成了自己的特色：一是以"有作家文笔的学者"与"有学者底蕴的作家"为邀约对象，而由于我个人的局限性，似乎又以"有作家文笔的学者"为数更多；二是力图弘扬知性散文、文化散文、学识散文，这几者似乎可统称为"学者散文"。

前一个特点，完全可以成立，不在话下，你们邀哪些人相聚，以文会友，这是你们自家的事，你们完全可以采取任何的称呼，只要言之有据即可。何况，看起来的确似乎是那么回事。

但关于第二个特点，提出"学者散文"这个概念本身就是易于带来若干复杂性的问题，要说明清楚本就不容易，要论证确切更为麻烦，而且说不定还会有若干纠缠需要澄清。所有这些，就不是你们自己的事，而是大家关心的事了。

在这里，首先就有一个定义与正名的问题：究竟何谓"学者散文"？在局外人看来，从最简单化的字面上的含义来说，"学者散文"大概就是学者写的散文吧，而不是生活中被称为"作家"的那些爬格子者、敲键盘者所写的散文。

然而实际上，在散文这个广大无垠的疆土上活动着的人，主要还是被称为作家的这一个写作群体，而不是学者。再一个明显的实际情况就是，在当代中国散文的疆域里，铺天盖地、遍野开花的毕竟是作家这一个写作者群体所写的散文。

那么，把涓涓细流的"学者散文"汇入这个主流，统称为散文不就得了嘛，何必另立旗号？难道你还奢望喧宾夺主不成？进一步说，既然提出了"学者散文"之谓，那么，写作者主流群体所写的散文究竟又叫什么散文呢？虽然在中外古典文学史中，甚至在20世纪前50年的中国文学界中，写散文的作家，大多数都同时兼为学者、学问家，或至少具有学者、学问家的素质与底蕴。只是在近半个多世纪以来的中国文学界中，同一个人身上作家身份与学者身份互相剥离，作家技艺与学者底蕴不同在、不共存的这种倾向才越来越明显。我们注意到这种现实，我们尊重这种现实，那么，且把近半个多世纪以来由纯粹的作家（即非复合型的写作者）创作的遍地开花的散文作品，称为"艺术散文"，可乎？

似乎这样还说得过去，因为，纯粹意义上的作家，都是致力于创作的，而创作的核心就是一个"艺"字。因此，纯粹意义上的作家,就是以艺术创作为业的人,而不是以"学"为业的人,把他们的散文称为艺术散文,既是一种应该,也是一种尊重。

话不妨说回去,在我的概念中,"学者散文"一词其实是从写作者的素质与条件这个意义而言的。"素质与条件",简而言之,就是具有学养底蕴、学识功底。凡是具有这种特点、条件的人,所写出的具有知性价值、文化品位与学识功底的散文,皆可称"学者散文"。并非强调写作者具有什么样的身份,在什么领域中活动,从事哪个职业行当,供职于哪个部门……

以上说的都是外围性的问题,对于外围性的问题,事情再复杂,似乎还是说得清楚的,但要往问题的内核再深入一步,对学者散文做进一步的说明,似乎就比较难了。具体来说,究竟何为"学者散文"?"学者散文"究竟具有什么特点?持着什么文化态度?表现出什么风格姿态?敝人既然闯入了这个文艺白虎堂,而且受托张罗"本色文丛"这个门面,那也就只好硬着头皮,提供若干思索,以就教于文坛名士才俊、鸿儒大家了。

说到为文构章,我想起了卞之琳先生的一句精彩评语,那时我刚调进外文所,作为他的助手,我有机会听到卞公对文章进行评议时的高论妙语。有一次他谈到一位年轻笔者的时候,用幽默调侃的语言评价说:"他很善于表达,可惜没什么可表达的。"说话风趣幽默，针砭入木三分。不论此评语是否完全准确，但他短短一语毕竟道出了为文成章的两大真谛：一是要有可供表达、值得表达的内容，二是要有善于表达的文笔。两者缺一不可，如果两者具备，定是珠联璧合的佳作。这个道理，看起来很简单、很朴素，甚至看起来算不上什么道理，但的的确确可谓为文成章的"普世真理"、当然之道。对散文写作，亦不例外。

就这两个方面来说，有不同素养的人、有不同优势与长处的人，各自在不同的方面肯定是有不同表现的，所出的文字，自然会有不同的特点与风格。一般来说，艺术创作型的写作者，即一般所谓的作家，在如何表达方面无一不具有一定的实力与较熟练的技巧。且不说小说、诗歌与戏剧，只以散文随笔而言，这一类型的写作者，在语言方面，其词汇量也更多更大，甚至还能进而追求某种语境、某种色彩、某种意味；在谋篇布局方面，烘托铺垫、起承转合、舒展伸延、跌宕起伏、统筹安排、井然有序。所有这些，在中华文章之道中本有悠久传统、丰富经验，如今更是轻车熟路，掌握自如；在描写与叙述方面，不论是描写客观的对象还是自我，哪怕只是描写一个细小的客观对象，或者描写自我的某一段平常而普通的感受，也力求栩栩如生、细致入微，点染铺陈，提高升华，不怕你不受感染，不怕你不被感动；在行文上，则力求行云流水，妙笔生花，文采斐然，轻灵跃动；在阅读效应上，也更善于追求感染力效应的最大化，宣传教育效应的最大化，美学鉴赏效应的最大化。总而言之，读这一种类型的散文是会有色彩缤纷感的，是会有美感的，是会有愉悦感的，而且还能引发同感共鸣，或同喜或同悲，甚至同慷慨激昂、同心潮澎湃……

我以上这些浅薄认识与粗略概括是就当代与学者散文有所不同的主流艺术散文而言的，也就是指生活中所谓的纯粹作家的作品而言的。我有资格做这种概括吗？说实话，心里有些发虚，因为我对当代的散文，可以说是没有多少研究，仅限于肤表的认识。

在这里，我不得不对自己在散文阅读与研习方面的基础，做出如实的交代：实事求是地说，20世纪前50年的散文我还算读过不少，鲁迅、茅盾、冰心、沈从文、朱自清、俞平伯、老舍、徐志摩、郁达夫、凌叔华、胡适、林语堂、周作人等人的散文作品，虽然我读得很不全，但名篇、代表作都读过一些。这点文学基础是我从中学教科书、街上的书铺、学校的图书馆，以至后来在北大修王瑶的中国现代文学史期间完成的。在大学，念的是西语系，后又干外国文化研究这个行当，从此，不得不把功夫都用在读外国名家名作上面去了。就散文作品而言，本专业的法国作家作品当然是必读的：从蒙田、帕斯卡尔、笛卡儿、伏尔泰、狄德罗、卢梭，到夏多勃里昂、雨果、都德，直到20世纪的马尔罗、萨特、加缪等。其他专业的作家如英国的培根、德国的海涅、美国的爱默生、俄国的屠格涅夫等人的作品，也都有所涉猎。但我对中国20世纪50年代以后的半个多世纪以来的散文随笔就读得少之又少了，几乎是一穷二白。承深圳海天出版社的信任，张罗"本色文丛"，这对我来说，实在是"专业不对口"，只是为了把工作做得还像个样子，才开始拜读当代文坛名士高手的散文随笔作品。有不少作家的确使我很钦佩，他们在艺术上的讲究是颇多的，技艺水平也相当高，手段也不少，应用得也很熟练，读起来很舒服，很有愉悦感，很有美感。

不过，由于我所读的中国现代文学中的散文名家，以及外国文学中的散文作家，绝大部分都是创作者与学者两重身份相结合型的，要么是作家兼学者，要么就是我所说的"有学者底蕴的作家"，"近朱者赤近墨者黑"，耳濡目染，自然形成我对散文随笔中思想底蕴、学识修养、精神内容这些成分的重视，这样，不免对当代某些纯粹写作型的散文随笔作家，多少会有若干不满足感、欠缺感。具体来说，有些作家的艺术感以及技艺能力、细腻的体验感受，固然使人钦佩，但是往往欠于思想底气、学养底蕴、学识储蓄，更缺隽永见识、深邃思想、本色精神、人格力量，这些对散文随笔而言，恰巧是至关重要的东西。当然，任何一篇散文作品是不可能没有思想，不可能不发表见解的，但在一些作家那里，却往往缺少深度、力度、隽永与独特性。更令人失望的是，有些思想、话语、见识往往只属于套话、俗话甚至是官话的性质,这在一个官本位文化盛行的社会里是自然的、必然的。总而言之,往往缺少一种独立的、特定的、本色的精气神,缺乏一种真正特立独行而又具有普遍意义的人文精神。

以上这种情况已经露出了不妙的苗头,还有更帮倒忙的是艺术手段、表现技艺的喧宾夺主,甚至是技艺的泛滥。表现手段本来是件好事,但如果没有什么可表现的,或者表现的东西本身没有多少价值,没有什么力度与深度,甚至流于凡俗、庸俗、低俗的话,那么这种表现手段所起的作用就恰好适得其反了。反倒造成装腔作势、矫揉造作、粉饰作态、弄虚作假的结果。应该说,技艺的讲究本身没有错,特别是在小说作品中,乃至在戏剧作品中,是完全适用的,也是应该的,但偏偏对于散文这样一种直叙其事、直抒胸臆的文体来说,是不甚相宜的。若把这些技艺都用在散文中间的话,在我们的眼前,全是丰盛的美的辞藻,全是绵延不断、绝美动人的文句,全是至美极雅的感受,全是绝美崇高的情感……在我看来,美得有点过头,美得叫人应接不暇,美得叫人透不过气来,美得使人有点发腻。对此,我们虽然不能说这就是"善于表现,可惜没有什么好表现的",但至少是"善于表现"与"可表现的"两者之间的不平衡,甚至是严重失衡。

平衡是万物相处共存的自然法则,每个物种、每个存在物都有各自的特点,既有优也有劣,既有长也有短,文学的类别亦不例外。艺术散文有它的长处,也必然有与其长处相关联的软肋。对我们现在要说道说道的学者散文,情形也是这样。学者散文与艺术散文,当然有相当大的不同,即使说不上是泾渭分明,至少也可以说是各有不同的个性。我想至少有这么两点:其一,艺术散文在艺术性上,一般地来说,要多于高于学者散文。在这一点上,学者散文有其弱点,但不可否认,这也是学者散文的一个特点。显而易见,在语言上,学者散文的词汇量,一般地来说,要少于艺术散文。至于其色彩缤纷、有声有色、精细入微的程度,学者散文显然要比艺术散文稍逊一筹;在艺术构思上,虽然天下散文的结构相对都比较简单,但学者散文也不如艺术散文那么有若干讲究;在艺术手段上,学者散文不如艺术散文那样多种多样、花样翻新;在阅读效果上,学者散文也往往不如艺术散文那么有感染力,能引起读者的悦读享受感,甚至引起共鸣的喜怒哀乐。其二,这两个文学品种,之所以在表现与效应上不一样,恐怕是取决于各自的写作目的、写作驱动力的差异。艺术散文首先是要追求美感,进而使人感染、感动,甚至同喜怒;学者散文更多的则是追求知性,进而使人得到启迪、受到启蒙、趋于明智。

这就是它们各自的特点,也是它们各自的长处与短处。这就是文学物种的平衡,这就是老天爷的公道。

讲清楚以上这些问题之后，我们再专门来说说学者散文，也许就会比较顺当了，我们挺一挺学者散文，也许就不会有较多的顾虑了。那么，学者散文有哪些地方可以挺一挺呢？

近几年来，我多多少少给人以"力挺学者散文"的印象。是的，我也的确是有目的地在"力挺学者散文"，这是因为我自己涂鸦出来的散文，也被人归入学者散文之列，我自己当然也不敢妄自菲薄，这是我自己基于对文学史和文学实际状况的认知。

从文学史的发展来看，无论中外，散文这一古老的文学物种，一开始就不是出于一种唯美的追求，甚至不是出于一种对愉悦感的追求；也不是为了纯粹抒情性、审美性的需要，而往往是由于实用的目的、认知的目的。中国最古老的散文往往是出于祭祀、记述历史，甚至是发布公告等社会生活的需要，不是带有很大的实用性，就是带有很大的启示性、宣告性。

在这里，请容许我扯虎皮拉大旗，且把中国最早的散文文集《左传》也列为学者散文型类，来为拙说张本。《左传》中的散文几乎都是叙事：记载历史、总结经验、表示见解，而最后呈现出心智的结晶。如《曹刿论战》，从叙述历史背景到描写战争形式以及战役的过程，颇花了一些笔墨，最终就是要说明一个道理："夫战，勇气也。一鼓作气，再而衰，三而竭。"我不敢说曹刿就是个学者，或者是陆逊式的书生，但至少是个儒将。同样，《子产论政宽猛》也是叙述了历史背景、政治形势之后,致力于宣传这一高级形态的政治主张:"政宽则民慢,慢则纠之以猛,猛则民残,残则施之以宽。宽以济猛,猛以济宽,政是以和。"此一政治智慧乃出自仲尼之口,想必不会有人怀疑仲尼不是学者,而记述这一段历史事实与政治智慧的《左传》的作者,不论是传说中的左丘明也好,还是妄猜中的杜预、刘歆也罢,这三人无一不是学者,而且就是儒家学者。

再看外国的文学史,我们遵照大政治家、大学者、大诗人毛泽东先生的不要"言必称希腊"遗训,且不谈柏拉图与亚里士多德,仅从近代"文艺复兴"的曙光开始照射这个世界的历史时期说起,以欧美散文的祖师爷、开拓者,并实际上开辟了一个辉煌的散文时代的几位大师为例,英国的培根,法国的蒙田,以及美国的爱默生,无一不是纯粹而又纯粹的学者。说他们仅是"学者散文"的祖师爷是不够的,他们干脆就是近代整个散文的祖师爷,几乎世界所有的散文作者都是在步他们的后尘。只是后来由于各种复杂的历史原因,到了我们的现实生活里,才有艺术散文与学者散文的不同支流与风格。

这几位近代散文的开山祖师爷,他们写作散文的目的都很明确,不是为了抒情,不是为了休闲,不是为了自得其乐,而都是致力于说明问题、促进认知。培根与蒙田都是生活在欧洲历史的转变期、转型期,社会矛盾重重,现实状态极其复杂。在思想领域里,以宗教世界观为主体的传统意识形态已经逐渐失去其权威，"文艺复兴"的人文主义思潮与宗教改革的要求，正冲击着旧的意识形态体系，推动着历史的发展。他们都是以破旧立新的思想者的姿态出现的，他们的目标很明确，都是力图修正与改造旧思想观念，复兴人类人文主义的历史传统，建立全新的认知与知识体系。培根打破偶像，破除教条，颠覆经院哲学思想，提倡对客观世界的直接观察与以实验为基础的科学方法，他的散文几乎无不致力于说明与阐释，致力于改变人们的认知角度、认知方法，充实人们的认知内容，提高人们的认知水平。仅从其散文名篇的标题，即可看出其思想性、学术性与文化性，如《论真理》《论学习》《论革新》《论消费》《论友谊》《论死亡》《论人之本心》《论美》《说园林》《论愤怒》《论虚荣》，等等。他所表述所宣示的都是出自他自我深刻体会、深刻认知的真知灼见，而且，凝聚结晶为语言精练、意蕴隽永、脍炙人口的格言警句，这便是培根警句式、格言式的散文形式与风格。

蒙田的整个散文写作，也几乎是完全围绕着"认知"这个问题打转的，他致力于打开"认知"这道门、开辟"认知"这一条路，提供方方面面、林林总总的"认知"的真知灼见。他把"认知"这个问题强调到这样一种高度，似乎"认知"就是人存在的最大必要性，最主要的存在内容，最首要的存在需求。他提出了一个警句式的名言："我知道什么呢？"在法文中，这句话只有三个字，如此简短，但含义无穷无尽。他以怀疑主义的态度提出了一个对自我来说带有根本意义的问题：对自我"知"的有无，对自我"知"的广度、深度和力度，提出了根本性的质疑；对自我"知"的满足，对自我"知"的权威，对自我"知"的武断、专横、粗暴、强加于人，提出了文质彬彬、谦逊礼让，但坚韧无比、尖锐异常的挑战。如果认为这种质疑和挑战只是针对自我的、个人的蒙昧无知、混沌愚蠢、武断粗暴的话，那就太小看蒙田了，他的终极指向是占统治地位的宗教世界观、经院哲学，以及一切陈旧的意识形态。如此发力，可见法国人的智慧、机灵、巧妙、幽默、软里带硬、灵气十足，这样一个软绵绵的、谦让的姿态，在当时，实际上是颠覆旧时代意识形态权威的一种宣示、一种口号，对以后几个世纪，则是对人类求知启蒙的启示与推动。直到20世纪，"Que sais‐je"这三个简单的法文字，仍然带有号召求知的寓意，在法国就被一套很有名的、以传播知识为宗旨的丛书，当作自己的旗号与标示。

在散文写作上，蒙田如果与培根有所不同，就在于他是把散文写作归依为"我知道什么呢？"这样一个哲理命题，收归在这面怀疑主义的大旗下，而不像培根旗帜鲜明地以打破偶像、破除教条为旗帜，以极力提倡一种直观世界、以科学实验为基础的认知论。但两人的不同，实际上不过是殊途同归而已，两人的"同"则是主要的、第一位的。致力于"认知"，提倡"认知"便是他们散文创作态度的根本相同点。值得注意的是,在他们的笔下,散文无一不是写身边琐事,花木鱼虫、风花雪月、游山玩水,以及种种生活现象;无一不是"说""论""谈"。而谈说的对象则是客观现实、社会事态、生活习俗、历史史实,以及学问、哲理、文化、艺术、人性、人情、处世、行事、心理、趣味、时尚等,是自我审视、自我剖析、自我表述,只不过在把所有这些认知转化为散文形式的时候,培根的特点是警句格言化,而蒙田的方式是论说与语态的哲理化。

从中外文学史最早的散文经典不难看出,散文写作的最初宗旨,就是认识、认知。这种散文只可能出自学者之手,只可能出自有学养的人之手。如果这是学者散文在写作者的主观条件方面所必有的特点的话,那么学者散文作为成品、作为产物,其最根本的本质特点、存在形态是什么呢?简而言之,就是"言之有物",而不是"言之无物"。这个"物"就是值得表现的内容,而不是不值得表现的内容,或者表现价值不多的内容,更不是那种不知愁滋味而强说愁的虚无。总之,这"物"该是实而不虚、真而不假、厚而不浅、力而不弱,是感受的结晶,是认知的精髓,是人生的积淀,是客观世界、历史过程、社会生活的至理。

既然我们把"言之有物"视为学者散文基本的存在形态,那就不能不对"言之有物"做更多一点的说明。特别应该说明的是,"言之有物"不是偏狭的概念,而是有广容性的概念;这里的"物",不是指单一的具体事物或单一的具体事件,它绝非具体、偏狭、单一的,而是容量巨大、范围延伸的:

就客观现实而言,"言之有物",既可是现实生活内容,也可是历史的真实。

就具体感受而言,"言之有物",是言之由具象引发出来的实感,是渗透着主体个性的实感,是情境交融的实感,特定际遇中的实感,有丰富内涵的实感,有独特角度的实感,真切动人的实感,足以产生共鸣的实感。

就主体的情感反应而言,"言之有物",是言之有真挚之情,哪怕是原始的生发之情。是朴素实在之情,而不是粉饰、装点、美化、拔高之情。

就主体的认知而言,"言之有物",首先是所言、所关注的对象无限定、无疆界、无禁区,凡社会百业、人间万物,无一不可关注,无一不应关注,一切都在审视与表述的范围之内。这一点固然重要,但更为重要的是,对关注与表述的对象所持的认知依据与标准尺度,是符合客观实际的,是遵循科学方法的。更更重要的是,要有独特而合理的视角,要有认知的深度与广度,有证实的力度与相对的真理性,有耐久的磨损力,有持久的影响力。这种要求的确不低,因为言者是科学至上的学者,而不是感情用事的人。

就感受认知的质量与水平而言,"言之有物",是要言出真知灼见、独特见解,而非人云亦云、套话假话连篇。"言之有物",是要言出耐回味、有嚼头、有智慧灵光一闪、有思想火光一亮的"硬货",经久隽永的"硬货"。

就精神内涵而言,"言之有物",要言之有正气,言之有大气,言之有底气,言之有骨气。总的来说,言之要有精、气、神。

最后,"言之有物",还要言得有章法、文采、情趣、风度……你是在写文章,而文章毕竟是要耐读的"千古事"!

以上就是我对"言之有物"的具体理解,也是我对学者散文的存在实质、存在形态的理念。

我们所力挺的散文,是"言之有物"的散文,是朴实自然、真实贴切、素面朝天、真情实感、本色人格、思想隽永、见识卓绝的散文。

我们之所以要力挺这样一种散文,并非为了标新立异、另立旗号,而是因为在当今遍地开花的散文中,艳丽的、娇美的东西已经不少了;轻松的、欢快的、飘浮的东西已经不少了;完美的、理想的东西已经不少了……"凡是存在的,必然是合理的",请不要误会,我不是讲这些东西要不得,我完全尊重所有这些的存在权,我只是说"多了一点"。在我看来,这些东西少一点是无伤大雅、无损胜景、无碍热闹欢腾的。

然而相对来说,我们更需要明智的认知与坚持的定力,而这种生活态度,这种人格力量,只可能来自真实、自然、朴素、扎实、真挚、诚意、见识、学养、隽永、深刻、力度、广博、卓绝、独特、知性、学识等精神素质,而这些精神素质,正是学者散文所心仪的,所乐于承载的。

2016 年 9 月 20 日完稿

目录
CONTENTS

回忆录

香港回忆录 ·· 2

刻骨铭心的"孤岛"岁月 ·························· 64

我经历的"最后一课"
——记东吴附中王佐才老师 ·················· 75

漫漫险路西行记
（1942年7月—1942年9月）················ 92

岁月留下回声
（1946年2月—1948年冬）················ 149

见证录

见证公审冈村宁次 ································ 184

南京大屠杀与公审谷寿夫	193
战犯酒井隆伏法详记	217
访江湾战俘营和虹口日侨	221

难忘录

我为陈望道先生当助手	234
当年采访于右任	248
记忆中的胡适	255
难忘萧乾	266
忆我的老师（范烟桥、程小青）	279

讲述录

现实世界中的作家
——在第 34 届国际作家会议上的讲话 …… 286

有助于历史的前进
——1998 年 4 月 20 日在北京人民大会堂第四届
茅盾文学奖北京颁奖大会上的讲话 …… 290

面对文学的思索

　——率大陆作家代表团16人访台，1999年5月1日在台湾

　　中山大学"两岸文学研讨会"结束时的讲话 …… 294

答中央电视台主持人白岩松问 ………………………… 300

地震日记

　——四川汶川大地震我在成都 ………………………… 305

回忆录

香港回忆录

抗日战争时的印象

1937年"七七""八一三"战争爆发后,从8月15日开始,日寇飞机就开始猛烈轰炸南京。我随家离南京到安徽,又由安徽省会安庆坐船到达武汉。在武汉住了些日子,由于日机不断轰炸,父亲从武汉坐飞机直接飞到香港,我随后母汪淑晴及她的贴身女佣阿妹坐广九路的火车由武昌到广州经九龙抵达香港。

那时,去香港很方便,无须办什么手续和证件,可以自由出入。

香港,这块英国人从清廷手中硬割去的中国领土,曾被他们自豪地叫作"女王皇冠上的宝石",由英国派出的香港总督治理。总督府是一幢米白色的漂亮大建筑物,里面高高飘扬着大英帝国的国旗,人都对它侧目而视。大英帝国当时像一个世界上最大的地主,统治着许许多多殖民地,自称为"日不落帝国"。像印度、巴基斯坦、斯里兰卡(锡兰)、缅甸、澳大利亚、加拿大等那时都是英国的殖民地,在第二次世界大战结束后,才陆续独立。

公元前111年,当汉朝将沿海土地纳入版图时,香港、九龙就是中国的一部分。但清朝后期两次鸦片战争决定了香港被殖民统治的命运。1840年6月英国舰队占领港岛,一年后宣布这里是"自由港"。从此,英国将大量鸦片由此运入中国内地毒害中国人民。1842年,第一次鸦片战争后英国迫使清廷签订《南京条约》,割占了香港。1843年设立了总督府。1860年第二次鸦片战争后,港英当局迫使清廷签订《北京条约》,将割占范围扩大到九龙半岛。1898年又强迫清廷展拓香港界址,"租借"了沙头角到深圳湾以南及九龙半岛界限街以北的大片土地,为期99年。从此,香港即被英国殖民统治。

熟悉"十里洋场"上海的我,初到香港,觉得香港比上海小得多,整体上也不如上海繁华,香港对海岸的九龙就比香港更差一些。从当时的眼光看,香港的皇后大道比较欧化,显得漂亮,德辅道商店较多,行人也多。九龙的弥敦道一带漂亮洁净,但没有繁华的感觉。只是,香港和九龙远离战火,没有轰炸,是一幅升平景象。

香港和九龙隔海相望。维多利亚海港是著名的深水港。巨大的几万吨级的大轮船也能驶入,各式各样的船只在行驶或停泊。有干净的轮渡从香港随时可以渡海到九龙,从九龙也随时可以驶回来,不但方便而且便宜。为什么我那时觉得香港很小呢?主要是那时香港还没有"填海造地",自然显得不大;又因为那时香港、九龙的建设还不像现在。现在的香港,那么多密密麻麻的高楼大厦,气势自然雄伟,占有的空间也使人在观感上形成高大的印象。当然,那时的港九也给我一种人们忙忙碌碌的印象。港九的交通是方便的,飞机的航线四通八达,可到欧美也可到内地,大型的船舰也可到欧美、南洋或日本、中国内地。九龙有铁路通往广州转向内地。由香港到澳门的小轮船一天有好几班,因为澳门当时是被称为"东方蒙地卡罗"的赌城。世界各国的赌徒都愿去试试运气。

我们到香港后,第一件事就是兑换港币。初到时,一百元法币可以兑换九十八元港币。兑换价随行情浮动。街上一些小烟纸杂货店都兼带兑换港币,收一点贴水中间费。后来,随着抗日战场上战事失利,法币慢慢贬值,一百元换八十多元。但1937年始终维持在一百元换九十几元。港币有"一仙"(即一分)的铜币,也有五仙、一毫(即一角)、二毫及一元(粤语叫一元为"一蚊")、二元的银币,此外,就是一元、五元、十元、五十元及一百元的纸币。铜币、银币、纸币上都有维多利亚女王的侧面头像，有的货币上也有乔治五世及六世的侧面头像。

1937年时的香港，缺少今天那么多巍峨林立的摩天大楼和高层建筑。那时，毕打街僻静，砵町乍街狭小拥挤，铜锣湾乱糟糟，浅水湾荒凉；最繁华热闹的是皇后大道，其次是德辅道。当然，赛马日在跑马地一带也是人头攒动的。由于香港历来免税，是"购物天堂"，外国人和外地来香港的人很多。进口的洋货价钱便宜，人们购物爱到香港。香港又有美丽的海岸线，有中西合璧的风情。香港的"吃"也很出名，极有特色，海味固然多种多样，欧亚一些国家、民族的烹饪法在这里也各放光彩，所以旅游者也愿意到这里"赏光"。去澳门赌博的人也顺道到香港逗留。抗战爆发以后，香港可以避开战火和轰炸，也接纳了不少从内地来的人。这就使香港热闹得多。

那时皇后大道沿街都是银行、大公司、大商店、大饭店、咖啡馆，也有电影院……装潢比较华丽。夜间，霓虹灯闪烁，高大的广告牌到处是"白马威士忌""三星斧头白兰地""三五牌香烟""大炮台香烟""黄金龙香烟""阿华田麦乳精"……五彩缤纷的广告在挤眉弄眼。各种服饰的黄种人、白人、黑人充满街头。间或也看到天主教的修女穿着黑色白边的教衣长袍在街边匆匆行走，仿佛是有意躲开尘嚣。维多利亚时代哥特式建筑物，加上趾高气扬的英国差官（警官）、用布缠头的印度巡捕的巡逻，构成殖民化的气氛和香港的特殊风情。香港友人好意告诉我们：香港人讲究做生意，进商店购物不还价就会吃亏。皇后大道上也有永安公司和先施公司。不过规模没有上海的永安公司和先施公司大。在上海，到永安和先施购物，倘若你还价是要被人笑话的。在香港却真的可以还价。父亲在先施公司购一顶呢帽，标价25元，香港友人陪同，说："20元！"居然20元就买到了，使我们觉得有趣。

香港随地吐痰要罚款，街上常有禁止随地吐痰的警示牌。罚款数额很大，确实看不到有人"呸"地吐痰。皇后大道清洁、洋气。德辅道带着浓烈的广东味：沿街店号常播放粤剧名演员薛觉先、马师曾等人的唱片，也常播缠绵悱恻的广东音乐《小桃红》《相翠喜》等招徕顾客。卖广东凉茶和香肠、腊肉等腌腊制品的店摊在德辅道一带很多。流动小贩见到"差官"就逃跑。背一只小木箱擦皮鞋的男孩充斥街头，使人对香港的贫富不均印象深刻。

英国官员和富人的住宅都在山上，一般中国人不准在山上有住宅。中国人在山光道一带有住宅的属于上层。湾仔一带，有些地方看了使人感到是贫民区，住户拥挤，有三层楼的陈旧骑楼，也有菜场、茶园、矮小的木屋棚户区。湾仔的海边，常有军舰上下来度假的外国水兵和水手游逛，并同一些涂脂抹粉西式打扮的"咸水妹"勾搭。像赶集赶会似的，海边有些地方每天总有渔民划着木船群集着来出售海鲜。品种很多，龙虾、明虾、海蟹、海螺、乌贼及色彩缤纷形态各异的海鱼都有。木船中央有一大格，船舱底上打了许多洞可以放进海水来养活鱼。站在一边看人买卖各种海鲜是件非常有趣的事。

在香港，买了家禽如果倒提着走是要罚款的，买了鱼用绳拴着怎么提都可以。海鱼中，最贵的是二斤重的石斑鱼。那时还不会人工养殖，而餐饮业却大量需求。香港的酒家菜馆善于烹饪海鲜，活杀现烧，滋味鲜美。当时，吃海鲜的最佳去处是香港仔。香港仔是郊区海边的一个渔村，吸引着外来的游客去那里吃生猛海鲜。馆店都并不太华丽，但门口大木盆、大洋铁盆、桶里养着各种海味听任顾客指定挑选后烧煮了上席。

香港同广州的生活习惯相仿，吃蒸饭，到处可以吃到腊味饭、鱼生粥、肉粥、皮蛋粥、叉烧肉、烤乳猪肉、脆皮鸡……也讲究"饮茶"。早上"饮茶"，上午到中午"饮茶"。下午"饮茶",晚上也"饮茶"。"饮茶"实际是边饮茶边吃广式点心。从虾饺、叉烧包、云吞(粤语的馄饨)、烧卖、肠粉、芋角、蛋挞、马蹄糕到鸡包、荷叶糯米鸡……不下数十种。当然,饮茶的地点也有高低贵贱之分,当时,著名的金龙酒家"饮茶",宴会时,在豪华的包间里公开摆放着鸦片烟枪和烟灯,让客人躺在那里,由女侍者烧烟供客人吸食。开宴和饮茶时也可召妓坐在客人旁边陪同进食和饮茶。陆羽茶室、吉祥茶楼,从早到晚楼上楼下常年客满。吃西点、喝咖啡和可可的地方到处都有,以高罗士打行最著名,那里有高雅富丽的欧式布置,很安静,很舒适。矮矮的桌、矮矮的沙发,互相之间距离很大,互不干扰,厅里有时轻放着华尔兹舞曲。银壶装着热可可和热咖啡。有女侍者轻轻推着装满各色西点的小车到面前让你挑选。那是当时上流人士谈心消闲的去所。

我们到香港后,住在六国饭店。六国饭店靠近湾仔海滨,面对翡翠色的大海,是幢八层楼高的建筑物,当时算是高级旅馆。朝着海滨这一面的客房,有阳台可以站着或坐着观海。那时海水没污染,水绿得可爱极了。清晨,海水托着旭日,血一般鲜红的朝霞洒落在五颜六色的海轮和闪烁绿波的海面上,红嘴白翅的海鸥"嗷——嗷"叫着,飞舞起伏。

当时，香港的海真是特别美丽，维多利亚港中停泊和行驶着大大小小的轮船，也有竖着风帆的游艇在海面滑翔似的疾驶，有时有奶白色的大游轮鸣笛进港……看着海上风光，令人心胸开阔。

20年前，六国饭店炸掉了旧楼，重建成了三十层高的新楼。六国饭店消失了！那时，香港女作家卢玮銮女士（小思）曾专门拍了一张八层楼时的六国饭店的照片寄赠我作为纪念，至今我仍珍藏着。

到香港后，遇到过一件颇有意思的事：香港用的邮票都是由英国在本土印好用飞机运到香港出售应用的。我们到香港后的第三天，我去买邮票发信，但邮票售罄，英国印好的邮票未及时运到，港督下令将印花税票暂时代替邮票发售使用。当时寄一封信是五仙邮票，五仙的绿色印花税票形状与邮票相似，上边印着"印捐士担"（士担，stamp 的音译）字样。我当时集邮，但未想到这会是收集珍贵邮票的好机会，买来后发信时贴了"印捐士担"票寄到上海。谁知第二天邮票就由英国用飞机运到香港了！港督立即下令停止使用印花票。隔了几天，我就见到皇后大道上的一家集邮商店大玻璃橱窗中将盖过邮戳印章连同信封的"印捐士担"票当作珍品陈列在镜框里，并且标上了数百元港币的高价。

我曾打算在香港继续上初中，但去到一所中学了解，见学校房屋很小，主要又因为老师是用粤语教课，课程中国文（即语文课）又用《幼学琼林读本》作教材。父亲摇头说："太陈腐了！"打算以后请位好的家庭教师教我课，免得荒废了学业。当时，我的粤语只停留在会说点"冲凉"（洗澡）、"食饭"（吃饭）、"行街"（上街）、"鬼佬"（洋鬼子）、"唔答"（不行）、"几多钱"（多少钱）一类家常话的水平上。

香港的交通极方便。人力车很少，在热闹的大街上是看不到的。有电动缆车直达最高峰太平山的山顶区。听说从前是不准华人坐的，后来华人可以坐在后边。听人介绍这情况后，父亲对我说："我们不去坐那东西！"香港的有轨电车很多很方便，又是双层的，绿色车身涂满彩色的广告。上层是头等、下层是三等，没有二等。渡船由香港过海到九龙，也是只有头等、三等，没有二等。双层的电车我以前是未见过的，坐在上面那层俯瞰街景特别舒服。电车横贯香港，"叮叮当当"地在皇后大道和德辅道上行驶。那里没有堵车现象，"的士"（即出租车）和巴士（即公共汽车）及"别克""雪佛兰""福特"等牌子的轿车来往行驶，海上轮船和渡船喧嚣地鸣着汽笛……夜晚，山上、海上，灯光灿烂像撒在黑丝绒上的钻石似的。大小街道上的舞厅、酒吧、电影院的灯光、乐声和酒楼、旅店里的麻将声、喧哗声使香港的灯红酒绿和歌舞升平给从大轰炸中的武汉和广州来的我留下了深刻的印象。

但，毕竟是在我国的抗日战争时期，香港也有了浓烈的抗战气氛。不少进步文化人士和爱国人士，有外来的也有本地的，在香港为抗战出力。我们到香港后，每天一早，我就按父亲的要求到六国饭店门口和附近的报摊上或从叫卖"新闻纸"（报纸）的报童手上去买《大公报》《南华日报》及其他一些报纸，看看战况和国际新闻及评论。记得12月间日寇在南京大屠杀，放火烧南京及日军在南京杀人比赛的报道就是当时在香港报上看到并留下深刻印象的，后来的台儿庄大捷等也是从报上看到的。那时，有的文化单位举办抗日的摄影图片展和漫画展，在香港圣约翰大礼堂有过"保卫中国大同盟"主办的抗日战争展览及支援抗战的募捐活动。那些地方，父亲大都带我去过，他还同熟人握手谈话，在本子上题字、看展览，也捐款。当时，街上和大饭店里常有打着小旗义卖纸花支援抗战或募捐支援抗战的男男女女或学生队伍活动。我清楚记得，就在六国饭店门口，一群义卖纸花的爱国男女青年热血沸腾地用粤语讲演后唱起了抗日歌曲："动员！动员！要全国总动员！反对暴力侵占，挣脱压迫锁链！要建成铁阵线！民族出路只一条，生存唯有挑战！大家奋斗到底，枪口齐向前！……"这支歌，抗战初我在武汉就学会唱了！到广州，也听到游行群众在唱。到香港，再一次听到同样的歌声，格外感到温暖和激动。当时，唱歌的人和听歌的人，不少都是热泪盈眶的！我当时不禁想：哦！香港虽被英国人占据进行殖民统治了，但我们同香港有血缘关系，香港的中国人都是同胞，还是这样爱国的哟！……

流水掠影回光返照

初到香港（1937年10月），很快就认识了一个本来不认识的"靓"字。那时，商店门口的广告和有些货物上常写着一个大"靓"字招徕顾客；粤语报纸（香港有一种粤语报，不会粤语的人看不大懂）上可以常看到这个"靓"字。见到美女，当地人会说："好靓啊！"……这个字，广东话念作"亮"。父亲说："其实可念'静'，与'静'字通用。"后来我知道：汉书《贾谊传》里有"淡库若深渊之靓"，这"靓"字就念"静"，也是"静"字的意思。左思的《易都赋》里有"都人士女，炫服靓妆"的句子，古人还有诗："繁花对靓妆"，那"靓"字就是美，是靓丽，同港粤人应用的意思是一致的了。父亲当时说："香港人用的有些词汇与话语，中文英文因素都有，文言的来自中华文化，如'饮茶''食饭''行街''中意'……地名如'千岁湾'(即浅水湾)……舶来的如'巴士'(bus)、'的士'(taxi)、'德律风'(telephone)……这个'靓'字就是来自中华文化的很雅的一个字。"

说起"靓"字,我就想起梁翠薇。不知光阴流逝她后来怎么样了?这位梁姐姐,如还在,该是九十几岁的老人了!她是当时拍粤语片很红的艺人、明星。人美丽,聪明,和善。粤剧和歌曲唱得动听,她常被邀在交际场上出现。当时她也为抗战献金。人们当面都夸她:"你好靓啊!"

在高罗士打行下午喝热可可时她爱点生柠檬汁:一杯金黄的柠檬汁里放着两三颗鲜红的樱桃,美极了,但非常酸。我有一次试点了一杯,喝了一口就皱眉咂嘴,引得她发笑。她有时会带一大叠明信片大小的照片来,总被大家分拿一空。她送过我一张签名照,穿着海勃龙长大衣,倚墙叉腰站立,露出旗袍和身材,光线从顶上射下来,她脸上有向往的神色。她比我大七八岁,会唱抗日歌曲《松花江上》《义勇军进行曲》,也会唱王人美的《渔光曲》和金焰的《大路歌》。有时她总爱拉我同她一起,她叫我"阿王",要我叫她"梁姐姐",她教我广东话,向我学上海话,问我战前南京的情况,问我香港好不好,有时开留声机让我听广东音乐《孔雀开屏》《雨打芭蕉》……很快我就懂得,她拉我站在一起,是避免有人轻薄她。因为那些交际场合的贵客们,有的色眯眯,握着她的手摸来摸去。有我这么一个年岁的男孩在一起,这种人不方便,她有安全感。

见到梁翠薇大多是在山光道香港的富商李尚铭家、德辅道一个做海参生意的富商刘子清家。有时,在高升茶楼吃早茶或在高罗士打行喝热可可吃蛋挞也有她。一次,郭绪发（一个商人）、两广监察使刘侯武的儿子等在李尚铭家突然邀请梁翠薇外出,她一把拽住我陪她一起去。我们坐郭的轿车到了跑马地一个姓麦的女交际花家。房子不太大,却华丽舒适。麦家是姐妹俩,说是姐妹,年龄像母女,大麦已是画眉涂粉的"肥婆",小麦年轻漂亮风华正茂,听说追求她的人好多好多。小麦其实是大麦从小收养的,大麦要靠她发财。小麦会弹钢琴、月琴,能清唱广东戏和粤语歌曲,连梁翠薇都夸她"靓"。大麦会算命看手相,据说很准,但要收红包。那天,她给刘侯武的儿子和梁翠薇也算命看了手相。以后,我随他们又去过几次麦家。

麦家一间大寝室里香水味扑鼻,梳妆台上摆满大大小小的一瓶瓶香水。锦缎华丽的床上有鸦片款待嘉宾。穿旗袍的小麦烧烟敬客。一套古色古香的烟具放在床边茶几上的盘中。沏来一小壶热茶,点火让小烟灯燃着青光,客人上床侧身睡着，小麦坐在床前茶几旁的小椅子上，右手执钢签从盘中一只银质烟膏盒里挑出些生烟膏在烟灯火上炙烧成烟泡，左手拿起一块火柴盒大小的白玉，将钢签上的烟泡在玉上滚动压紧。烟泡熟了，她左手端起那支镶翠的烟枪，将钢签上的熟烟泡就着火插黏在烟枪头上，然后，将烟枪递给吸食的人，客人就着有玻璃罩的烟灯"吱吱"吸食。她熟练地一手扶着烟枪头，一手用签子将被火烧化的烟泡汇集在一起，让吸者干净吸完。吸食者"吱吱"吸完，端起茶壶喝茶，那种快意和鸦片烟味刹那同时出现。香港不禁烟，当时有烟馆营业。英国人似乎仍愿意让中国人吸鸦片保持羸弱，吸鸦片还是交际场上的待客方式。郭绪发患"香港脚"（一种脚气病），吸鸦片时，大麦小麦都说可以治"香港脚"。我当时却不能不想起林则徐禁烟的故事和鸦片战争割让香港的历史。

事后，我将这些告诉父亲。他是个不沾烟酒、不赌钱、不跳舞的人，叮嘱我以后别跟这些人出去乱跑，他说：香港是英国统治下的金钱社会，有些事，看到了一定要知道好坏。他把"出淤泥而不染""君子和而不同"一类道理讲给我听。我后来成年至今，这方面也像父亲，可能是受父亲的教诲和影响很深的缘故。

我的后母汪淑晴是上海人，富商家的"小姐"，到香港后，她就一心想回上海。父亲在外边同友人来往，她概不参加。当时，上海已成"孤岛"，公共租界（即英租界）和法租界之外，都在日寇占领统治下。那时，日本还不想同英、美及法国等把关系搞糟，所以"租界"还是受到保护的，后母的母亲和哥哥都住在英租界汉口路（即三马路），有宽敞的房子。她大哥是洋行买办，小哥是上海有名的维大福绸缎庄的老板。到香港后，她就一心想回上海，总是怂恿父亲与她一同回去，父亲说不回去，她就说上海租界上怎么怎么好。她哥哥来信也说上海租界上一切都好，也安全，报纸照样抗日，抗日分子照样活动，父亲有些好朋友都是些大人物，照样都在租界上平平安安过着日子，为什么要流浪在香港等。后母很任性，也有心计，对我冷淡。她同父亲意见谈不一致，整天带着侍候她的阿妹逛商店购物，订了到上海的"柯力芝总统号"美国大游轮的票，宣布她必须回上海看母亲，并且很快就带阿妹回了上海，将父亲和我留在香港。

我和父亲在后母走后仍住在六国饭店。

四面八方到香港的人多了，和香港的爱国人士合流，香港有了渐趋浓厚的抗战气氛，当然确也有人把它作为"世外桃源"看待。在香港，主要是用粤语，但沪语、川语、北方话……南腔北调混杂交错。这里，见不到战火和日寇，如果花天酒地，抗战是可以抛在脑后的。只是报纸上整天的战讯刺激着人们的神经，尤其是从战火战区中来的人们，抗战的信息总是放在心上的。这中间，父亲有过不少活动。例如，父亲曾与老友监察委员杨天骥等去看望过在香港的孙中山夫人宋庆龄，看望过廖仲恺夫人何香凝。（父亲未带我去看何香凝老人。我是直到20世纪50年代——1958年才在北京何老住所采访过她和她的女儿廖梦醒，并写了专访发表在《中国工人》杂志上的。那年何老已年近八十。后来为庆祝世界和平大会在吉隆坡召开，《中国工人》杂志社决定请一批名画家如齐白石、陈半丁、王雪涛等以及何香凝合作一幅国画《和平颂》印成彩色插页发表，并由新华社发稿，由我负责组织并请郭沫若写了"和平颂"题字。何老十分谦虚平易，采访她并请她作画她都慨然应允。）她们都在从事抗日救亡工作，听父亲说，孙夫人不顾日寇滥炸广州，曾从香港坐船到广州慰问伤兵和被敌机炸伤的难民。说有一个从敌机炸死的孕妇腹中取出的婴儿，居然还活着。孙夫人在医院亲手抚抱婴儿，叮嘱一定要小心看护抚养好……使人感动。又如1938年年初，驻日本大使许世英奉命从日本下旗闭馆坐船回国，父亲曾与友人接到通知去欢迎并参加宴会。

许世英是安徽人，民国十四年做过国务总理，抗战前一年赴日本做大使。他身材矮小，不愠不火，有人背后叫他"许矮子"。让他做驻日大使，据说就是因为他"稳当"，能忍受日本人的蛮横无理。抗战爆发，日本一直不宣战，许世英一直留在东京坐冷板凳。此时奉召回国，意味蒋介石下决心抗战了！所以去欢迎的人不少。许世英和杜月笙关系很好，到香港时，杜月笙已从上海迁居香港，在九龙柯士甸道有了一幢三层楼大洋房。杜月笙当时有个中国红十字会副会长和赈济委员会常务委员的职务，许世英到香港后，未找到房子居住前，就被杜月笙请到杜公馆三楼居住。父亲同杜月笙也熟识，所以与友人同去过杜公馆同许世英和杜月笙见过面，但未带我去。（我是1940年才在香港见到杜月笙的，那时父亲已因抗日去世。许世英我是1948年见到的，在南京。那年，许世英七十五岁，矮瘦而小，但精干。他当时任行政院政务委员兼蒙藏委员会委员长。我岳父与他是老朋友，请他为儿子凌跃龙结婚时做证婚人。当天，让我坐轿车接送并招待许世英。闲谈时，他问我家世我谈起当年香港的一些旧事，他仍亲切表示记得。）

父亲同我生母李荪在我六岁时因性情不合而离婚。当时父亲在南京工作，家在上海。离婚后，父亲将我带到南京，特别疼爱，平时有个保姆还有一个他的秘书张景春照顾我。

父亲平时除了办公、开会、做纪念周、去一些特别重要的人住所或有特别重要的事须谈话外，他总爱带我在身边。所以我从小就认识他的许多熟人和朋友。父亲说："人要见多识广，认识文人名士，可以使你有好的教养。"他对礼貌和规矩是很注意的。彬彬有礼，规矩坐着，好好地听，不乱插嘴，不懂的事和话事后可以问。这就是他的"家庭教育"。所以，父亲不带我去的地方，我不会要去；他带我去的地方，我总是很愿意地跟他同去。我觉得这样做确实可以开阔知识，增加见闻，学会应对。

消逝中的一些存在

抗战时期，我1937年10月到香港。我在香港滞留居住一年左右的生活，虽然不少已在我的记忆中消逝，却仍有不少依然在我的脑海存在。

父亲王开疆年轻时留学日本，毕业于日本早稻田大学法科，是政法界名人，同文化教育界关系密切。早年，他在上海时，是有名的大律师，曾在中国公学和南方大学任商科主任、法律系主任并兼任上海大学、暨南大学等校教授，创办过上海法政大学。上海法政大学成立后，一度任该校校长。在南京时与别人创办过文化学院，都称他为著名的法学家、教育家。他早年在日本曾参加中华革命党。"二次革命"时因反对袁世凯，被通缉并被刺客行刺受伤。1930年应邀由上海赴南京就任法官惩戒委员会秘书长，1932年被任命为国民政府中央公务员惩戒委员会专职委员，清廉正直为人称道。这工作很有权力，南京家中门房里经常有求见、送礼的人，多数是些县长、法院院长等公务员。父亲历来是一个不见，全部让门房挡驾打发走。但因为秉公办案，他与司法院长居正等常有矛盾。我上小学六年级时，有次他带我到居正家，为一个案件的事谈话发生矛盾，他最后拍了桌子肃然带了我起身就走，居正送他，他也不理。1936年他当选国民大会代表，在1937年春天终于辞职照准，他打算仍到上海做大律师，办大学。但"七七""八一三"战争突然爆发，打乱了他的计划。这中间，于右任、邵力子、叶楚伧都找过他，要他出山，他都拒绝了，说慢慢再考虑，当时盛世才在新疆正开始统治，得到了上将军衔。盛世才在中国公学上过学，在日本留过学，同他熟识，热情写信并派人邀请他"去新疆一同工作"，许以高官厚禄，但父亲说："盛世才这个人野心大，与他不可共事！"他拒绝不去。到香港后，他关心时事，力主抗战，交往的多数均是当时的名流，听到一些不顺耳的话，他常常很激动。比如英国，当时执行的是绥靖政策，为了英国的利益，帮助日本压迫中国对日本妥协。父亲一位朋友孙隆吉，曾在天津海关当过关长，知道当时英、日谈判，已将中国海关收入及存储全部代中国做主送给了日本。中国为抗战，一心希望向英国贷款。可是英国怕得罪日本，不肯借贷。鬼佬似乎就是这样坏！因为报上刊登：美国仍在将钢铁等大量卖给日本，让日本制造炸弹等武器屠杀中国军民。当时，父亲友人间传得最多的是德国大使陶德曼，在暗中调停中日关系想要中日停战，但日本要的条件是狮子大开口，蒋介石不肯答应，所以调停的希望不大。父亲听了，认为"老蒋这样做就对了！""中国人受日本人的欺侮这么厉害，再不拼命怎么行？"他认为"日本就像一条毒蛇，但要吞掉一只大象是痴心妄想！"

香港的气候很好。它属于海洋性亚热带气候，温暖，不寒冷。海风送来海水的淡淡盐味，空气湿润，站在海边会有这种感觉。十月金秋，应该是香港最好的时节。天气晴朗的情况多，有可爱的阳光。间或下了雨，柏油马路上很快也就干了。入冬后，香港也不寒冷。我穿一条深灰法兰绒短裤，换上长筒的灰羊毛袜，上身是白衬衫外加一件藏青西装上衣就行，用不着穿大衣，再冷有风时加件风雨两用衣就可以了。

初冬，有一天下午，父亲带我与友人监察委员杨天骥同去看望病中的蔡元培先生。我们是一起坐香港巨商李尚铭的私人轿车去的。住址在哪里,已全忘却,有印象的只是蔡先生的住处会客的房里书特别多,橱架上、长条桌上、书桌上全放满了书。蔡先生穿长袍、戴眼镜、上唇蓄短须,说一口浙江口音的普通话,声音不大,腹部突出,人显得苍老。父亲和杨天骥很尊重他,让我叫他"蔡老伯"。他对我笑笑点点头。父亲和杨天骥都称呼他"孑民先生"。他当时身体很不好,脸瘦有病容。他们谈些什么,印象已经淡忘,好像谈了上海,他是从上海来香港居住养病的,也谈了抗战的事。还记得杨天骥老伯笑着问过我:"你上学时是不是男女同校?"我点头,他就笑着说:"那就是你这蔡老伯提倡的!他那时做教育总长……"我后来听父亲说过:"一·二八"那年,我随父亲离南京到北京住过一段时间,当时蔡先生是北大校长。父亲在北京时曾同蔡先生见过面。父亲这次与杨天骥先生看过蔡先生后,在香港圣约翰大礼堂参加"保卫中国大同盟"等举办的支援抗战的展览会及募捐活动,同蔡先生也见过面,只是我未在场。蔡先生与父亲在1940年同一年去世。父亲是二月出事,蔡先生迟个把月病故。出殡那天,参加的人极多,全港学校和商店都下半旗致哀。蔡先生葬在香港的华人永久坟场。后来,据说已很少有人知道或去扫墓瞻仰了!

关于杨天骥先生,他长得瘦小但面色红润,戴眼镜,秃顶,穿中式长衫,两眼有神。他一般爱用"杨千里"这个名字,江苏吴江人,诗词书法均佳,人称"才子"。他早年在上海某学堂教过国文,胡适是他学生。在1906年,胡适15岁时,杨天骥汇辑《西一斋课文》以备日后察看学生进步之迅速。其中收入胡适根据杨先生的命题所作的议论文《物竞天择,适者生存,试申其义》。当时杨先生对此文做了赞赏的批语,人都夸他"识才"。1937年冬,胡适声名正盛,秋天时经香港去了美国。杨天骥同父亲不时谈到胡适,只可惜许多具体的事我都记不清了。

父亲说过:杨天骥先生早年在上海办《民呼》《民主》等报时同父亲相识。在香港时,我发现他会英语,能看英文报也能用英语同人会话。他代理过监察院的秘书长,此时他是监察院的监察委员,也在协助广东省政府主席吴铁城主持港澳的党政工作。父亲认为杨天骥先生"才不外露","是个有学识的能干人"。他同杨先生很谈得来。

我随父亲在香港长住在六国饭店,当时这个八层楼的大饭店算是高级的旅馆。我们住房的隔壁,住的是四川籍名流谢无量先生:他个儿不高不矮,胖胖的,脸色很好,两只大眼看起人来慈祥和蔼，脸上总有笑容，不笑时也像弥勒佛，给人坦诚和大而化之的印象，说话声音很柔和。他那时曾穿一套新的藏青色西装，打黑领带，但西装上衣因吃饭时不小心很快就染上不少油渍。父亲说他是"名士风度"。他当时同杨天骥一样，都是监察委员。我们的住房朝海都有个阳台，谢无量那时单身一人在港，他比父亲年龄稍大一些，四川口音，是同盟会会员，曾做过孙中山先生大元帅府秘书。父亲特别夸赞他的学识和书法，听父亲说他在中国公学教过书，著述甚多。我后来上大学时，在复旦大学图书馆查阅他的著作，均是由中华书局和商务印书馆出版的。其中鲁迅很重视的《中国大文学史》就是他的名著。中华人民共和国成立后，我听说他在成都任过四川博物馆馆长，在四川大学任教，主讲《庄子》等，后来是全国政协委员，到北京人民大学任教，住在铁狮子胡同红楼宿舍内。毛泽东对他很尊重，曾在中南海专门设宴款待他。大约是20世纪60年代初，我看到过当时新华社发的照片，他坐在毛泽东的身旁，仍带着他那种安详坦诚的笑容，席上还有章士钊先生。以后，他出任中央文史馆副馆长，1963年去世。我因1961年夏就离北京去山东支援老区建设，以后未有机会和心绪去看望这样一位堪称文化名流的父辈。

谢无量在香港滞留的时间，应是1937年秋冬。他在香港留的墨迹不少。因为经济不宽裕，他也收钱写字。当时，香港开设有多家当铺的巨商李尚铭很爱结识政界上层人士及文化人。一连几个月，每晚都在他山光道寓所设宴待客，款待得十分大方，毫无吝啬。他每次都派汽车接送客人，家中照例至少有一桌麻将或一桌"沙蟹"。谢无量和父亲几乎每天总带着我同坐一辆来接的轿车去李尚铭公馆玩，当时的常客，除谢无量、杨天骥和父亲外，有两广监察使刘侯武及他儿子，有卸了任的天津海关关长孙隆吉（此时是银行家），有一个瘦长高颧骨的商人郭绪发（我20世纪80年代在四川做编辑出版工作时，见四川美术出版社出的《谢无量书法》上收有谢无量写赠郭绪发的字）。此外，当时拍粤语片的著名影星梁翠薇等也应邀常来吃饭。李尚铭备有文房四宝，有时就请谢、杨和我父亲到书房给他写字题诗留下墨宝，并代别人索字，写后很快就裱了挂起。谢无量的书法风格独特，我觉得有的字像小孩写的，但实际苍劲挺拔，不落俗套，人都称好。

谢无量喜欢古玩。在港期间，许多古玩商人都到六国饭店送货给他看，要他购买，他极善鉴别。当时香港假的古董玉器极多，他用白洗脸盆，注上一盆酒精，将商人送来的玉器、翡翠、鸡血石等都放入盆里浸泡，假的就会褪色，他就当面退还商人，使以假充真的古玩商十分难堪。我到他房里，看到这样常笑得很高兴。他用放大镜鉴定古玩，还将一只德国货的小放大镜送给我玩。虽属无意的保存，但迄今仍在我抽屉里。他又特别爱打牌，在山光道李宅打麻将的常有他。他总是输得很多，但输了脸上也仍是十分从容，带着他特有的憨厚的微笑。

他有一件事给我留下了很深的印象。一次在李尚铭家，谢先生和李尚铭的几个朋友喝茶聊天。一个上海客人大约为了讨好李尚铭，就说开当铺是积阴功的好事。穷人有了困难，要是没有当铺，过年或有了急用借不到钱，那真是死路一条了，有了当铺就可以救急等。附和的人也说确是这样！但谢先生突然笑了，说："哈哈，穷人可不会这么说！开当铺的目的可不是为了啥子施舍！哈哈！"他朝李尚铭看着说："对不对？"李尚铭也笑了，把头点了又点。他这也许是敷衍谢无量，也许是欣赏谢无量的坦诚。

我写长篇小说《战争和人》三部曲，对其中写到香港的六国饭店等当年情况时，是动用了当年在香港住了一个时期的生活的。香港女作家小思女士曾写过《香港文学散步》一书，内有怀旧散文"六国饭店的名字深深的和40年代的中国文艺南方发展连在一起"。书中，还专录了我在《月落乌啼霜满天》中写的《六国饭店》的那个片断。那是1937年冬到1938年春时的状况，看到她书上八层楼高的六国饭店的旧景照片，当年我在那里生活过的情景不觉都出现在眼前。当年八层楼的六国饭店早已变成三十层高的新大楼了。看来，历史就是这样。它不会被人们遗忘和背弃，它也总是在向前进步发展。小思女士等在不少作品中都记录、发掘了许多中国文化人和作家在香港留下的事迹和履痕。这说明香港回归前与回归后都自有一批值得尊敬的作家，他们有可贵的中国心。他们珍重历史，也在开拓今日塑造未来。他们懂得在拥有现代物质文明的同时，该如何去怀念、珍视那些值得铭记的文化人和文化活动，保存并光大香港历史上有过的那些属于中国的、美好的东西！

圣诞大餐、跳加官和猴脑宴

香港既有中国传统文化底蕴，又有受到英国殖民统治的经历，使它荟萃中西文化，交杂新旧事物，形成一种浪漫风情，回味起来，心头会有说不尽道不明的感觉。

1937年冬天和次年的大半都是在香港度过的。从12月下旬到次年过阴历新年前后的往事在心底镌留最深。

香港人因为曾处于中西交错的地位上，把圣诞节作为盛大节日来过。六国饭店在圣诞节前就布置得富丽堂皇,圣诞树上玩具琳琅满目,圣诞老人的巨像竖在大门口。玻璃橱窗里布置成皑皑的白雪,天际深蓝,闪烁着金色的大星。彩带和闪光的锡纸、玻璃镜漂亮得叫人看了就欢乐。彩色的灯光像眨着的眼,忽闪忽闪。有些不知什么地方,放出了《平安夜》的音乐声。六国饭店很靓,但湾仔木屋区那一带穷苦的人很多。圣诞节快乐的英文字很大,但中国抗战前方传来的战况令人揪心。

父亲的一位朋友,广东省财政厅厅长区芳浦在平安夜的白天让人送来了请柬,也有谢无量先生的。给父亲的一张上还写明了"请与公子同来赏光"这样的话。我当时感觉:我随父亲一同外出交游赴宴的事一定在他朋友中传开了!我并不愿意跟着父亲外出赴宴吃人家的。但父亲又不能丢下我不管,因此习惯也就成了自然。父亲也是看人家是否诚心,去是否必要,他已没有实职在身,只有个国民大会代表的空衔,但许多朋友都喜欢他,他也不愿与世隔绝,接不接受邀请是并不被动的。朋友们都知道他实职在身时是不轻易吃请的。

区芳浦是广东人,从广州到香港住在浅水湾大酒店;他同父亲通电话说晚上请吃圣诞大餐,说浅水湾酒店的西餐最好!更说晚上还有父亲的老同学等着同父亲见面。父亲问是谁,他不肯说。谢无量因有事晚上决定不去。父亲也犹豫了。但来接的汽车到了,父亲就带着我上车赴宴。到了浅水湾大酒店,进入有圣诞树和圣诞老人的西餐厅。区芳浦笑脸迎着上来,后面跟了两个人,一个穿中装,一个穿西装。穿中装的年岁较大,是康有为的女婿。穿西装的确是父亲在日本留学时的同学。两个人都姓麦,但不是一家的。奇怪的是父亲忽然对区芳浦说:"我带着孩子到一下就算来过了!我还有个地方要去,你们请进餐吧!"见父亲如此,区芳浦尴尬起来。但父亲已经带着我移步了。区芳浦送我们父子出来,父亲带我上了的士就回六国饭店了。我觉得奇怪,父亲对我说:"那个康有为的女婿是香港电报局的局长。另一个姓麦的确实是我在日本时的同学,但是个亲日派,我不能同这种人结交。"这我就明白了:父亲是历来反对亲日派的!我和汪精卫的儿子汪有纲在南京中大实校同学,都知道汪精卫是亲日派,所以我从不理他。这也是受家庭的影响。所以那晚,我和父亲回了六国饭店。父亲点了西餐让楼下送上楼来在房间里吃的。吃饭时父亲大致说:康有为是个保皇党,参加过张勋复辟,死前还向溥仪上折子谢恩,我为什么要同他女婿做朋友;那个与我同过学的人,早先就是亲日派,不来往的!如今日本战争中占了上风,谁知他要干什么!区芳浦太岂有此理！……我觉得父亲脾气刚直。但觉得他是对的！父亲是日本留学生，但一直不同亲日派来往，更不同日本人来往。

转眼到了1938年的除夕，父亲的老友两广监察使刘侯武发来请帖，请父亲和我同去广东同乡会看潮州戏《玉堂春》。刘侯武是广东潮州人。他这两广监察使大部分时间应在广东、广西执行监察任务，但他也有在香港要办的事，所以有时就在香港，也有住房在香港。秋天时，他看望父亲时见到了我，一再夸我相貌好，表示喜欢我，杨天骥就撮合使我拜他为"干爸"。头一天说了，刘侯武第二天就送了些吃食和一套英国货的西装料给我。所以虽是潮州戏，又是《玉堂春》，我还是去了。天黑时，刘侯武派车来接。广东会馆是中西合璧式的灰色建筑，里边有个会场可以演戏。我们到时，刘侯武陪杨天骥、谢无量、李尚铭等都已到了，都坐第一排，横桌上放了花旗柑和高脚苹果及各色八卦状的果盘：蜜饯、糖果、牛肉干、瓜子等，大家拱手作揖握手坐下，女招待不说"请吃吧！"，却说"请抓痒吧！"，也不知是什么意思。我随父亲坐在刘侯武右边，盖碗茶泡来时，开场锣鼓敲响，震人心魄，足足十多分钟。幕拉开了，掌声中只见台上右边门里出来一个戴着"加官"假脸的角色，大红袍、高底靴，一手举着"加官晋爵"的金牌，一手拿着牙笏，踩着锣鼓点，倒着碎步跳来跳去，舞个不停。这时，台下来了两个穿长袍的男人拥着一个年轻坤伶手捧捐簿来到我们面前，说是为救济潮汕贫病艺人来港义务募捐，敦请官商各界慷慨解囊。这时，台上又出来一个着戏装的财神爷也开始跳了！穿着绿蟒袍，戴着头盔，手拿"得财进宝"的金牌，跳得火热，捐簿递到父亲手里，一看，捐簿头上不知是谁已签名写了"壹千元"。父亲自然只好也签名写了"壹千元"。这捐簿又逐一由那美女递请坐在第一排的客人一个个签上名字和款数传过去！这种做法当年上海那些头面人物借着给父母或自己做寿开堂会时就有，名曰"打抽丰"，是一种敲竹杠行为。刘侯武是借此为家乡潮州戏剧团做好事。我们第一次看潮州戏，听不懂也欣赏不了，硬挺着看完，才被送回六国饭店。

刘侯武个儿不高，宽额大眼，唇上留点小胡子，常带笑容，广东潮阳人，学生时代参加同盟会。曾在暹罗（今泰国）办《中华民报》，也在汕头办报。1936年与父亲同时当选所谓的制宪国大代表。这时他任两广监察使，在香港极有权势也颇有人缘。抗战结束，他辞官回家乡办了潮阳大学，1948年后，他去新加坡做了潮阳学校校长并筹办南洋大学。20世纪70年代在香港病逝。自这次看潮州戏后，我偶尔也听人说起他的情况，但却再未见过这个"干爸"。

也就在旧历年间，收到大红请柬，到山光道李尚铭的花园豪宅里吃"猴脑宴"。据说，李尚铭是极少请人吃猴脑宴的。他的豪宅，是两层高带假三层的宽敞英国式的多卧室建筑，房顶带古典中国式。大客厅也是中国式红木家具配有中国书画、屏风等摆设。花园极美，有喷水池、绿草地、养金鱼的大缸，更多的是花卉树木，一片小竹林，竹枝上丝线拴着薄瓷片，有风吹拂时，薄瓷片甩起来，瓷片碰摇，声音悦耳。许许多多由花工在暖房里培植的盆栽争奇夺艳。矮树上挂着鸟笼，芙蓉鸟和银眼圈鸣声可爱。李尚铭陪父亲和我上过二楼。楼上十分豪华，有中西古玩和工艺品，有巨幅西洋油画，中国的青铜器、瓷器，更有大玻璃橱，放着由大到小许多个纯金罗汉；一间大卧室里，靠墙有他死去的漂亮年轻太太穿着骑士服骑马的巨照，一丈左右见方，是照片放大拼制成的。李尚铭丧妻不娶，为悼念爱妻还留起了山羊须。他中等个儿，头顶微秃，戴金丝眼镜，穿得非常朴素，总是灰色中式长袍，挺着大肚子。他喜欢结交名流官吏，相当长一个时期，总派车接我们去豪宅聚会，家有名厨，菜肴丰盛，应称顶级美食家，席上总有清蒸大龙虾（那时的龙虾特别大，有时有一尺多长，三四斤重不稀罕。不像如今的龙虾，大的几乎看不到了！）、清蒸石斑鱼或比目鱼、炒香螺片、红烧对虾、芙蓉青蟹、炒海瓜子、水煮蚬子、烩海参、烩甲鱼裙边。鱼翅羹和燕窝汤自不必说,鲍鱼他总用日本金钱鲍,还喜欢用罐装法国芦笋、英国瓶装小酸黄瓜,至于火腿鸡汤、印度咖喱烧鸡、牛奶菜心、广东腊味等自然属于常有的陪衬。家里的女佣都是广东姑娘,一律梳一根大长辫拴着红头绳垂在背后,穿一样的唐装,端菜上茶彬彬有礼。家里像个俱乐部,男女宾客打扑克和麻将牌、聊赛马、聊去澳门赌钱的都有。有些影星艺人和交际花间或也清唱一些粤剧和歌曲、奏敲月琴凑趣。就餐前后,饮茶喝咖啡,名流们总是在摆好的大桌宣纸上挥毫写字或赋诗写了赠送他。

吃猴脑宴那天,李尚铭豪宅楼侧供着观音像的佛庵两旁挂着两串金纸大元宝,坛前一只香炉里烧着劈碎了的檀香木,浓烈的檀香味弥漫空间。香港怎么叫香港的呢?据说早在明朝当地就生产一种莞香木。居民们将这种香木砍下运到一个小海港(就是香港仔)再转运到广州和内地去卖,这个小海港和附近的地方就得到了"香港"这么一个美名。

这天,过年的气氛特别浓烈。虽然,请的客人仅仅一圆桌,不外是刘侯武、谢无量、杨天骥、孙隆吉、父亲和我还有两个李尚铭的香港好友,但招待的规格特别高。饭前,我怀着好奇去看猴子,看到厨房旁的屋里一只剃光了脑袋的猴子，被用酒灌醉了站在一只木制囚笼里，猴头在囚笼上端卡着不动，猴脸因为醉酒显得通红，所以猴子闭眼站立像熟睡一样。后来，进餐了，餐厅里用特制圆桌，桌上搁着特制的银光闪闪的大台面，台面中央有个空白碗口大的缺口，大小正好可以套猴子的天灵盖。我们入席之前，猴子已被削去天灵盖用囚笼装着推入桌下（囚笼下有轮子可推行），故而只看到银台面上银制杯筷碟匙一应俱全。各种颜色的调料，红色、黄色、绿色……都有，每个人面前还有高脚瓷杯放着生鸡蛋。两只紫铜大火锅（中间烧着通红的木炭）里鲜汤翻滚，沸喷香气。吃猴脑就是用银匙往桌中央的碗状猴脑壳里舀出一些带血水的猴脑来放在自己的碗里，碗里早按自己的需要舀集了黄酒、葱花、味精、酱油、醋、姜末、芥末、白糖等作料，然后舀入火锅里滚开的鲜汤烫熟，爱吃鸡蛋的还可以在火锅里打上一个生鸡蛋与猴脑一并吃。然后，又上其他菜肴和饭点。那天，我开了眼界，但不肯吃猴脑，只觉得残酷、恶心。父亲也未吃猴脑。

李尚铭结交官场名流主要目的是希望做生意。后来似乎未达到什么目的，他的热情招待也就淡下来了。据说，他同刘侯武仍有交往。父亲不住六国饭店带我住到租来的住处后，交往的人又有了些变化。父亲给我请了家庭教师，每天上午我都得在家里上课。父亲上午外出都是独自去，下午或晚上有人邀请我才有机会跟他同去。但新的香港生活的画面仍继续变幻地呈现在我的面前。

一位去打游击的家庭老师

父亲在香港露面多了，来看望父亲的人也就来得多了。其中还有年轻人，干什么的不清楚。但有些讲起话来慷慨激昂，都是主张抗战大骂日寇的人。记得清楚的是一个名叫聂海帆的，他年岁比父亲要小些，身体壮实，个儿高高的，穿着西装，戴着眼镜，有点学问的样子，会讲普通话，也会讲上海话。有时独自来，有时与另外一两个人来。讲话总压着声音但却很激动，父亲说他想找父亲商量办大学的事。有一次，我正在玩木制的模型飞机，从商店里整盒买来，自己装配起来玩，可以用粗橡皮筋绞紧让模型飞机飞起来。聂海帆来了，父亲说："洪溥，你出去玩玩去！"我就明白，他们可能有要紧的事谈，也可能父亲嫌我在场，有些事他可能不想全让我知道。我拿起模型飞机就从六国饭店三楼下到楼下，走近海边去看维多利亚湾那些吸引人的景色了。这个大深水港，大型的各色邮轮和英国军舰都可驶进来停泊。海面上船只来往忙碌。沿海有大排档，卖咖啡、罐头炼乳和果酱、黄油吐司和热狗（面包夹香肠）……也有烤鱿鱼的摊子卖涂酱的鱿鱼。海鸥乱飞，情景热闹，我常常流连忘返，也到靠近湾仔的一带找空地放模型飞机。湾仔一带的居民穿木屐的特多。清脆的木屐声刚听觉得吵闹，听惯了却变得悦耳了。隔上两三个小时我回六国饭店，父亲外出了，我就独自在房间里开收音机听或看看报刊，心里感到寂寞。

后母没有回香港的意思，来信总是叫父亲回上海。六国饭店住着开支大，我渐渐明白，家中的经济开支大权是掌握在后母手中，父亲见他的友人像杨天骥老伯等都是租了房子住的，父亲就决定托人找房子。我到香港后，不上学，父亲说我像个"无业游民"，就又决定赶快替我找个好的家庭教师。这两件事他都要抓紧办。

他做了决定，说办就办。他认识了一个姓黄的本地人，是永安公司的高级职员。这位黄先生干练负责，很快就在离湾仔不远处找到了房子。那是一种临街有骑楼的房子。在二楼上，一大两小三间房，有阳台，有很小的厨房和卫生间，还有电话、铁门，安全、干净、朝南。有客来摁电铃后，铁门上有个小活动门可以移开看到来人是谁。黄先生又在报上登了一个招聘女佣的小广告（香港报上这种广告特别多，找工作的人也多），说明早上八点到中午十二点，负责买菜，做中、晚两荤一素一汤的菜和饭，兼带打扫卫生购买杂物。很快就找到了一个中年女佣，广东人，姓齐，就叫她"阿齐"。这阿齐很能干，丈夫是个裁缝，有个小孩上小学。阿齐话很少，来了就做事，时间掌握得很准，十一点半总是把饭菜做好，十二点我们把饭吃完。她洗好碗就走。晚上的菜都已做好，父亲和我自己晚上热了就可以吃。我跟她上附近菜场去买过菜。菜场里鱼杀好了卖，可以买半条，活的鸡鸭杀了卖。海味多，蔬菜品种也多，芋头有菠萝那么大。阿齐会用鸡鸭"煲汤"（煮汤），做的广东菜像西洋菜鸭炖汤、炒紫菜薹、炒蚝油牛肉、咸鱼蒸肉饼等我们也吃得惯。父亲很满意，也常打发她去熟食店买叉烧肉、卤鸡蛋、卤鸽子，到水果店买水果，到商场里买罐头、牛奶、面包和蛋挞做早点。生活安定了，很快那位黄先生就把他的一位本家弟弟名叫黄魂的介绍来做我的家庭教师。黄老师不满三十岁，是广东惠阳人，高颧骨，一头浓黑的头发，两条浓眉毛下带凹的眼睛。个儿不高，但身材结实。他因为家里穷，没有很高的学历，但他自学成才，上过平民学校和职业学校，自己又学完了从高中到大学的课程，在惠阳有过教初中的经验。他能写一手漂亮的字，到香港后，每天下午在一个雕刻厂做雕模技工，晚上，给一家进出口商做英文打字及计算抄写的工作，他可以从早上八点到中午十二点帮我补习数理和英文、中文。黄先生带来了他写的毛笔字、钢笔字和英文打字的信函及他投稿在报上发表的一些短文和诗给父亲看。短文和诗都是从报上剪下来贴在一本练习簿上的。有首诗我当时看了，后来又看过并且记熟了头两句，到今天都未忘记，那是："我是路边一株踩不死的小草，我是田里会翻土的蚯蚓……"

父亲问了他一个问题："你的名字是家里取的吗？什么意思？"

他答："我本来不叫这名字。这名字是我自己改的！日本鬼佬侵略中国，黄帝子孙应该有黄帝魂！"

父亲听了点头，说："很好！我就把孩子交给你教了！从早上八点半到十一点半，十一点半准时在我这里吃饭，你吃了饭去工厂不会耽误你下午的工作的！"父亲脾气有时较急，但他是体贴人的，又说："我不会亏待你的！请放心！星期日不上课！"

从那以后，周一到周六，我就忙起来了，黄老师总是准时来，准时结束课，吃完中饭就走，非常匆匆非常准时，他对我很和善，教得也很不错。初中课本是他不知从哪里弄来的，适合我的程度。我在南京中央大学实验学校上小学时，二年级开始就学英语。听他的英语发言带广东音，但广东人讲英语带广东音也正常，我也习惯。父亲要我尊敬老师，我也努力做到。我们之间慢慢有了感情，相处虽不过五个月光景，长期以来我却仍保持着深刻的印象和感情。每当想到他和他的诗时，心里总是发热的。

有些事，他使我有了难忘的记忆。

那时候，他来上课，总随手带一只灰布袋。袋里有本子、笔、毛巾等杂物，还时有赛马的报纸杂志，还总放着一本厚厚的《中国名人录》（好像是这么一个书名），黑衬底烫金的书名封面。他在让我做数学题或诵读默记国文课文或抄写英文时，常会抽空翻这本大书阅读。我好奇，问他是什么书，他就把书放我面前说："看啦！我中意这本书啦！"他告诉我这是一本介绍名人生平的书。我向他拿过来看，书很枯燥，就是一个个人名按姓氏笔画排列。像字典，下边是介绍这个人的经历。如某某人，籍贯何处，哪年出生，学历和经历，很单调，他却有点空隙时间就看。哪怕看几分钟也很专心。我终于问："看这有什么用？"他答："有大用！"但也没说出什么大用来。直到有一天，他见我又问，才说："我在研究，发现这些人都很有名，都很成功。从他们的经历可以知道，他们大多都上过学，有文化，有的还到外国留过学。这些人都很努力。有的是大军人、大官，有的是大学者。如有的是专门下棋的,也能成为棋王,把外国的名棋手打败。有的是变魔术的,居然成为魔术大王。行行出状元,唱戏的能唱成这个派那个派的,变成了泰斗。这些都使我懂得人要爱学,有时间有机会要努力学抓紧学。中国学了不行再到外国学。"他说的大意是:一个人必须拥有高到受重视和被人需要的本领!讲着这些话时,他似乎决心很大,也很有信心。事后,我把他的这件事和这些话告诉了父亲。父亲笑了,点头说:"这个年轻人说得有道理,他将来会有成就的。这些话也是在教你努力呀!"事实上,他和父亲说的意思是我在后来成长中体会到的。

第二件事是他爱赛马买马票。香港人许多都这样。香港有大跑马场。"跑马地"的地名应当就是这么来的!赛马实际是一种凭运气的赌博,香港人对这很迷恋,报纸上也大版大版刊登跑马的信息和照片。这些信息我当时看不懂也不爱看。香港街上常可看到有人在投注站买马票的。黄老师就是爱玩这一项的人。他手提包里常有我看不懂的跑马场次表、赔率表、投注指南、骑师搭配表一类的材料。

从他那里,我当时懂得马的寿命最多三十岁左右。人都想取胜,而买马票靠的是运气。有次他叹气说:"嗨嗒啦,嗨嗒啦!我嗨穷命啦!"但尽管这么说,他关心赛马的事一直未停。只是有一次对我说:"爱赛马是我的缺点!很不好的!你不要学我。"有一次也说过:"做发财梦的人是发不了财的,想发财还是要靠努力奋斗!"当时他的样子很严肃。至今,我仍记得他那高颧骨的脸上那种认真坚决的神态。

他有时将诗写在口袋里的一个本子上。他讲课辅导我时,是预先在一个练习本上花时间做好笔记的。教国文时,课文之外他常给我添加些诗词。他买过狼毫笔和墨及砚台送我,还买来本子经常要我临临碑帖写写大小楷。他讲课条理清楚,数学使我易懂,讲国文时很认真。一次讲课时,给我讲"串"这个字。他说出一大堆话来,我一下子就记深刻了,至今不忘。他说:串,物相连贯也,连串而成的物件叫"串",如一串珍珠,一串铜钱;串也可以作到访的解释,比如北方人将上门到别人家访问叫作"串门";串通就是勾通;"反串",那就是用在演戏时男的扮女的,女的扮男的,或老生反串小生……这种说法,当时我觉得有趣,也就记住了。

黄魂老师是个爱国青年,关心抗日的战局,看着报纸上一些败退的战讯,常会叹气。同父亲有时谈起抗日,他总是慷慨激昂,大骂"日本仔"和"东洋鬼佬"!他有很好的嗓音。有一次,父亲外出不在,他唱一支抗日歌曲给我听:"拿起你的枪,快快儿奔前方;和这恶虎狼,拼命的战一场;我们受亏已不少,今天和他算总账……"声音高亢,感情充沛。

正在这时,门铃响了,父亲回来了!他也不唱了,但父亲听见了他的歌声,父亲说:"唱呀唱呀!你唱得很好!对洪溥,我不但要你教他功课,也希望你教他爱国……"

黄魂老师对父亲是很敬重的,对我说过:"你有一个好爸爸!你要努力!"

有一天,他曾对我突然说:"我也许会改变一下生活!到抗日前线去!"

但他没有多说,我也没有多问。

他给我做家庭老师大约有好几个月,突然,有一天,他彬彬有礼地对父亲说:"很对不起,因为我有事不能再做家教了。"父亲问他什么事,什么原因,他也不讲,父亲问他是不是经济上的问题,他说不是。接着,他就真的不来了。隔了些天,介绍他来的那位穿西装的黄先生来看过父亲。父亲问起我的黄魂老师。

黄先生说:"也弄不太清。他说是要去打游击。家乡惠阳那边现在有了游击队。他大约是要去参加,人就离开香港了……"

父亲和我唏嘘了一番。我简直有点伤感。

从此以后,我再也没有见过黄魂老师,也不曾听到过他的信息。

但，在香港相处过几个月的黄魂老师在我的记忆中始终存在，没有也不曾消失。回忆香港那段生活时固会想起他；有时，在心情起伏时也突然会在脑际出现他那高颧骨的面容和捧读那本厚厚的名人录时的模样。不知他是否真去打游击抗日了，他会阵亡牺牲了吗？谁知道呢？只是师恩难忘，想起他时，一种感激之情总会油然荡漾在我胸间……

难忘当年香港仔送别

夏天的香港，太阳有时很凶，但由于有海风，房里总有电风扇，并不使人感到闷热难耐。只是父亲的心情是不好的。他的心总同抗战关联着，战局不好，他总关心。他又是个爱工作的人，想做的事在香港没法做，当然苦闷。继母汪淑晴来信，仍总是要父亲带我回上海租界上住，居然有一天来信要父亲去香港著名的黄大仙祠去烧香求签，说听说那里算命看相很准，建议父亲去拜一次黄大仙对回不回上海做个决定。父亲看了信摇摇头把信递给我看，说："可笑！"他是不相信烧香求签和看相算命的，当然不会照办。

大约是六月里，由于日寇沿陇海铁路进攻，又要从平汉路进攻武汉。形势不好，有一天，报上突然刊登了日寇飞机炸毁黄河大堤，花园口决堤淹没了大片城市与土地的消息。事后得知，是当年蒋介石为阻日寇进攻下令决堤造成重大祸害的。据悉当时淹死九十万人，有一千多万人流离失所。父亲看后，非常感慨，就在这天后，杨老伯来看望过父亲，两人谈起花园口决堤，都估计损失惨重。也都怀疑堤是故意掘开口子的。这天，杨老伯来是带来了叶楚伧给父亲的一封来信。

叶楚伧与杨天骥是同乡。过去在南京时，我们住过高楼门100号的一幢红砖洋房。边上的邻居就有外交部次长徐谟、画家徐悲鸿、南京市党部负责人彭尔康，还有这位当时任国民党中央常务执行委员兼行政院副院长的叶楚伧。这时，他仍在武汉，已是国防最高会议秘书长。官很大，权也很大。叶楚伧戴眼镜，仪表挺好，说话文雅，当时颇得蒋介石信任。他前清时做过"七品小京官"，后来参加过同盟会和中华革命党。杨天骥转来的信是由于父亲曾给叶楚伧写了一封信，大约谈了自己的情况及表示对抗战的信心，想了解一些时局。叶的信怎么回复的我已弄不清，只记得信中谈到要坚决保卫武汉，但中央各机构全部拟迁至重庆。当天，父亲同杨老伯谈了很长的时间，觉得老蒋坚持抗战的决心是下定了。中国地方大，回旋的余地大，政府将来到四川去是对的，战事会长期坚持下去的。当时报纸上有幅漫画：一个面目凶恶的日本军人手拿军刀,但两足陷在很大的泥潭中。中国虽然沦陷了很多地方,如今日寇快打到武汉了,但日本的两足确是像陷在泥潭中难以拔出了。杨老伯不仅帮叶楚伧转信给父亲,也帮于右任转过信给父亲。于右任是国民党中央执行委员、监察院院长,父亲有时亲切地叫他"老于"或"胡子"。父亲辞职拟仍做律师并办大学后,他曾建议父亲在上海重新恢复有革命传统的中国公学。有次,他在由杨天骥转给父亲的信中又提到这件事。杨老伯也认为于右任的建议很好。因为中国公学名声大而且名声好,比创办新的大学来得好。但抗战要坚持下去,父亲在香港要实现他的愿望,完全没有可能。父亲甚至想过:是否在香港设法做律师。但这想法他很快就自己否定了。他不可能在英国人的租界地上做律师!语言、法律等对他来说都是生疏的,最主要的是他熟识的人事关系都不在香港,没有人脉,他动弹不得。开律师事务所需要的从房子到助手等,他都无法张罗。为这,当然看得出他的烦恼与苦闷。

李尚铭打电话给他,说老朋友们,包括刘侯武、谢无量、杨天骥等都仍常去他山光道住所叙聚,久不见父亲和我了,欢迎仍去玩耍。但父亲答应了,却没再去。天气热后,有一天,李尚铭正式发了帖子,说是请好友们欢聚,由香港到澳门去玩两天回来。但他们是想去赌场玩的。父亲就推托不去了。他对我说:"赌博是一件非常坏的事,不少意志不坚定的人因为沉迷赌博,闯了大祸,毁了前途。一心想赢钱,结果却倾家荡产……"他自己是不赌的。所以,当李尚铭等坐船从香港去澳门游玩时,父亲谢绝未去,我也并不遗憾。

其实,在香港也是有赌场的,只是没有澳门的赌场大和出名而已。而且,香港有些高级的酒店、旅馆、餐馆里都总是摆着一个或几个"吃角子老虎"在边上,顾客只要有硬币就可以用来玩耍。我在六国饭店住时,到它楼下餐厅里玩过一次,纯粹是好奇,父亲也是同意的,说:"可以,你也可以尝试一下赌博的滋味,但这仅仅是让你懂得一点赌的滋味。不是教你赌或是鼓励你赌!"我在六国饭店赌了一次,在陆羽茶室也赌了一次,那种"吃角子老虎"像只方箱子似的竖在那里,可以看得到里边并不是空的,而是有不少钱币在里面。有个塞钱币的线形口子,你可以把硬币塞进去,然后用手使劲将一个扳手一拉,有时毫无反应,那你投的钱币就吃进去不吐了!有时你的手将扳子一拉,突然哗啦啦许多硬币都吐在下面了。这吐出来的一大堆钱币就属于你了!赌钱这种赢法,一个可能换成多个,当然会鼓动人的赢钱欲望。我尝试了两次,一次输,一次赢。由于输的一次只是一个硬币，赢的一次却拿到三四元的硬币，自然算是赌赢的人。但父亲说："好了！以后别再玩了！俗话说，久赌必输！天上不可能掉下肉包子给人吃的！"我是很欢喜父亲对我的这种教育方法的！

仍常常有朋友来看父亲。

那位聂海帆先生也常来。有天，他请父亲和我去吃晚饭，说是该吃吃葡萄牙菜里的葡国鸡。他陪我们坐的士到了皇后大道中，下车转进德己立街，路上上下下，有点曲折，最后到了一家葡萄牙人开的餐馆。门面不大，高处挂着彩旗，店招是彩色的，上面写着大字：葡国鸡，画着一只大公鸡，还有葡萄牙文。这当然是一种西餐，汤、冷盘都没什么特别，小面包、黄油、果酱也没什么特别。精彩的就是一钵蒸得滚热的"葡国鸡"，那是将鸡腿切碎用大量香料和佐料外加许多奶酪蒸熟的一种特色乡土菜，确实味道很好。

我闷声吃鸡，但听到父亲同聂海帆谈话。谈的是在上海租界办大学的事。聂海帆反对用"中国公学"做大学的名字，理由是不要惹麻烦。因为"中国公学"这个名字容易引人注意。他这里说的引人注意的"人"，显然指的是"敌人"，他说："学校的名字我已经想好了，就叫'三吴大学'！不引人注意！"他又说："您做董事长，我任校长！依您的声望地位，在上海租界上是吃得开的！你是前辈，法界名人，工部局、法院、律师界、警察局都有您以前的学生和熟识的关系。校址已经不成问题，这事现在只等您点头了！"

父亲沉吟着，当时并没有点头，好像也没有再说什么。那晚吃完葡国鸡后，聂海帆送我们回家，临走时，他好像对父亲说："请您再好好考虑一下……"

聂海帆走后，我问父亲："为什么叫三吴大学？"

父亲说："我也问过他。他说：苏州、常州、湖州自古以来，叫作'三吴'。在上海办个大学，吸引苏州、常州、湖州这一带的学生用这个名字合适。我却觉得没什么好！"

敲定这个大学的名字后来隔了两年，在上海，那时三吴大学已经办成开学，父亲是董事长，聂海帆是校长。有一天，有两个敌伪杀手带了礼品装作给聂海帆送礼，到了三吴大学的办公室见到聂海帆后立刻开枪，聂海帆顿时倒在血泊中牺牲了。刺客是日寇和汪伪的极司菲尔路76号派来的。接着，父亲就收到了恐吓信又遭到了绑架。那个阶段，我才从父亲处知道"三吴"并不是苏州、常州、湖州的古称。"三吴"是吴玠、吴易和吴樾。吴玠是南宋屡破金兵的名将，吴易是南明起兵抗清的将领，吴樾是近代民主革命的反清烈士。显然，父亲后来同意用"三吴大学"这个校名也是有道理的。

从此以后,日子过得好像极快。父亲仍是有友人——熟的和新认识的不断来往。聂海帆则坐船去上海了,好像他的意见和父亲的取得了一致,他去开拓办三吴大学的局面去了!

父亲后来决定要去"孤岛"上海了!他是一个爱国者,去上海当然不是为了苟安于乱世。临行,有一伙友人为他在香港仔摆宴吃海鲜送行。那对我是至今难忘的一个晚上。

去香港仔,路较远,当时那是一个泊着许多渔船、可以看到好多船桅和大海的渔港,比较荒凉,但碧海靓丽。来吃海鲜的人并不太多。我们赴宴在一只固定于海边的大舫船上。它用红红绿绿的油漆刚打扮一新。舫船停泊的岸上,许多玻璃器皿和木制盆具内部养着各色生猛的海鲜。翠海如镜,远处的沙滩上,有槟榔树、绿色的尤加利树。在舫上摆筵席,使我想起战前随父亲在南京秦淮河和到苏州去太湖吃"船菜"的旧事。那晚,吃了些什么记不清了,主要不外是海鲜,但桌上花雕酒的香味至今想起似还存在。朋友们多数都较年轻,敬父亲酒,父亲仍未喝酒,但说了激动的话,大意似是我不去重庆而去"孤岛"会有危险,但我无所畏惧……有人提议,起立唱一个歌为父亲送行,唱的是《义勇军进行曲》:"起来!不愿做奴隶的人们!把我们的血肉筑成我们新的长城……"歌声慷慨激昂，使人热血沸腾，那时候是几乎人人都会唱这支歌的。我夹在中间唱歌，不知为什么却流泪了。父亲那晚，为什么那么激动地说那样的话，我当时似乎不懂，只是，他回"孤岛"后，的确遭遇危险，后终于因抗日死在敌人手里！于是，那晚的往事，他那晚魁伟地坐在那里讲话的情景，至今与香港仔的靓丽海景从未湮没在我记忆的深井中！

父亲回去是为了应邀用他的声望及社会关系在租界上秘密办三吴大学，掩护进行抗日活动。那时，从香港到上海只有坐海船来往。最奢华最大的是英国的皇后号邮船，都是数万吨级以上，如"亚洲皇后号""日本皇后号"等，其次是美国的总统号邮轮，如"柯力芝总统号"等。一般两天两夜至三天可以抵达。再次是荷兰的邮船如"芝沙连加号"等，约一万几千吨至两万吨。最小的是英商太古、怡和公司的海轮，几千吨不足万吨，要航行四五天以上，颠簸得厉害，条件较差，只是比较便宜而已。

父亲同我买了英国"亚洲皇后号"大邮船的二等船票。这是一艘航行全球的巨型豪华的四万五千吨级的客轮，奶油白色，巨大得像幢巨型建筑物，头等舱在最上层，二等舱在甲板上端，下面是三等舱，已在甲板下方了。舱底则是四等舱。上了船，四通八达，左转右弯，使人迷路。二等舱的客房很豪华，彩色地毯，丝光窗帘，两只洁白单被的钢丝床，另附全套设备的浴室、盥洗室，还有沙发、长桌、壁橱。我还是第一次坐这种豪华巨大海轮，房里许多环球旅游彩色风景画吸引了我。船要夜晚八点钟才起锚放行。我走到前甲板附近的舷梯边上站着，只见船上大菜间和二等舱的旅客们都倚着船栏在向下张望。码头上拥挤着许许多多送客的人群，也有许多码头工人在搬运大包、扛着大箱或行李在来往装卸。

船下海面上有一幕奇怪的景象，一个广东人在我身旁叫一个穿红衣黑裙的少女："快来睇水鬼！"

原来邮船旁的海面上有三条小舢板，还有两条大木盆船。每条舢板或木盆船上都只有两个人：一个划桨，一个光着身体只穿一条三角裤的就是被叫作"水鬼"的人了。海风已凉，"水鬼"都颤抖着伛偻着身子蹲在船头仰面向上朝着邮船上的乘客做乞讨的手势呼号。谁将亮晶晶的毫角扔下海去，"水鬼"就"扑通"跃身下海，在海水中将钱币捞上来，举手向船上的乘客亮出钱币致谢。

天色正由光亮转向昏暗，"水鬼"在海水里的动作透明透亮，看得清清楚楚，但看的人多，扔钱的人少。一个吸雪茄的华侨模样的人将一小把银毫币一起扔下去，一下子五个

"水鬼"一起投入水中,抢捞得真是紧张。逗得一个观众笑着议论:扔钱的人少,丢下去的钱币恐怕还不够几个人在海边排档摊子上吃一顿咖喱饭或鱼生粥。我心里产生怜悯,我特别怜悯一个白发老婆婆划着木盆船上的一个年小的"水鬼",我掏出手帕,将袋里用剩的一些银角加上分币包好瞄准了那一老一小的盆船扔去,可是偏偏手巾包被风吹晃到离他们有四五米远的海水处,反倒被一个强壮的在舢板上蹲着的"水鬼"一个猛子蹿到海里,水中捞月似的捞走了。我心里很失望,没人知道我的心意。可惜我身边没有毫角了……

就是在这种心情下,船开动了!

船进入大海之中,夜晚四面漆黑,大海看不到边,海真大呀,黑水洋似的真吓人,一望无际,浪花激溅,跳跃喧哗。

我带着不好的心情离开甲板回到舱房。

不堪回首的尾声

1938年秋天回上海后,我们住在租界后母汪淑晴家。地址是汉口路(即三马路)同安里21号。后母的父亲已去世,遗嘱女儿和两个儿子同等待遇也分遗产的三分之一。汪淑晴在家是得宠的。父亲又是有声望地位的人,因此他们家将三层楼洋房的二楼让出给父亲和后母及我居住,款待得较好。

我插班进了上海东吴大学附属中学。每天在汉口路口子上的慕尔堂教堂里上中学。这时聂海帆做校长的三吴大学已经开学,招生等事情多已办妥。父亲是董事长,在上海聘了一批董事,开过会,详情我不了解,但父亲极少到学校去,聂海帆在我记忆中由于忙及怕引起人注意等原因,也特意不到同安里父亲住处来。这时,父亲来往的仅有较好的朋友。如上海、江苏高等法院刑庭庭长郁华曾到同安里看望父亲并长谈。郁老伯也是日本留学生,在早稻田大学上过学。他比爸爸的年岁大,但父亲说他为人耿直,所以"得罪人多一直做不了大官",他爱国,同父亲一样反对亲日派。1938年底,汪精卫突然逃到安南(即今之越南)河内,公开叛国,郁老伯为这特地又到同安里看望父亲并愤慨地同父亲一起痛骂汪精卫。但汪精卫大约半年后就投敌到了上海,1939年底,郁老伯就在他住所门口遭汪伪76号特工总部的凶手开枪杀害。而也就在这件事后不久,聂海帆也在三吴大学的校长办公室里遭敌伪的刺客杀害。聂海帆遭暗杀后,父亲就受到监视并收到恐吓信两次要他到极司菲尔路76号去谈话,接着,就在住处遭到绑架被囚禁在敌伪魔窟里。后来哥哥宏济和我也被作为人质同父亲一起软禁在76号里。

1940年农历正月初一,在我的堂兄洪治与外界地下工作者葛覃和吴开先部下的安排下，父亲与哥哥及我拂晓时逃出了76号，在静安寺坐上预先停在那里的汽车，再转到新关码头一家亲戚处换衣服化装，坐小火轮到浦东蓝烟囱码头，登上荷兰邮船"芝沙连加号"驶往香港。父亲决定带我们兄弟到香港后就去大后方重庆。邮船在出吴淞口时，日本宪兵上来对乘客进行搜查。为了安全，父亲和我们坐的四等舱，日本宪兵搜查后，船出了吴淞口，父亲一人补票到三等舱去（因只有一张三等舱票）。谁知第二天清晨，父亲就失踪了！他床上有一张潦草的纸条，说是他跳海了！他是自杀还是被杀？没有确切答案。因为日本和汉奸广播新闻时说父亲"破坏和运""已被逮捕"。

在"芝沙连加号"船上，我突然看到了吴经熊老伯，他是宁波人，是留学美国的法学博士，是立法委员。战前在南京时，父亲同他有交往，我到他家去过。我哭着叫了一声："吴老伯！"他问清情况后，马上将我和哥哥带到二等舱他和夫人的房里，说："在我这里安全些！"他又说："到香港后，我带你们去见杜月笙！"

"芝沙连加号"抵港后，有汽车接吴经熊，他和夫人带我和哥哥上了车直驶高罗士打行。这时杜月笙仍住九龙，但每天到香港高罗士打行八楼办公。这一层楼成了他专门的办公场所。

父亲同杜月笙有过交往我是知道的,但他从来没有带我去过杜月笙住所。我只知道杜月笙是上海滩上的大亨。这次吴老伯带我们去见杜月笙我却有意外:想不到一到高罗士打行杜月笙办公的那宽敞的八层楼时,我立刻看见了杨老伯。杨天骥模样未变,仍穿的是咖啡色长袍,手里夹着雪茄。见到我,他马上说:"啊呀!洪溥……"我哭了起来。吴经熊就把父亲的事说给他听。他很同情地点头用手挽着我安慰我,说:"见见杜老伯吧,这事他会管的!你们的安全最重要……"

这时,我看到广阔的大厅堂中间,有好几只大沙发呈重叠的品字形。中间的那只沙发上坐着一个高个儿瘦削的男人,穿的灰长袍,剃的平顶头。白天,灯都开着,整个大厅里,有好几处都各有一些人坐着在谈话,在商量事情。我已经猜到中间的那只沙发上坐的就是杜月笙!他两只耳朵有点招风,眼光有点锐利,脸色有点苍白,正在听边上两个人同他说话。

吴经熊和杨天骥把我和哥哥带过去。吴经熊同站起身迎接他的杜月笙握了手又拱拱手,坐下来简单说了些情况。杨天骥搂着我的手说:"这是洪溥,前年他跟父亲在香港时我们常见面的……"杜月笙点头,客气地叫我们坐。吴经熊急着要走,说:"把他们带到你这里我就放心了!我太太还在下面车子里!我那就走了!一切拜托!"他和杜月笙拱手作揖,杜月笙也起身拱手作揖。杨天骥就带着我和哥哥都在杜月笙面前的沙发上坐下来。

当时我看样子,觉得杨天骥很像杜月笙的秘书,但后来明白了:杜月笙很尊重文人雅士,与这些人交往也请这些人出谋划策或给他做些文字上的事。杜月笙自从在上海发迹后,听父亲说过:他从青帮头子进入政界,学会了玩政治。他很注意自己的形象,学得温文尔雅,话不多,总很和气的样子。他同一些文人雅士或官场人物交往,暗中总在学习这些人的言谈举止。杨天骥这时的确常在他身边盘桓,但不是他的正式秘书。杜月笙的秘书名叫胡叙五,光头、戴眼镜,中等个儿,说上海话,勤勤恳恳做事,认真负责。直到上海解放,后来,杜月笙到了香港不回上海,胡叙五才离开杜月笙回了上海。

我和哥哥坐在沙发上,杨天骥又说:"杜先生(他是这样叫他的),高宗武、陶希圣的事刚过去,又来了王开疆先生的事。不过高、陶本来是汪一伙的,王开疆是坚贞不屈主张抗日的!这件事要通知新闻界!洪溥他们兄弟俩的安全也要注意安排!"

杜月笙点头，说："对！马上通知新闻界，安全的事也让他们安排！"接着，又问了我和哥哥的名字怎么写。问完，说："你们两兄弟准备怎么办？"哥哥说："我们都要到重庆去！"我也说："对！我们去重庆！"

但，杜月笙摇头说："宏济可以去重庆！洪溥你太小，还是以后再去。我的意思是你们俩都先回一趟上海，看望安慰一下母亲！然后，宏济去重庆，洪溥就在母亲身边等以后再去！好不好？"

玩政治的人总是复杂的。他说得十分在理，又想得这么周到，完全出乎我的意料。我被他的话感动了。

杜月笙又说："令尊同我也是老熟人老朋友了！他爱国！我们都知道！东洋人和汪精卫他们干起坏事来说不清的！现在，先给你们找地方住下。我会叫人注意你们的安全的。我也会给你们订船票回上海去的。你们有什么问题有什么要求都提出来！令尊这件事对敌人的打击是很大的！我能为你们做点事是应该的！"

他说这些话后，有个中年人拿了一只托盘，上边放着药和水来给他服药。只见杜月笙拿起托盘中的一支玻璃管，里边是白色的药粉，端起开水杯，将白药粉倒进嘴里，玻璃管敲得牙齿"橐橐"响，然后喝了几口水将药吃了下去。事后我听杨老伯说：杜月笙去年十一月坐飞机去重庆时遇到日本飞机用机枪扫射追赶，险些出事，但高空空气稀薄，他得了气喘病，身体不好……

总之，这次见到杜月笙，他给我的印象如上。又有客人来找他了。杨天骥带我们离开杜月笙，他很讲义气似的对我们说："你们以后有事可以找我！"杨天骥安排人用车把我们兄弟送去旅馆住。后来，听说杜月笙在香港确是做上海和江南方面的情报工作，他还有个"上海党政统一委员会主任委员"的职务。次日，中央社、《大公报》等记者均来采访发了消息、照片及评论，重庆《新华日报》也发了消息。

这是我第二次到香港，是在父亲因为抗日在船上突然失踪后，与哥哥宏济同到的香港。香港离我上次离开仅仅一年零几个月，表面上没什么变化。但父亲谜一样的去世，使我的心灵受到严重的创伤。处境大不相同。杜月笙安排我们住在德辅道附近的一家"海陆空"旅馆，虽不豪华，也算洁净舒适，但周围环境比较热闹嘈杂。确是有人安排了我们的生活。本来，"芝沙连加号"上有父亲和我们的箱子衣物，荷兰轮船公司在父亲出事后，不肯将箱子等物品发还我们。这时，全部由杜月笙的人给我们领取送来了，也有人叮嘱我们外出要小心等。但我们当时不太了解特工工作的险恶，并不警惕，幸亏也未出事。我们经常就去街边的排档摊吃点炼乳、面包或者云吞、牛丸等当饭。父亲不在了，在香港就感到有一种漂泊、穷困的心态，逗留的日子不长，对世态人情却懂了许多，对人生况味也知道不少。

在香港，我总是会想起与父亲第一次同在香港时的那些事，在杜月笙处同杨老伯分别时，他告诉我："蔡元培先生身体很不好"，又问我："你还记得我陪你父亲带你去看蔡先生的事吗？"接着，个把月后我就在报上见到了蔡先生在香港病故的消息。记得后来读高中时，我曾找了他写的《我在北京大学的经历》阅读，增加了对他的了解，并对北京大学有了憧憬，只是以后考大学时，选了复旦大学新闻系，未圆北大之梦。

这第二次到香港，巧的是见到了许地山先生。我那时熟悉他写的那篇短小而朴素无华的佳作《落花生》，也知道他的笔名就叫"落花生"，并读过他的短篇小说集《缀网劳蛛》。那时，在香港皇后道上的"宁波同乡会"楼上，正举办着一个有关支援抗战的摄影展览。我们有个本家哥哥名叫王琪的在那里帮助工作。我和哥哥去找他时，看到一个相貌堂堂，黑发、八字胡下留一绺黑须、戴黑边眼镜的人，穿灰长袍，由人陪同在看展览，边看边同人谈话。他被几个人簇拥着，给我一种典雅温文、学者气质的印象。王琪说:"这就是许地山,'落花生'。"许地山那时是香港大学主任教授,碰巧见他一面,也是一种缘分。他在我见到他的第二年就因心脏病突发逝世在香港,葬在薄扶林道的中华基督教坟场,好像还不满五十岁。

哥哥和我从香港回上海后,他取道浙江去了大后方重庆。我1942年也绕道经苏、皖、豫、陕入川,历经种种艰险去到大后方。

光阴流转,父亲当年在香港的那些朋友早已失散,我再见到过的只有杨老伯。他后来很快离开杜月笙到了重庆。可能由于对当时大后方的种种不满,他宣布脱离政界。抗战胜利后,他思想倾向进步,营小屋在上海及苏州颐养天年。他有亲戚解放战争时期在上海做地下工作。我在20世纪50年代初由上海去苏州专程看望过他一次。他生活简朴,居处小而雅洁,身体瘦弱,人已更老,使我有沧桑之感。我带了水果、点心之类表示敬意,他握住我的手就像第二次我到香港在杜月笙高罗士打行办公处攥住我手一样。谈起当年香港往事,他莞尔笑笑摇头,未曾明说什么,他不信佛,但桌上有尊佛像,似早已看破红尘。我后来调往北京。他1958年安然病逝于苏州。我以未能去见最后一面为歉。但他脱离政治对人生的那种超脱，使我想起就会感到一种禅意。

关于父亲，当时报纸有评论曰："他摆脱敌伪囚禁，冒险逃出魔窟，用行动表示抗日决心，拆穿了敌伪想盗用他名义装饰门面的可能手段。当时，汪精卫正在筹建伪政府要演出还都南京的丑剧。王开疆先生以他壮烈的死，给日寇和汉奸们一个巨大的打击。"

《民国人物大辞典》上有王开疆先生的词条，全文如下：

王开疆（1890—1940），字启黄，江苏如皋人，1890年（清光绪十六年）生，1912年夏季入上海中国公学习政法，毕业后赴北京考取法官，1916年回上海，任《民国日报》律师。后东渡日本入东京早稻田大学深造。1920年毕业后回上海，开设律师事务所，并担任《民国日报》律师，又在上海大学、复旦大学、南方大学、暨南大学等校开课讲授法律，与徐谦等人创办法政大学。南京国民政府建立后，任国民政府法官惩戒委员会秘书长、国民政府中央公务员惩戒委员会委员。1937年当选国民大会代表。抗战爆发后，1939年拒任汪伪中央委员、伪司法部长等职务，被汪软禁。1940年2月9日挈子逃出赴香港，中途被汉奸跟踪，激于义愤，投海自尽，年50岁。

失去父亲后，想起父亲，我就会想起香港；想起香港，我又总会想起父亲。1999年春，我已是白发苍苍七十五岁，率大陆作家代表团一行十六人到台湾访问并参加两岸文化交流。来回都路经香港。但行程匆匆，不能多停留。这是我第三次到香港。这时的香港，回归祖国已经快要两年。它是一个特别行政区。我在飘扬着国旗和区旗的香港会展中心金紫荆广场的金色大紫荆花雕塑旁摄影留念。忆及往事，面目似有点熟悉而又非常陌生的香港，使我百感交集，香港较当年更繁华了，香港变大了！香港的高楼大厦像雨后春笋般地矗立着。而中国的传统文化、西方文化再加上150多年的英国殖民统治历史，使整个城市呈现出千姿百态、生生不息的时代动感。人和车，那么多；购物的商场，那么多；餐厅酒店和大宾馆又那么多……中环一带，成了"香港的曼哈顿"，气派最大。它既是特区政府和立法机关的所在地，又是商业金融中心。湾仔和铜锣湾成了"全天候"的商业繁华区……连过去那么熟悉的维多利亚湾我都似乎生疏了！湾水也不像当年那么翡翠似的蓝净了！我们从漂亮的新国际机场出来，是坐汽车经过海底隧道到香港的，并不需要坐海轮过渡了！往事并不如烟，想起当年少年时在香港的种种，想起随父亲见过的那些人和事，我说不清自己胸中翻动着的是一种什么样的复杂感情。忽然想到韩愈的一首感怀诗："忆作儿童随伯氏，南来今只一身存。目前百口还相逐，旧事无人可共论。"不禁有怆然涕下之感。

我后来在由台湾回来途经香港时，傍晚时分挤时间独自雇了一辆的士直奔香港仔，目的是寻找当年那次难忘的送别宴时的回忆。但到了那里，一切均已陌生，找不到旧时痕迹，水天茫茫，留下的只是我心中在作祟的伤心感觉。那夜的绍兴酒香，那夜的歌声激昂，那夜父亲的慷慨讲话和表情以及他伟岸的身影……都跟着光阴远远流逝了！

时间真是一个可怕的杀手呀！

它会使一个时代消失，使一个地方巨变，使人的记忆随着人的老化和死亡变为乌有。从那时开始，我就决心用文字把我对香港的回忆记录下来了！哪怕是支离破碎的也好……

（本文由香港《海岸线》杂志连载后，又由《山花》杂志连载）

刻骨铭心的"孤岛"岁月

1937年8月13日上海八一三事变后,日寇在8月15日就轰炸了南京。我第一次经历空袭,感到很大的威慑。为了避免挨炸,我随父亲离开南京坐火车到安徽芜湖住了一夜,又坐船去南陵县居住,因为父亲有一个姓江的朋友在南陵安排好了住房。南陵是皖南一个僻静的小县,但上海失守后,日寇从浙江方面杭州湾登陆拟侵袭广德、宣城,从安徽方向包抄南京。我遂随父亲及继母匆匆由南陵到安徽省会安庆,又由安庆坐船到达武汉。

在武汉,依然是天天有日机空袭。武汉当时抗战气氛强烈,到处能听到抗日歌曲,街上可以看到演出《放下你的鞭子》这样的街头剧,电影院里在放映八路军《平型关大捷》的电影。我们住了些日子,终因空袭太多,遂决定坐粤汉路火车到广州,然后再往香港去。粤汉路火车在武昌上车,一路上经历无数次空袭,每次空袭来了,火车头怕被炸毁,就将火车车厢丢下跑了。我们也就逃下火车到周边的树林或田野间躲藏。起初每次空袭还平安无事,仅是虚惊。但最后一次,火车离广州仅六十公里左右到达新街站时,忽然袭来大批日寇的水上轰炸机,对我们的火车狂轰滥炸。飞机低空盘旋头顶,炸弹成批掷下,火车被炸毁,死伤者遍地,我们身边全是碎弹片,幸未遇难。到广州转往香港后,在香港居住了很长时间,因生活昂贵,经济困难,继母又朝夕吵闹着要回上海。当时上海有租界,继母家在公共租界汉口路同安里21号。父亲又有任务要在上海租界办大学,我们遂回上海租界上居住。我进了东吴大学附属中学初中部,在汉口路虞洽卿路慕尔堂上课。

一

当时的上海租界,被叫作"孤岛"。这是一种比喻:因为租界的周边地方都被日寇占领,租界成为黑水洋中的一个孤岛了。租界当时是比较平安的,日寇不能进租界来,公共租界主要是英美的势力范围,法租界主要是法国的势力范围,日本当时未同英美等国开战,自然租界仍享有特权。但租界当局对日本既有顾忌也不愿惹麻烦,所以对租界上的抗日活动,是压制的。租界上的巡捕和包探,常常拦路抄靶子。所谓"抄靶子",就是抄查行人,要抄身,发现谁身上带了武器、传单什么的,就会逮捕。租界上当时可以看到歌舞升平、灯红酒绿,也可以看到乞丐难民无数,爱国者常在暗杀敌伪人员、散传单、贴抗日标语……

我在东吴附中同班的同学俞伯良正巧也住在汉口路同安里,我住的是21号,他家是9号三楼。我每天上学或放学有时就与他一同走去走回。俞伯良介绍我认识了他的邻居陈鑫如。俞伯良比我小一岁,鑫如与我同年。鑫如当时在光华附中读书。我们三个人处得不错,慢慢就无话不谈了。有一天,我们三个人谈起抗日,大家都认为可以用粉笔上街写抗日标语,也可以制些传单去散发。决定后,就干了起来。

粉笔那时候一分钱可以买两根,在学校里,老师上课后留下的粉笔也可应用。我们决定标语不要写在同安里的弄堂里和弄堂口,避免引起人怀疑,也不在学校里写,总是等天黑以后,三个人悄悄在袋里藏着粉笔走出去,由汉口路向外滩方向走,趁人稀少无人注意时,用粉笔在墙上写起"打倒日本帝国主义!""抗战必胜!""枪毙汉奸!"等口号,然后绕路满心轻松而又激动地走回家来。

这大约是1939年的夏天时分。从春天以后,上海租界上的形势渐渐恶化。因为汉奸汪精卫在5月间从越南河内潜来上海躲在虹口日寇卵翼下进行"和平运动",沪西"越界筑路"一带,在日寇支持下,极司菲尔路76号成立了汉奸的特工总部。这特工总部不断进行恐怖活动,常在租界上暗杀、绑票、敲诈勒索,打击爱国力量和爱国抗日活动。与此同时,租界巡捕房也就加强了巡逻警戒活动。我们觉得三个人一起出去活动危险大,就每个人分散活动,但觉得只写几条标语不过瘾,就决定做传单。

到纸店里买了一些粉红、鹅黄、淡绿的彩色薄纸,我们在俞伯良家趁他父亲不在时就用刀将纸裁成三指宽的小纸条,然后三个人一起在小纸条上写抗日标语。写完以后,每次总有二三百张或三四百张,晚上我们去文化街附近丢撒,文化街晚上行人不多,离汉口路同安里不远,岔道多,万一有事便于逃跑。

有一次在文化街撒传单时,正巧遇到"魔窟76号"的日伪便衣特务冲进《大晚报》的排字房又打又砸,原因是《大晚报》上刊登了抗日咒骂汉奸的文章。来砸烂《大晚报》的日伪特务还带着武器,当租界巡捕房的黑色警车飞快驰来时,立即发生了激烈的枪战,枪声"啪!啪!",警笛尖声地吹响。我们当时弄不清是怎么回事,吓得飞快逃回同安里,第二天看了报纸,才知是敌伪行凶。

从这次以后,我们停了很久都未再去撒传单,直到第二年春天，我们才又撒了一次传单。

这时，我们已上高中了！东吴附中初中在汉口路慕尔堂上课，高中则在南京东路东首慈淑大楼里上课。慈淑大楼高七层，下面一、二层楼是顾客拥挤的大陆商场，出售百货。三层以上全部出租给一些公司、社团和私人诊所或学校使用。这幢大楼抗战前据说是花了一百六十万银圆建造的，是上海著名的首富——英籍犹太人哈同的遗孀罗迦陵的财产。慈淑大楼正面在热闹的南京路上，另一面在冷清的山东路上，这个地形被我们三个看中了！我们就购纸并书写传单上的口号，足足写了六七百张，然后，分头上楼去侦察适合的地点。

慈淑大楼靠山东路的一面有好几个后门和侧门。我们三个人各走一个门到四楼，在楼梯转弯处的窗口向南京路方向把传单撒下去，然后飞速下楼窜入大陆商场，从大陆商场朝向南京路的门口出去，观察我们投撒传单的效果。我们了解：天黑时，我们上下楼的路线，人是很少的。

那是天黑时分，万家灯火。市声沸扬，喧嚣杂乱的南京路上，车水马龙，高大的双层公共汽车和叮叮当当的有轨电车在行驶，商店多彩的玻璃大橱窗里霓虹灯红红绿绿变幻着光彩，马路两边行人摩肩接踵。我们三个完成任务又都在大陆商场门口会合，我们散发传单后未看到那些彩色传单飘落下来的情景，但飞快下楼到南京路上后看到许多人手里都拿着我们写制的传单在看、在议论，还有些人仍仰着脸朝慈淑大楼的高层处探望。我们心里像开了花似的高兴得不得了！认为这是我们秘密撒传单成绩最显著的一次！

二

在初中时，我最爱看《大美晚报》的副刊《夜光》了！那时学生看这副刊的特别多。《夜光》的编辑朱惺公又名松庐，江苏丹阳人，他积极宣传抗日爱国，在《大美晚报》上发表《中日关系史参考》《民族正气——中华民族英雄专辑》《明代何以能平靖倭寇》《汉奸史话》等文章，这些文章在学生中流传谈论甚广。他还刊出《菊花专辑》好几期，以菊花傲霜凌寒的精神激励读者的爱国感情。1939年也就是我们在墙上涂写抗日粉笔大字标语时，汪伪"76号"特工总部写了一封恐吓信给他，信里还附了一颗手枪子弹，不许他再在《夜光》上刊登抗日文章，说如果他继续抗日就要杀死他！但是他毫无畏惧，反而在《夜光》上发表了一篇《将被"国法"宣判"死刑"者的自供》作为对敌伪的答复，表示决不屈服。这篇文章慷慨激昂，大义凛然，读了使人热血沸腾。

我们在学校里互相都传观谈论，既佩服他，又为他担心。

果然，两个多月后，朱惺公就被敌伪特务开枪暗杀了！

敌伪是用"铲共"的名义把朱惺公当作抗日反汪的共产党人加以杀害的。但后来知道，朱惺公并不是共产党，是自发抗日的！朱惺公死前在《夜光》副刊上写过一首七绝明志，诗中有"懦夫畏死终须死，志士求仁几得仁"的句子，我们在同学中传诵他的诗句，对他十分崇拜。

由于他死得壮烈，他的被杀，激起了上海人民的义愤，各界人士都纷纷前去《大美晚报》报馆捐献赙金，赠送挽联，并去报馆和殡仪馆吊唁。我和俞伯良、陈鑫如三人为朱惺公的被害难过得流泪。我起草了一副挽联，买了两幅白色素绸挥毫写了联句，虽然字不好，但也是一番心意，俞伯良和陈鑫如都夸赞我的挽联写得不错，我们三个人写了名字，又凑了二十元钱，一起亲自送到《大美晚报》报馆，给朱惺公致哀，把钱捐给他的遗属。

挽联写的是：

> 黄浦江畔哭义士，死为鬼雄，先生应升天堂；
> 上海滩头恨暴徒，生是人渣，汉奸该下地狱！

由于敌伪特务曾向《大美晚报》等报馆投掷过手榴弹，

并冲进《大美晚报》打砸伤人,所以我们到《大美晚报》报馆时,见门口罩着铁丝网防止暴徒分子袭击,还有一些保镖站在那里,气氛紧张,送挽联和赙金来吊唁的人很多,都不能进去。我们三个挤到前面去,在吊唁的签到簿上签了名,隔着桌子把挽联和赙金递了进去,又从人堆里挤了出来。

说是吊唁,实际只是这么去了一下,连三个躬都没法鞠,但我们还是感到做了应该做的事。记得当天陈鑫如曾激昂地发表感想说:"活着像条狗,倒不如勇敢地死得像个顶天立地的中国人!"他比我和俞伯良都胖,说这话时,脸上的肌肉一抖一抖,两只眼睛里像要冒火花!

到了第二年——1940年5月,有一天傍晚,俞伯良和陈鑫如在弄堂里对着我住的21号楼上大声叫我的名字。我连忙下楼,鑫如对我说:"明天是星期日,下午,我们一起到胶州路孤军营去看望八百壮士和谢晋元团长,你去不去?"

鑫如和俞伯良两人,八一三事变时都在上海,他们对谢晋元团长率领的八百壮士特别有感情。那时,上海战事已临尾声,在苏州河畔四行仓库的八百壮士坚守四昼夜后,因孤军无援,接受英美当局的劝告,避免无谓牺牲,奉命退入租界,在胶州路建立了一个营房。上海人称之为"孤军营"。这支孤军被公共租界当局围禁时只剩了三百七十一人,仍由谢晋元统率。他们虽丧失了自由，仍过着有组织的集体生活，每天举行晨操，上政治课讲述爱国抗日言论，还排演抗日反汉奸的话剧。为了每天升国旗，有的士兵被租界当局派来监视的万国商团中的白俄士兵打死打伤和凌辱过。各界爱国人士、新闻记者、学生、市民有不少都纷纷去到孤军营慰问。听到鑫如和俞伯良要去孤军营，我当然立刻表态要去。

第二天，我们买了一束通红、美丽的月季花带去。孤军营所在的地方，原是胶州路公园的一角。孤军营门口架着铁丝网，有神色郁闷的万国商团的士兵荷枪实弹警戒着。

万国商团是上海租界特有的一个武装组织，约有一千七百人的样子，是个从一开始建立就替西方殖民者在上海这个"冒险家的乐园"里服务的半军事组织。商团的成员服装配备讲究，枪械精良，有外国人，也有中国人。参加万国商团中华队的人，大部分属洋行职员。现在，孤军被囚禁在胶州公园的一角里，万国商团扮演了"狱吏""狱卒"的角色。看到他们，我们三个都从心里泛出厌恶。

鑫如比较老练，上前说："我们都是学生，来看望谢团长的！"一个持枪的白俄商团士兵神气活现地用流利的上海话吆喝："不行，不能进！"但边上有个商团中国兵比较好说话，在我们央求下，说："到里边登记一下，快点出来，不要多停留!"我们才进去填写好登记簿被一个模样像传达似的瘦子引进一间会客室里等待。

从会客室里透过玻璃窗,可以看到一个广场的一角,广场上竖着旗杆,但未升国旗,我恍然明白:由于日寇的抗议和英国租界当局的禁止,孤军营升挂国旗的斗争实际是失败了。这使我心里难过。正在这时,见一队光着头的孤军正在绕场跑步,整齐地叫着:"一、二、三、四!……一、二、三、四!"脚步声"咔嚓咔嚓"似在发泄着愤怒。

一会儿,听到脚步声,转眼,看到门口出现了一个瘦瘦的中等个儿的军人,三十岁光景,笔挺的腰杆,穿一套草绿色军服,光着头,没有戴军帽,我认出这不是谢晋元团长。谢团长的照片报刊上见得多了,认得出的。果然,来人同我们热烈握手,说:"对不起,谢团长正带领弟兄们在跑步上操,我是上官志标,是团副!"

我将手里的那束鲜红的月季双手捧着献给他说:"我们是三个高中学生,请接受我们对八百壮士的敬意!我们是来向你们致敬的!"说着,我深深一鞠躬,不知为什么,忽然鼻子发酸,心里也发酸,竟落泪了!

上官团副似乎很感动,他脸色很黑,有日晒风吹的痕迹。他接过花,说:"谢谢你们!我们很惭愧!没有战死在疆场，却奉命撤退到了这里！对不起全国民众！"说着，泪水流下，他马上用手拭去了！

后来，上官团副又说了些话，具体已记不清了，最后，他虽未戴军帽，却严肃地立正行了一个军礼。

万国商团的士兵来催促我们走了！我们向上官团副鞠躬告别，大家走出空气令人压抑、窒息得像监牢似的孤军营。走到外边阳光下，我心里回荡着难以平静的浪潮。

我那时候就明白：访问孤军营的经历，我会终生难忘的！虽然，未见到谢团长！

（本文刊于1944年重庆《时事新报》副刊）

我经历的"最后一课"
——记东吴附中王佐才老师

上中学时,语文课本里有法国小说家都德写的脍炙人口的名篇《最后一课》。这篇小说以普鲁士战胜法国后强行兼并阿尔萨斯和洛林两省的事件为背景,通过一个小学生在上最后一堂法文课时的见闻与内心感受,深刻地表达了法国人民深厚的爱国主义感情。

想不到,在抗日战争中,1941年12月8日,日本帝国主义发动太平洋战争,次日,我在上海租界上的东吴附中读书,也经历了一次类似的事件……

那夜,我正熟睡着,夜色漆黑,忽然被一声"轰隆隆"的巨响惊醒。我猛地从床上坐起,听到似是炮声,声音也不太远,仿佛来自东面黄浦江的方向。接着,听到了"轧轧"的飞机声。一种战争的恐怖感立刻攫住了我的心。

对面楼上一些窗口里的灯盏,一个接一个地亮了,恐怕听到这种声音的人家都在杌陧不安吧?

我开了灯看钟,钟上长短针正指着4点多。我想:会不会是租界外的日军在举行演习?又想:黄浦江里有英、美兵舰,会不会是日本与英、美交战了?这一响,外边老在传说日本要向英、美宣战呢!……

隐约的飞机声仍在远处盘旋,炮声又隆隆传来。我同家人都起床了。大家心头波澜迭起,都非常不安。一种风云骤变的感觉侵袭而来。炮声又响几下,终于沉寂了。大家虽又都回到床上去睡,我却怎么也睡不着了。

一清早,我起身后决定仍去上学,顺便打听一下发生了什么事。外边,细雨蒙蒙,雨丝裹着寒意。天气阴霾,同人的心情一样。空中像笼罩着一层灰色的烟幕。弄堂里,东一簇人,西一撮人,互相在谈论传告着拂晓前后炮声、飞机声的事。表情既兴奋,又紧张,也有忧虑。谈的不外是日本向英美宣战了,黄浦江上打沉了一艘英国炮舰,另一艘美国炮舰投降了。有人在说:"公共汽车和电车都已停驶!"也有人在预测:"看来,日本兵今天要开进租界来了!"……

弄堂里,有的人家在垃圾箱旁焚烧书籍,看来是怕日本兵进租界后会抄家,将抗日的书籍赶快烧掉。

我听了一会儿,没有什么值得再听的新鲜事,立刻带着忐忑不安的心情走到马路上去。马路上也东一堆人西一群人在喊喊喳喳，男男女女都有。男的看样子多数是去上班或特意出来打听消息看看情况的。女的多数挽着空篮子，一看而知是出来买菜的主妇。我找着人丛凑上前去听听情况，也同弄堂里的人谈的大致相仿。沿街的南货店、烟纸店、酒店都上着排门，人心惶惶。有雇黄包车在急急忙忙搬家的，是从公共租界往法租界搬。法奸贝当投降德国后，组织了伪政权，法国本土已被德军占领，上海法租界由于日法之间没有战争关系，法租界在有些人心目中，似乎比公共租界要安全得多。但马路边上有人在闲谈，说法租界当局已经派出大批安南巡捕沿爱多亚路架设了铁丝网，禁止拥进法租界了……

我心里七上八下，出汉口路，沿石路朝北向南京路方向走，见一家出售平粜米的店家排门紧闭，好多人带着空布袋在店门口排成了一字长蛇阵，等待售米。一家卖煤球的店门口也有人抢着在买煤球。再往前走，经过浙江兴业银行门口，见拉着铁栅门，一些要提取存款的户主正在银行门口大声叫嚷、"砰砰"敲门，要银行赶快开业付款。一家大南货店，平时生意兴隆，今天未卸排门，贴了一张纸条，上写："今日本号盘货，休业一天。"

街上行人脚步匆匆，脸色仓皇。我最关心的是日本兵进租界的问题了。一路上，却没有见到一个日本兵。向人打听，也都说没有看到日本兵。但我心里明白：无论如何，日本兵是一定要开进租界来了！以后，"孤岛"沦亡，沉没在日本帝国主义的侵略潮水中，原来在上海租界上的中国人过的将是更加黑暗、悲惨的亡国奴岁月了。心里充满仇恨，涌塞着一种悲壮的情绪。

我在一个卖粢饭团的小摊上，买了一只包油条和白糖的粢饭团，拿在手里一边吃一边向学校所在的慈淑大楼方向走去。

忽然，听见有些人在惊叫："东洋兵！""东洋兵！"只见一辆日本军用卡车风驰电掣般开过来，"嗤"地停在路边。军用卡车上堆着许许多多刚印好的日军报道部编的《新申报》。日本军车上的几个穿黄军衣的日本兵撒传单似的散发报纸。有些路人在抢拾报纸。我望着那些日本兵，心里仇恨，出于好奇，也上前拾了一张报纸。边走边看，见报上有日本向英美两国宣战的消息，有日本海空军突然奇袭珍珠港获得辉煌大捷、击毁击沉美国大批军舰和飞机的消息，也有日军今日黎明在黄浦江中击沉英国炮舰"彼得烈尔号"和美国炮舰"威克号"升起白旗投降的消息。我看完了报上的消息，心里发泄不出的愤怒更加强烈，将报纸揉成一团，扔在地上，甩起一脚，踢到了被雨水洒得湿漉漉的路边去。

蒙蒙细雨不知什么时候停歇了。天仍阴沉沉。路上见到的人，脸也阴沉沉。路面潮湿，我终于走到灰色的七层楼的慈淑大楼门前了。慈淑大楼靠近南京路的一面开设着大陆商场，出售百货，占了一、二层楼。三层以上全部出租给一些私人或公司、学校、团体使用。东吴附中在四楼上租了许多大房间做教室。

我吃完粢饭团，在一种难以形容的纷乱情绪中走进光线幽暗、阴森森的慈淑大楼后门，踏上楼梯走到四楼自己的教室里。大楼里人异常地少，阒静无声。到了四楼，见来学校上课的人十分稀少，多数人是害怕外出？还是忙着在马路上张望？啊，不！公共汽车和电车全停驶了，法租界和公共租界的路又截断了，人当然不会来得多了。宽大的教室里一共不过五个同班同学，全是男的，一个女的也没有来。我的好朋友俞伯良在，我闪身刚朝门口一站，俞伯良马上招呼："喂！我去约你来学校，你家里说你已经走了，怎么现在刚到？"

我没有回答，将手里一叠用帆布带捆住的课本和练习本往课桌上一放，对着俞伯良叹了一口气，说："唉，以后，不知道我们还能不能像以前一样上课呢！……"说着，内心痛苦，潸然想掉泪。

听我这样说，同学们有的叹气，有的露出愁闷和气恼。俞伯良忽然用粉笔在黑板中央端端正正写了四个大字："最后一课"!

他一写，我心里更难过了。

过去，在国文课本上读过法国作家都德的短篇小说《最后一课》，当时也为这篇文学名著中那种国土变色的凄凉心情所感染。可是今天，此时此地再来回想这篇名作时，感受更亲切更深沉了。眼看，日寇要来了！以后，也许一定要取缔那些富有民族精神、爱国抗日、反对卖国和揭橥气节和骨气的课程内容，代之以奴化教育的吧？学校里一定会让日本人或汉奸来教日文日语的吧？我虽然与《最后一课》中写的主人公完全不同，小时候并不逃课，从小学到高中学习功课一直尚好，并没有那种后悔过去未曾好好用功读书的憾意，但仇恨敌人即将来到的思想，使我内心像被刀刃刺伤流着鲜血。我看着"最后一课"四个大字，眼眶发热，心里发酸。俞伯良写的正是我心里想的。今天，可能是来上最后一课了呢！

啊！多么悲痛、多么屈辱、多么令人留恋的最后一课啊！

有两个同学也在黑板上跟俞伯良一样，用粉笔加写了"最后一课""最后一课"……快将整块黑板写满了。然后，其中一名叫吴玉书的同学突然哭了起来，抽搐着趴在桌上耸动着肩膀呜呜出声。他是班上年龄最小的同学。

他这一哭，我泪水忍不住哗哗流下来了。我正想去安慰吴玉书,却听见站在窗口俯瞰下边南京路的俞伯良忽然高声大叫:"来看呀!东洋鬼子来了!"

大家一起跑到窗口。四层楼的窗下是南京路。我们有一次曾从四楼往下撒过自己写的抗日传单。平日车水马龙行驶着双层公共汽车和有轨电车、小汽车的南京路,行人拥挤、商店集中十分热闹的南京路,此刻,宽广的马路上空荡荡,店家都不开门。远处从外滩方向列队走过来一支人数众多的日本海军陆战队,当头是一杆海军太阳旗,正在举行声威赫赫的入城式。

那些打着日本海军太阳旗的日本海军陆战队士兵,一色穿蓝色海军陆战队的制服,戴着钢盔,全副武装,奏着震慑人心的军乐,正以分列式的队形,在宽阔平坦的南京路上耀武扬威地迈着八字步行进。

啊!日寇来了!进公共租界来了,"孤岛"彻底沦陷在日本帝国主义者手中了,在敌人铁蹄下,更黑暗严酷的岁月来临了!

我同俞伯良肃立在一起,心上淌血,眼噙热泪,俞伯良忽然咬牙切齿轻轻对我说:"要是有一把传单,我一定撒下去!"

我拭去泪水,想:要是有手榴弹,我也一定扔下去!

日本海军的军乐声,不知奏的是什么军歌,节奏粗暴,似咆哮,似爆炸,听来特别狂热、野蛮。

我叹息着想:"今后肯定是在铁蹄下生活了!"看着眼前的场景,我觉得国耻真是比个人的耻辱更叫人难受。国耻牵连四万万五千万同胞,国耻使子孙万代蒙垢。我心底里不禁呼喊:中国!中国!你什么时候能变得强盛起来收复国土不被帝国主义欺侮呢?你什么时候能使中国人在世界上扬眉吐气呢?你什么时候能使中国人在中国的土地上顶天立地做主人呢?啊,啊!看到日本帝国主义的士兵昂首阔步践踏横行在"孤岛"的土地上,"哗哗"的脚步,像踩在我的头上和心上,我痛苦得简直不想活了。

正沉浸在痛苦中,忽然听到教室门响,有人来了。

我回头一看,不禁叫了一声:"啊!王老师!"

我一声喊叫,俞伯良、吴玉书等也都转过身来,同声叫道:"王老师!"

王佐才老师是个头发花白胡子也花白的老头子,瘦削、矮小,戴副黑边框眼镜。眼镜的黑边框大,更衬得他的脸小、头小。他家里人口多,负担重,从穿着上也看得出来。总是穿着破布鞋,寒冬时节,仍穿着一件薄薄的古铜色骆驼绒袍。袍子边沿袖口全破损了,像被虫咬过似的,剥蚀着,钉钉挂挂。他平日为人古板，不苟言笑，严肃得过分，考试时批卷打分很紧，对学生在课堂上说笑或者背书时提示别人等一类事情，都要厉声教训，同学们大都不喜欢他。但今天，王老师来了，大家对他感情完全不同，叫他"王老师"时，听得出每个学生对他都是十分尊敬、十分亲切的。

王老师弓着背，嘴里嘘着热气，冷得搓着双手，一本国文课本夹在胁下，进了教室，歉意地用一口浙江湖州口音的官话说："我迟到了！住得太远，今天没有电车也没有公共汽车，从大西路那边步行来的。我是从不迟到的！……"

我想：王老师啊！在今天这种情况下，谁会再计较你的迟到呢？我和同学们明白王老师的脾气，他来就要上课的。也不想再俯瞰耀武扬威列队进租界的日本侵略军了，我和俞伯良、吴玉书等都连忙离开玻璃窗前，回到自己的课桌后坐下来。

日本海军陆战队的军乐声仍在急风暴雨般地传来。王老师依然那样古板，似乎听而不闻，在讲台桌上摊开国文课本，用手扶扶眼镜架，扫视了一下坐在下边的稀稀落落的学生，说："人来得很少啊！"忽然，看见了黑板上的"最后一课"的字样，他突然背过身去，掏出一块破旧的白手帕来，用手扶住眼镜架，擦拭起眼睛来。啊，王老师哭了！稍停，他回过身来,无限感触地说:"是啊!是最后一课了啊!"他用桌上的粉笔擦将未写"最后一课"的地方擦拭干净,却不去擦掉那些"最后一课"的字迹。在擦拭干净了的地方,写下了"新亭对泣"四个字,说:"上课!大家翻到课本后边这一课上,今天讲《新亭对泣》这一课。"

老古板的王老师,平时讲课文一直是顺着往下讲的,今天怎么跳过许多课选讲后边的这一课了呢?

翻到一百零三页,见课文一共选了两则《世说新语》上的故事。《新亭对泣》是第一则。课文极短,全文不过一百多字:

> 过江诸人,每至美日,辄相邀新亭,藉卉饮宴。周侯中坐而叹曰:"风景不殊,正自有山河之异。"皆相视流泪。惟王丞相愀然变色曰:"当共戮力王室,克复神州,何至作楚囚相对。"

课堂里肃静无声,日本侵略军的军乐声已隐约远去。

又有七八个同学陆续来了。他们迟到了,但一来就安心地坐下来听讲,都非常专心。教室秩序从来没有这样严肃、安静过。

王老师瘦黄苍老的脸上特别庄重,黑边眼镜下两只眼睛在放光,声音蓦然也比平时洪亮了几倍,说:"本文选自《世说新语》。新亭,又叫劳劳亭,在今天南京市南面,三国时东吴所建。作者刘义庆,是南朝刘宋时彭城人。宋武帝永初元年袭封为临川王,历任多种军政要职。现在我来讲讲这篇短文的背景……"

他讲课,平时我感到平淡。今天他的语气却抑扬顿挫,蒸腾着热力;他眼睛注满了兴奋,吐出来的字像扔出来的石头;用丰富的感情,神采奕奕地感染着学生:"西晋愍帝建兴四年,匈奴族刘曜攻破长安,愍帝投降,西晋覆亡。次年,琅琊王司马睿,即晋元帝,在江南建康建立东晋,开始了南北朝对立的局面。当时,由北而南的士族官吏,一部分如闻鸡起舞、中流击楫的祖逖等是主张抗战恢复中原的,但多数只想偏安江南苟延残喘。《新亭对泣》正反映了南下的士族官吏截然不同的两种思想抱负。周侯指周颛,袭父爵为武城侯,故又称周侯,是属于唉声叹气之辈的。王丞相指王导,是慷慨激昂有用抗战光复中原之志的。对比鲜明!……"

我明白王老师为什么今天要选讲这样一篇短课文了。我听着讲,看着课文,只觉得身上热血迸流,受到启发,心里痛快,有异乎寻常的满足。

王老师慷慨激昂地说:"要抗战!要光复神州!决不作楚

囚之对泣！眼泪应当吞在肚里！把力量用到抗战上去！……"他讲的是课文，又好像在讲今天的时局、今天的责任。

真奇怪，短短一百多字的一篇古文，此时在我身上竟会产生这么神奇的力量。我感到王老师讲的正是我此刻十分需要听的课文。听着，听着，眼眶湿润了，心上身上血液里都被注射进一种渴望同敌人拼一拼死的激情。课文浅显易懂，讲完，也就可以背熟了。我见俞伯良、吴玉书等全部来上课的十几个同学，都比平时专心十倍地听讲。从大家脸上的表情，我能看到他们的心在跳，血在迸流。

我忽然心里十分忏悔：过去，为什么对王老师不那么热爱呢？多么好的一位爱国老师啊！他竟是这么一位有感情的热血充沛的老人，平时可一点也不了解呀！在面临敌人铁蹄践踏的关键时刻，他像一把稀世的宝剑光辉闪闪地露出了锋刃！平时为什么看不到老师有一颗金子般的心呢？

王老师讲完课文，突然掏出那块破旧的白手帕来，左手扶起眼镜架，右手用手帕去拭面颊。我看到：两行晶莹的泪珠顺着老师的鼻梁正流下来。教室里静得针尖落地也能听清。老师在啜泣！一刹那间，我也泪流满面了。同学们也都落泪，年纪最小的吴玉书，又伤心地趴在课桌上哭泣起来了。我突然想起，听说吴玉书的大哥是航空员，在杭州笕桥机场上空与日寇飞机空战时血战阵亡的。

哭泣了短暂的一会儿，王老师止住了流泪，忽然说："作楚囚对泣容易，就是讲完了这篇课文，懂得了应该去光复神州而不应当相视流泪的道理后，我们也仍是不禁要泣下。但哭没有用！同学们，记住今天我这最后一课上讲的话吧。也许，今后我不会再来教你们的国文了。谁知道会不会派日本人或汉奸来给你们进行奴化教育呢？但你们只要记得曾经有一个五十八岁的国文老师给你们上过这样一堂课，那我也算没有白教你们这些学生了。"

我心里火辣辣地发热，真想上去热烈拥抱老师呀！战争和刀枪能毁灭许许多多东西，但不能毁灭美的思想、美的人和事；侵略者能用铁蹄占领中国的土地，但他们想征服中国人的心那是妄想！

王老师要下课走了。他用粉笔擦去了他写的"新亭对泣"四字，但仍保留着黑板上的所有"最后一课"的字样，用一种依依不舍的声调说："同学们，再见！下课。"

平时，老师来上下课，总是由班长喊："一——二——三！""一"是学生起立，"二"是向老师鞠躬，"三"是老师还礼后学生坐下。今天，班长没有来。上课时，没有人叫"一——二——三"，此刻，我忍不住忽然起立，代替了班长高叫:"一——二——三!"

所有学生,一同肃然起立,向老师恭敬地鞠躬,目送着王老师飘然走出教室。

我见王老师瘦削的背影已从教室门口消失,我忽然想起了什么似的,拿起课桌上的课本、练习本大步追了出去。

我在下楼梯的地方追上了衣衫褴褛的王老师,高叫:"老师!"快步走上去。王老师慢慢回过身来,瞅着我,立定了脚步,脸上似乎是问:"什么事?"

我鞠了一躬,将一本练习本翻到空白处,递了过去,恳求地说:"老师!请给我留几句话做纪念吧!"我本想告诉老师,我将来可能会离开"孤岛"到大后方去的。但话到嘴边,咽住没说。

王老师从长袍胸襟上取下他插着的一支黑色旧"新民"钢笔,在我的练习本上,用流利的钢笔字写了两句话:"养天地正气,法古今完人!"然后,写了"王洪溥同学留念",在下边签上了名,转身下楼去了。

俞伯良从后面走过来,追问:"你在干什么?"

我将手里练习本上王老师写的两句话给俞伯良看了。

俞伯良一跺脚说:"唉,我怎么没有想到呢?我也要找王老师写几句!"话音刚落,他已经"嗵嗵嗵"地下楼去追赶王老师了。

我独自下楼。走出慈淑大楼时,看到街口已有横枪站立、面目狰狞、穿黄军衣的日本陆军在放哨。街头上出现了刚张贴的"上海方面大日本陆海军最高指挥官"署名的铅印中文布告。围观的人很多。我挤上前去看,布告上说日军进驻公共租界,是为了"确保租界治安",等等。这当然都是日本侵略者的鬼话。日本侵略者是攥着杀人的刀枪、戴上不动声色的假面具在攫取"孤岛"了。

时光流逝,一晃几十年过去,但我所经历过的"最后一课",印象始终新鲜。当年我所尊敬的老师一定早已作古,当年的同学也都不知身在何处。但看到我们的祖国终于在中国共产党领导下取得了举世瞩目的成就,赢得了崇高的国际威望,我们的社会主义中华人民共和国已经初步繁荣昌盛,每当回忆起这些辛酸痛苦的往事时,就更有一种无比的欣慰充塞心头。

在日寇铁蹄下的"孤岛"生活,常引起我许多难忘的回忆。日寇海军陆战队在南京路上耀武扬威的情景我也始终印象鲜明,但日寇的军队后来很快又退出了租界,并且开放交通,恢复生产和市面,让上海公共租界基本在表面上维持了日军占领前的状态。其原因是日军岗哨林立,租界人心惶惶，生产凋敝，市面衰落，日寇感到要一个死城一样的上海背上大包袱不合算，维持原状，保持上海"国际都市"的外貌对日本有利，日寇是想用"王道乐土"的精神来麻醉上海人，免得以侵略者自居引起上海租界市民的反感和反抗。日寇司令部当时张贴布告说如有政治恐怖事件发生，日军可以进行封锁，可以拘捕人质。日本又查封商务、中华、开明、世界、大东五大书店，派出大批鹰犬检查各级学校教科书，汪伪也根据敌伪需要重编教科书。为了节电，商店霓虹灯取消了，马路上的红绿灯取消了，公共汽车和电车傍晚六点就停驶了……无论日寇用什么手段掩饰，上海也是在铁蹄践踏下的土地，是屠刀宰割下的俎上之肉。我上的东吴附中，不能继续办下去了。一批爱国的老师出面组织了一个"正养补习学校"，让我们可以继续攻读，不受奴化教育，但给我们上最后一课的王佐才老师，从那时就不知何处去了！以后我再也没有听说过他的消息。

许多年后，我写长篇小说《战争和人》三部曲，当年在日寇铁蹄下的"孤岛"生活自然而然成了我创作的素材。我将人名做了些改动，但写出来的那些生活经历和感受常常都是完全真实的。

我不愿意在上海继续过那种铁蹄下的生活，终于在1942

年7月,独自由上海出发,在安徽合肥过日寇的封锁线,经历千辛万苦、九死一生,经过江苏、安徽、河南、陕西、四川到达大后方重庆,去参加抗战,并继续去完成学业。

(本文刊于2004年1月《大家》杂志)

漫漫险路西行记

（1942年7月—1942年9月）

那是抗日战争时期一个艰险漫长的夏季！那个夏季我离开日寇铁蹄践踏下的沦陷区，从上海奔赴大后方重庆；那个夏天我跋涉八千里，多次面临死亡的威胁，吃尽了千辛万苦，是我生命中的一次"长征"；那个夏天使我对当时的中国有了深刻的了解，初步萌生了中国需要大改变的想法……那是1942年，即民国三十一年的夏天，那个夏天特别炎热，当时我十八岁，是一个高中学生。

一、地图册摊开在我面前

地图册摊开在我面前，我在寻找从上海去大后方重庆的路线。我只能大概知道这条路线的情况，就是从上海坐火车到南京，然后由南京到安徽合肥，估计在合肥要过日寇的封锁线，然后步行去河南洛阳，再由河南洛阳去陕西西安，经过宝鸡从四川北部入川,再由成都到重庆。这条路线曲曲弯弯,历经江苏、安徽、河南、陕西、四川五省,从地图的比例尺看,足足有七八千里。一路会有哪些艰难险阻?不知道!母亲和我一同看了地图,她叹了一口气,皱着眉头,说:"我不愿你离开我,但只能放你去了!"我却豪情满怀地说:"您放心,不要紧的!我一路上都会给您写信的!"我明知道信件极慢,因为当时经由普通邮路寄到中国后方各地的邮件是发到苏联经新疆转递的,寄到沦陷区各地的邮件是发到苏联经中国关外转递的,航空信件则是经印度加尔各答由重庆—加尔各答航线内运的。信件每每旷日持久,有时还遗失,但我这么说了,母亲却似得到了安慰,点了点头。

这是1942年的6月,我正忙于启程离开"孤岛"上海。上海这"孤岛"的名称是在"八一三"淞沪战败、国军西撤后获得的。当时租界之外都已被日寇占领,上海租界沦为黑水洋中的一个孤岛了!但有租界作屏障,究竟比亡国奴的生活还好一些。只是自从头年的12月8日,日寇发动太平洋战争后,日本天皇颁诏书向英美两国宣战,英美两国也向日本宣战,上海的租界便也成了日寇的天下。我就决定要逃离上海去大后方求学。在四川江津,我有个堂兄王洪江在做律师;在重庆,我的哥哥宏济在上兵工大学,我去自然是投奔他们。听说大后方上中学和大学都可以有公费或贷金，我估计去后生活不会太成问题。母亲虽然舍不得我独自万里跋涉，但她尊重孩子的志向，而且她是个有爱国思想的母亲，上海的形势险恶，她自然坚定支持我去。只是，从上海去大后方，本来可以经由浙江走江西、湖南等省去四川。当母亲为我多方设法筹措好旅费并准备好衣物等时，日寇却在浙赣路东段发动了进攻。战火熊熊，走浙江这条路已经不行，怎么去大后方成了一道难题，使我增加了不少焦灼。

这时我在正养补习学校高中部上高二。正养补习学校的前身是东吴大学附中，由于太平洋战争后上海租界已等于沦陷了，东吴停办，一些爱国的老师就出面办了这个正养补习学校让我们继续上学。"正养"的校名，取自东吴的校训："养天地正气，法古今完人。"这里仍用原来的教材，也不教日语。由于我决定去大后方，学校早早就发给了我转学证，好让我持转学证到大后方后可以继续高二的学业。我在启程前，每天照常到学校上课。老师们和课本都使我感到亲切。那时候，上课前后，老师和同学们总是交换一些消息：比如日、美航空母舰在珊瑚岛大战，双方损失相当，这是日本海军自发动太平洋战争后首次受到重大挫折（敌伪报上则说美国大败，日本大胜）；比如美国空中堡垒巨型机轰炸了东京，引起日本极大惊慌等新闻。当时敌伪报上讳莫如深,我都是这么在暗下里知道的。

母亲为准备送我走,费尽心机,比如为了要给我带上一笔够用的旅费,她就四出找人筹措帮忙。当时,上海日寇已禁用法币,用的是伪中央储备银行发的伪钞。但出沦陷区后,就不能使用伪钞,要使用法币了。而且,身边带的伪钞如果被发现,说不定会给加上一顶"汉奸"的帽子。因此,带的伪钞不能多,用到一过封锁线时就用完最好。而法币这时已经被日伪禁止在市面流通了,母亲只好到各个熟人家里一家家去收集,用伪钞向人兑换法币。更因为法币收集得不多,母亲又向人购来几个金戒指、一块金锁片外加八十元美金让我携带着,以备不时之需。母亲为我想得十分周到,除给我准备了衣服外,还给我带了被褥,带了点日用品,更有一包药品,说:"药品是可以救命用的!万一将来用不着,卖掉也可以值点钱。听说那边药品是奇缺的!"她又不知从哪儿买到一小包钢笔尖和一小包钢笔里的橡皮管给我,说:"大后方艰苦,人家钢笔坏了总要配笔尖和皮管的,万不得已,你就是给人修钢笔也能赚点钱维持生活。"母亲是知道我年纪轻轻独自远行,既怕我路上缺少盘缠,又怕我到了大后方也少人接济,才想尽办法千方百计想使我囊中能尽量丰富而不拮据的,真是"可怜天下父母心"啊!……启程前的准备工作就这样不断在做,但什么时候能启程呢?心中无数。浙东的战争很激烈,传说日寇怀疑轰炸日本东京的飞机是从浙东的飞机场起飞的,因此反复地对浙赣路展开大进攻,目的是占领机场。我想从浙江、江西去到大后方的企望,似乎难以实现了!

母亲四出找熟人商量我走的事。6月底的一天,她从外边回来了,说:"今天有个好消息!上海中学(这是抗战前上海有名的一所中学)原来有个校工名叫夏家连,他勤奋好学,为人正派,被校长郑通和赏识,一直跟着郑通和工作。郑通和如今是甘肃教育厅的厅长,在兰州,他派夏家连来上海办一些事,顺便还要将上海中学隐蔽下来的一些显微镜等珍贵仪器设法带到兰州去。今天,我同夏家连见了面谈了话,由于我与郑通和过去熟识,夏家连答应可以考虑带你去大后方。你们可以同路到陕西宝鸡,由宝鸡他到甘肃兰州,你入川去重庆。他说一路很艰苦也有危险,所以想同你见面谈一谈再做决定。"

我喜出望外,问:"走哪条路线呢?"

母亲说:"夏家连是安徽合肥人,他说是到他家乡,由那里可以过封锁线,然后步行向西,要经过河南、陕西然后入川。"

我第二天就同夏家连见了面。他约莫三十几岁，中等个儿，方脸盘，大眼睛，朴实厚道的模样。同我谈了话后，他就说："很好！你身体不错，也机灵，我们就结伴同行吧！"

夏家连把大致的路线告诉了我。我回家后，找了地图册，这就出现了这篇文章开头的那一幕情况。

二、去安徽合肥冒险过封锁线

临到离别，我才解悟到我是多么舍不得丢下母亲和妹妹继续在沦陷区受苦受难。这时的上海，由于敌伪统治，物价飞涨，粮食奇缺。配给的是难以下咽的六谷粉和碎米，常常半夜要到粮食店门口排队挤兑。外白渡桥及通往南市的一些关卡口子上都有日军站岗，经过的人要向日军哨兵鞠躬才能通过。日军在租界上大肆逮捕抗日分子，汪伪特工组织横行霸道杀人和敲诈勒索。跑马厅广场上日寇经常开祝捷会，悬挂着宣扬胜利的气球大标语。中学里的课本已经改换，有的学校在用陈腐的《幼学琼林读本》代替语文课了！有的学校在强迫学日文。每个人都要随身带着"良民证"应付检查。街边收音机里常播放着《大东亚进行曲》和《支那之夜》……使中国人意识到在日寇统治下过的是亡国奴的生活。

因此,我是含着泪同妈妈和妹妹们告别的。那是7月上旬的一天下午,我带了一只箱子和一只帆布行李袋,金子、美钞母亲给我用布包着缝在衬裤上,随夏家连同到北火车站搭夜班火车到南京去。

火车"喊咔、喊咔"行驶得很慢,穷人跑单帮的特别多,车里又挤、又热、又脏、又臭。窗户封闭着,不准开,闷得要死。因是夜间行车,看不清远处情况,只是一片片黑黝黝的死静。兵灾之后,沿路一些站台破破烂烂的,断垣残壁上弹洞不少。为什么封闭窗户,说是怕抗日分子破坏铁路。铁路说是日寇与汪伪"合办",实际是由日本军管,常看到持枪的日本兵,使人心里带着恐惧和仇恨。火车老牛破车似的走了一夜,天亮后终于到了南京下关车站。

南京我是十分熟悉的。抗战前,家住南京,童年时代我都是在南京度过的。但现在的下关人迹稀少,到处是断垣残壁,下关沿江一带,本来热闹繁华,如今往昔的情景全部消失了。夏家连带着我,找了一家破破烂烂用木板搭的小客栈住下歇脚。店老板有五十来岁,家连向他打听去安徽芜湖怎么走。店老板说:"先买小火车的票坐小火车去中华门,然后转宁芜铁路买票去芜湖。"家连5月底由甘肃兰州回来时,由于合肥一带有战事,他是绕道河南商丘从陇海路转津浦路回到上海的。来时未能到家乡合肥看看,这次回去他决定到家乡看看父母,然后再西行。我反正是一切都生疏,跟着他走就是。但我觉得在下关这家小客栈里住下没有必要,我们可以立刻去坐小火车然后转往芜湖的嘛!家连好像懂得我的想法,悄悄向我解释说:"我带着几架显微镜呢!这东西万一被查出,大问题不会有,但被没收惹些麻烦是难免的。我们该先去小火车站看看,然后再到中华门宁芜路的车站看看,不能冒冒失失上路出问题。"

我们在小客栈里吃了店老板擀卖的面条,同店老板谈起了南京攻陷时遭日寇大屠杀的往事。店老板叹着气说:"那时,幸亏远远逃到乡下亲戚家去了,留在城里这条命早就完了。这下关一带房屋烧光,到处是死人,鬼子杀的人可多了!"吃完面条,我陪家连到小火车站。这里乱糟糟的,人力车、马车都破旧不堪,茶摊、小食摊充塞场地,叫花子很多,坐车的人拥挤在站台上等着上车。守门检票的没有日本兵,也不检查行李。有辆马车载了几个客,还缺两个,招徕生意说:"你们上车我马上就走,到中华门,按小火车票价打八折!"家连拉我上了马车,说:"坐马车好,可以看看南京!"南京经过战争,城北一带十分荒凉,到处是野草丛生,瓦砾与土堆散布在断垣残壁中,战争及日寇大屠杀留下的创痕依然鲜明。马车经过鼓楼一带,看到有被火烧剩的房屋残迹,居民依然很少。经过新街口往中华门去,店铺、行人才多一些。赶马车的是个满脸皱纹的老头子,穿件钉钉挂挂的破旧汗衫,戴顶旧草帽。家连问他当年鬼子进南京的事,他说:"当时躲在乡下,光知道日本人乱杀乱烧,还奸淫妇女,夫子庙到太平路都放火烧了。过了几个月在来年春天回来,夜里还是不敢上街。"说着,就到了中华门。赶马车的老头用手指指中华门一带,说:"鬼子那时由这儿进城,一路杀人,被杀死的中国军人和老百姓尸体堆得比城墙还高……"中华门有汉奸汪精卫的"和平军"和日本宪兵把守,家连和我下马车走到马家山宁芜铁路的车站观看,见坐火车的旅客不多,远处有伪军站岗,但不检查旅客。家连看了一回,去售票处买了两张明天一早去芜湖的火车票,就同我乘小火车回到下关。家连是个沉着的人,只说:"你不做亡国奴要去大后方是对的!你看这南京,如今像个鬼城了!"

第二天下午,我们坐火车到了芜湖,又急匆匆从芜湖渡江到裕溪口,打算在裕溪口等淮南路的火车到合肥去。我们连背带提,各带着两件行李,要登上小火轮渡江到裕溪口时,忽然来了一小支日军野战部队。大家本来都已上船,日军却要船上已购了票的中国人大部分都滚下船去,让出地方装载他们的辎重和马匹。家连和我上船早,在船尾附近站着,见大家纷纷被驱赶上岸,我们也打算下船。谁知没等我们提着行李下船,日本兵牵着马匹、挑着辎重已拥上船来,将我和家连挤散。我被挤到船边上一处极险极窄的地方站着,看不到家连在何处,一匹棕色马紧挨着我,有几个穿黄军衣的日本兵在马的那边,有的站着,有的趴在船栏旁坐着。船很快就开动了,日本兵的吆喝声、谈笑声飘扬在空中。我的手无处可扶,脚下地方窄小,船的马达震动,看到江水滔滔,处境危险。一个坐在我箱子和行李袋上的日本兵,看着我笑笑,笑得不怀好意,做了个手势,指指我又指指水,很像想开个玩笑将我推入水中。我不会游水,如果下了江肯定是淹死,但我毫无保护自己的权利!我脸上尽量装得无表情,不再朝那个日本兵看,我明白在日寇铁蹄下的中国人,生命是毫无保障的。我晒着烈日,屏息站立,一种随时会被日本兵推下水杀死的感觉充塞胸臆。幸好,不到半小时船已靠岸,日本兵一窝蜂地牵马挑担抢着下船了。我突然看到家连同另外几个被挤在船边上的中国人都在船尾那儿站着。此刻,家连不放心地过来找我了。我将刚才的情况说了,家连叹口气说:"你要出了事,我就不好交代了!"又说:"这种乱世,人的性命不值钱!别看这些日本兵张牙舞爪，说不定他们都会成为炮灰留在中国土地上！"

家连和我到车站买了夜车票西去合肥，上车前，他依然让我看着行李，由他去看看检查的情况。我们上车很顺利，依然没有碰到检查行李的。车上人不多，我们买了些冷烧饼冷油条充饥。车窗封闭，空气混浊闷热，氧气缺乏，有中暑的人哼哼唧唧"哇哇"呕吐，像坐在闷罐子里似的。家连和我热得都脱掉了上衣赤着膊扇扇子。车厢里那盏25支光的灯泡摇晃着发出昏黄暗淡的光芒，使人倦怠。这一夜特别难熬，因为车常常停驶，一停就一两个钟点。听身边一个跑单帮的中年人讲，这条铁路常常遭到破坏，有时通行有时不通。日本运兵车曾被炸过，铁轨也被破坏过……果然，天亮时火车到了巢县，却忽然吆喝车上的人下车，原来由巢县到合肥的铁路被破坏了。火车只到巢县为止，不往前走了！

怎么办呢？家连和我带着物件夹在乘客中出站，想找一个小客栈住。谁知车站出口处，有穿黄军衣戴着白底红字臂箍的日本宪兵把守。家连随一些旅客提着行李通过十分顺利，我却被那满脸横肉的宪兵拦住。他指着我的帆布行李袋说了一连串的日语，边上一个穿宪兵服的宪佐是中国人，翻译说："你的帆布袋是军用品，皇军问你怎么会有军用品的？快打开检查！"我说："可以检查！这种帆布袋上海霞飞路上要多少能买多少!"那宪佐打开我的帆布袋,见里边主要是被褥和衣服,挑不出毛病,又问我去合肥干什么?为什么要离开上海?我按与家连商量好了的说:上海疏散,让人回乡;我有肺病,回乡养病……宪佐译给日本宪兵听了,听说肺病,鬼子挥挥手让我走。我出了站,见家连正担心受怕地等着我。问了情况后,他说:"你运道好,我运道也不坏!要是检查了我的包翻出了显微镜,那就麻烦了!"

我俩找了个小客栈。客栈老板说:这铁路有时一断两三天,有时则几个小时就通车。这一向都是这样。我们就决定在客栈里吃饭。巢县的巢湖里出产小虾,当地人爱用韭菜炒了小虾吃,虾红菜绿十分好看。小客栈的老板娘是个胖大嫂,用韭菜炒了虾给我们端了白米饭来。客栈里泥土地矮门框,阴暗潮湿,但十分便宜。昨夜没睡好,家连和我吃完饭就倒身睡了。

原本打算在小客栈里住上两天,等候铁路修好再坐火车走的,没想到睡醒后不到一小时,店老板却来报喜讯了,说:"喜事喜事!火车下午就通,做做准备上车站等着去吧!"见住店的旅客纷纷离店到车站去了,家连和我也去了车站。早晨盘问过我的宪兵宪佐已换上了别的宪兵,却没有盘问和检查。下午两三点钟,我们挤上了去合肥的火车。

夏家连是合肥东乡大兴集附近的夏家村人，火车去合肥先经过大兴集。我们到大兴集后雇人挑了行李去夏家村，夏家村离大兴集五里左右，得步行。家连是本地人，虽然好几年未回家乡，依然熟悉。大兴集有一条开着些小店铺的正街，两边都是些低矮、苍黑、墙根长着青苔的小瓦房。正是傍晚，只见田地、路边菜园、空地里种的全是罂粟。正是夏季花开未败的季节，红色的罂粟花鲜艳招展，更闻到不知谁家在熬鸦片，鸦片味很浓烈。我明白，这是敌伪推广种植鸦片的结果。日本帝国主义是想使中国人亡国灭种啊！家连看了也说："从前，我们这里是产米区，到处水稻，如今却让鬼子用毒品代替了！真狠毒啊！"

夏家村实际没几户人家，周围还有些分散的农户。到夏家连家里时，他父母都在农舍门前场上干活，家连嫂带着一个七岁的女儿也在纳鞋底。抗战爆发后，家连这是第一次回家乡，同亲人见面自然大家都高兴。他家是中农，父母与妻子都能劳动，有条水牛，也养了些鸡鹅。由于家连在外边工作，家里就很受村里人重视。村里人都姓夏，均是族人，处处也受到照顾。家连和我一到，正在用水洗抹，就有族人来看望。从他们与家连的谈话中，我了解到：鬼子兵到过大兴集一带抢牲口捉鸡鸭，也在一个小村庄烧杀过，但未到夏家村来。夏家村有个家连的远房哥哥名叫夏寨，人都叫他"寨子"，他头两年弄到点枪支，拉起了几十个人，要打天下，声言不做汉奸，不跟共产党，也不跟老蒋，要自己干！因为他在合肥城南打过鬼子杀过两个汉奸，虽有些扰民，人们也不仇恨他。他自封为大队长，夏家村也在他保护下。他反对种鸦片，谁如果种，他就收重捐，还将烟苗铲掉。正因为他在这一带活动，日伪军数量少，不敢到东乡来，而共产党和国民党的游击队也不来这里活动。

家连同亲友们谈起过封锁线的事，向他们介绍我，如实说我是去重庆求学的。农村民风淳厚，人都有爱国心，听说是去抗日大后方的，对我都很亲热。谈起封锁线，都说：日本鬼子挖了很长很长一丈多宽的大深沟做封锁线，要去六安，从这里先到上派河，必须过封锁沟，要绕个圈兜过去，还要经过三不管地区（指日寇管不着，国民党、共产党也不管的地区），有点危险，但找个熟门熟路的人带路，趁夜里上路，还是办得到的！听到他们这样说，我好像吃了定心丸。当夜，我就睡在家连家茅草顶土墙房的堂屋里，在地上铺了稻草垫上自己带的被褥，在蚊子的嗡嗡声和屋外水田及草丛中的蛙鸣声里悠悠入睡。

谁知，第二天一早，家连嫂煮了稀饭，烙了葱花面饼，从缸里取出酸菜（缸里有很大的白蛆），让我和家连吃早饭时，却就听到远处隐隐约约传来了枪炮声。家连脸色严肃，说："听说合肥形势紧张，鬼子运了一些兵来。看来战争提前开始了！"我说："会影响我们过封锁线吗？"家连说："肯定会影响！我原来打算在家里住几天再动身的，现在，不行了！"枪炮声停停歇歇又响起来，我心里焦灼，但一切只能听天由命了！

就在这天中午，我看到了寨子。开头真有点吓人！家连的父母和女人都下地去了，我和家连正在堂屋里边，他那七岁的女儿在耍。小女孩长得挺好玩，会搓些黄泥巴做成小碗、鸡、鸭等玩具，歪歪扭扭的，并不像，却有趣。正在这时，忽听外边一片杂乱的脚步和说话声，门口出现了几个穿短衫的人。为首的是一个约莫三十多岁的壮汉，黑色香云纱上衣，黑布短裤，脚上一双黑皮鞋，戴顶草帽，斜挎一支盒子枪，盒子枪上拴着个长长的黄色丝穗头。他后边跟着几个部下，有的攥步枪，有的提着红缨枪，也都戴着草帽，一律短衫，一个个横眉竖目。家连和我都站起身来，只见那为首的笑着说："家连兄弟，听说你回来了，还带了陌生人来！特地来看望！"说着，双手一拱。家连也拱手说："寨子哥好！回来就听说你得意了，抗日打死了鬼子和汉奸，保卫了家乡安宁！还不种鸦片！你是这个啊！"说着，伸出了大拇指。那寨子听了高兴地朝我瞅着，家连介绍了我，说是"朋友的兄弟"，"要去重庆上学的"。寨子毫无恶意地点头。家连要他坐，他就在一把旧竹椅上坐了，问家连这些年在哪里得意？家连介绍了自己在兰州教育厅里工作，言谈间带点吹嘘，又去左屋拿出一盒点心给寨子，说："寨子哥，上海带来的一点桃酥和鸡蛋糕，不成敬意！"我知道，家连由上海带了两盒点心是给父母吃的，这就下去了一半。他尊重寨子，寨子也很客气，坐了一会儿就走了，临走说："你听，这枪炮声虽远，但战事是又开始了！你们一时怕走不掉了！在这儿，有我，可以保证安全！有事，给我打个招呼就行！"他带着部下，一阵风似的又走了，我再也没有见过他。好几年后，抗战胜利了。1948年我在南京见到家连哥时，曾问起他寨子的情况，他说："早就死了！这个人抗日也是真的，但想打江山捞一把更重要。成则为王，败则为寇。有人约束可以成为抗日力量，听任横行，就是土匪。他的一个部下有一天开枪打死了他。详细情况也弄不清了！"

原本决定去家连家只住几天的，想不到因为战争发生，却在远远传来的枪炮声中整整度过了二十天光景。中间，有一次还传来消息，说日军要来袭击骚扰，得往南边沿巢湖向三河方向逃。于是，紧张地埋藏了我和家连的行李物件及粮食细软，分别同家连父母、妻女及村上的族人一同连夜转移。但事后传来消息说没事了，大家又狼狈地回来。

　　农村人讲感情，家连的亲友常有约他去吃饭的。总是杀个鸡或鸭、炒点韭菜什么的将家连和我一同请了去，有时还有点酒请家连喝。农村吃得差，家连父母日常招待我的就是米饭、粥，菜则总是一碟臭腌菜，有时生拌一点鲜辣椒或生韭菜。家连的父亲常歉意地笑着说："哪天我去逮些泥鳅，烧泥鳅钻豆腐给你吃！"有一天，他真的抓了些泥鳅并买了豆腐来。所谓"泥鳅钻豆腐"，就是先放豆腐到锅里，再将活泥鳅加入，然后加盐烧熟。吃饭时，他一再问我："好吃吧？"我说好吃，其实并不爱吃。我闲来无事，也帮着家连父母去干点锄草保墒的活儿。他们种了一块水田的荸荠，该收获了，荸荠长得又大又嫩，但没法挑进城去卖，我就帮着日常收摘一些给他们自己家里吃。住下二十天后，我同家连的族人及本家兄弟都熟识了，他们是"家"字辈，有的二十来岁，有的三十来岁。其中一个名叫家煌的，二十多岁，身强力壮，有时到上派河采买点日用品，顺便捎带些农产品去卖。上派河是中国军队的前沿阵地。家煌爱国，宁可远远地到上派河，不愿就近去合肥。他告诉我："看到鬼子兵我就仇恨，看到中国兵我就高兴！"家连同家煌约定：哪天形势好了，战争停了，请家煌带路送我们过封锁线。

在焦灼、无聊与盼望中，起程的这一天终于来了！这时已快7月底了。东北面仍有枪炮声远远地隐约传来，只是西面、南面已沉寂了。家连决定同我起程，家煌和他妻弟（也是个身强力壮的庄稼人）带路并替我们挑运行李物件。他两人用两副大箩筐，将家连和我的箱子、藤包、帆布包、包袱全都放在箩筐上，上面盖点干草、干牛粪掩饰。白天我和家连都饱饱睡了一觉，等待傍晚赶路。由夏家村到上派河，为了绕过封锁线，要走一百二十里路。家连怕我吃不消，我说没问题。家连和我都找了顶破草帽戴在头上，卷起了裤腿，模样跟乡下人相似。辞别家连的父母和妻女时，我被他们的纯朴感情所感动，也同家连一样依依不舍。我想起了母亲和妹妹，她们绝想不到我在合肥的东乡会耽搁这么久。可是没法寄信，我只能捺下思念不想。

从傍晚到天黑，家煌和他妻弟挑担在前，家连和我紧紧跟随。走的先是田间小径，后来全是荒岭坡地了。天暗下来，枪炮声仍在遥远处震响。没有月亮，只有星星眨眼，蛙鸣和草丛中小虫的鸣叫声混成一体。我们淌着大汗步行，整整走了三十里路光景，在一处有树木隐蔽的地方歇脚，却想不到地上忽然爬起一个披头散发的女人。星光下看得清她光着脚,衣服破烂,模样吓人,朝我们盯着。我吓了一跳,但家煌说:"不要紧的!她是南七里站的农户,去年鬼子去她庄上烧杀,强奸了她,后来就疯了,常东跑西走的!"说着,将我们带的干粮、鸡蛋取了点跑过去递给女疯子,那女疯子在黑暗中席地坐下吃了起来,我们又继续赶路。听到女疯子的身世,我心里有着说不出的难过。

半夜以后,有淡淡的雾气笼罩在树木间和低洼的坡地里,天上无声地下着露水。我们急急赶路,我脚底疼了,磨出了水泡,但想到是过封锁线,就来了劲,也不管什么脚疼不疼了!鬼子的封锁线,有的地方设了炮楼,见到附近有人,白天黑夜都会开枪射击。宽宽的深沟,人想越过很难。如今我们远远绕过它,兜来绕去,汗粘衣衫,歇下了好几次。终于,东方泛出了鱼肚白,拂晓来临,到了一个长满了灰灰菜、苇棵子的小坡下,看到有座古墓,墓旁有一些松树。我们又都坐下休息。坐下,我就捡到了一个长满铜锈的步枪子弹壳,接着,发现身旁是一条早已废弃了的旧战壕。这一带是"三不管"地带了,过去常常"拉锯",是边缘战区,在这儿作过战的人早不知哪里去了。看到有一棵绿色幼松从旧战壕混凝土工事的缝隙里坚强地伸展出枝叶来,我觉得强悍地保卫着自己生存权利的那种抗争意志，在植物身上都如此，在人的身上更加是无法扼杀的。

有小鸟吱吱在叫，东方透出一片红光，露水湿脚，雾气散去。家煌说："离上派河只有十几二十里了，封锁线早就已经绕过来了，这地方鬼子和汉奸是不大敢乱来逛悠的！"听了他的话，我心情特好，觉得十分顺利。没想到就在这时，只见远处小山坡上迎面出现了十几个穿旧灰军衣的人，要逃避已来不及了！家煌和他妻弟带头挑担起身就走，只听见对方枪栓声"咔咔"的，有人高喊："不许动！""站住！"吼声未停，枪响了！"砰"的一声，子弹掠过头顶，"嘘"地留下了吓人的尾声。

家煌放下挑子跺脚："糟了！"家连朝我看看说："别着急！我来应付！"只见十几个人近前了，是军人，但不是正规军，都带着步枪，军帽上有青天白日徽，胸前符号上写的是"蜀山区游击大队"。为首的是个红脸膛的瘦高挑儿，像个队长，上来盘问："干什么的？"

家连反问："你们是游击队吗？"

队长说："你管这干什么？反正是抗日的军队！你们从哪里来？要检查！"他一说检查，十几个兵已经动起手来！两个挑子里的物件全部倾倒出来，开箱拆包，翻得乱八七糟，大的物件不要，牙刷、毛巾、汗衫、衬裤，都塞进了口袋。当家连放在藤包里的包裹得好好的几架显微镜被拆出来后，那队长不知是什么东西，大声喝问："这是什么……"仿佛抓住了什么把柄似的。家连这时拿出他的本事来了，把队长拉到一边轻声叽咕了一番。一会儿，队长忽然高声吆喝："弟兄们！这位长官是要去四川跟着蒋委员长抗战的！是好人！我们抗日辛苦，三个月没关饷，他要给点慰劳，我们谢谢他！……"

家连已将一叠伪币加上法币，外加一只小金戒指交给了队长说："沦陷区没有法币，我们带的也少，这点心意慰劳弟兄们！不要嫌少！"

队长收下后，带着手下离开，临走招呼着说："对直往前，上派河不远了！"我与家连早已说定，一路上的费用，各摊一半，我带的现钞都归他开支。这时，见他拿出了一个金戒指给那队长，我说："家连哥，我的金戒指在衬裤里，以后我还一个给你。"家连笑了，说："你是个懂事的小老弟，一路上说不定哪里还要用钱呢！一人一半，将来再算，我会记账的！"他是个板正的人，一路上我都有这种感觉。

我们继续向上派河进发。我丢失了些零碎衣物并不心疼，但第一次见到的抗日军队竟是这副模样使我泄气。一个半小时后，抵达上派河，设有岗哨，这里是广西正规军驻扎的前沿驻地。他们军风军纪较好，兵士胸前符号上写着不扰民的多项规定。经过检查盘问，顺利放行到了镇上。但见街边全是与日寇交战后从前线撤下来的伤兵，血肉模糊，有的断腿缺肢，担架搁在路边，没有伤兵医院收容。我看了心里难过。找了个小旅店住下，家煌和他妻弟怕战火蔓延，立即告别，要赶回家去。我让家连给他们些钱，但他们讲义气坚决不收，匆匆就走了。可怕的封锁线，终于这么过来了！逃出沦陷区，踏上抗战土地，心情激动，我热泪不禁迸出！

三、曲曲弯弯起旱到界首

在地图上看，由合肥往西到河南、安徽两省交界处的界首并不远，就只有四百公里光景吧！可是我们要避开日军，离得他们远远的，得走安全的地带，这就必须绕圈子走了。我们由上派河出发，步行先到六安，由六安又到金寨，由金寨北上到颍上，由颍上西北行，经阜阳到界首，这样弯弯曲曲走，路程马上就起码多了一倍。

步行赶路，这里叫作"起旱"。我和家连租了一辆高架车装载了行李物件，早起夜宿，向前赶路。每天步行多则百把里，少则三五十里。酷日高照，盛夏赶路真是辛苦，我的脚上全是水泡,那是第一天夜晚经过封锁线时造成的。但上派河可能有战争发生,我们又急于赶路,脚再疼也得走。小客栈里的老板,告诉我们一个办法:买些黄表纸卷成的"媒子"(吸水烟袋的人都用这种"媒子"点烟),扎成一捆,点火后吹掉火焰,用它的烟来熏脚,将脚皮熏老,将水泡里的水分熏干,照样可以继续步行,不会太痛。家连去买了黄表纸来搓成"媒子",如法炮制,果然我能继续起旱了!我们花三天时间,走到了六安。这是一个干净古朴的小城,有名的"六安瓜片"就是这里出产的茶叶。又一天,到了金寨,是个破旧不发达的地方,显得贫穷。再走了两天,到了颍上,坐木船由颍河去阜阳,船上满满装着运枣子的客商,船舱下装满了枣子,那股气味闻多了令人窒息。由东向西北行船,需要拉纤,为了加快船行速度,家连和我都上岸参加拉纤,劳累不堪。最后,不到阜阳我们就上岸仍雇高架车起旱了,急匆匆走了几天,到达界首。

这一路,起旱步行的差不多全是凭着战争和混乱发财的商贩和大烟贩。商贩们从沦陷区贩了五金零件、西药、钢笔、铅笔、糖精等往界首跑。大烟贩们,乔装打扮成木工、骑自行车的单帮商人、挑担推车的小贩,随身携带着鸦片烟膏,在锯子的木芯中、自行车的车架钢管内、扁担芯中、轮胎里……都巧设机关裹着大烟膏，也都一窝蜂往界首跑。一路上，住小店时，有的烟贩以为家连和我也是贩烟土的，倒也不隐瞒自己做的是贩毒生意，待等知道我们是空着手去界首还要到洛阳，都替我们惋惜，说："有钱不赚白不赚！带点黑货赚上一笔做盘缠多好！你们真是太傻了！"据说，鸦片被贩到洛阳，价钱比界首要再高一倍，贩到西安，赚钱更多，倘若贩到四川，能翻几番。我原以为到了抗战区域，一切都气象一新，敌伪在合肥大种罂粟我是看到了的，这里我认为必然是会雷厉风行禁毒的，想不到却让这么多毒贩毫无忌惮地横行贩毒，使我吃惊之至。

界首是个很奇特有趣的地方，非常热闹，出乎我意料地繁华。这个地方处在两个省——河南与安徽的交界点上，一半是河南界首，一半是安徽界首，有一条热闹的大街，沿着大街走，由安徽省走着走着就走到河南省了。它东南属安徽，西北属河南。这里是属于以洛阳为中心的第一战区，司令长官是驻在洛阳的蒋鼎文，但第一战区有相当大的实权掌握在副司令长官、第三十一集团军总司令、豫鲁苏皖边区总司令兼四省边区党政分会主任委员汤恩伯手里。汤恩伯名声不好，他的嫡系部队是十三军，这里民谣就说："不愿日本兵来烧杀，也不愿十三军来驻扎！"我们刚进河南省界就听到这样的民谣，真是大吃一惊。

界首这时似乎是个四通八达的地方，上海一带、华北一带通过商丘、徐州、蒙城、阜阳来的客商，都齐集到这里，街两边可以看到许多小店、小摊，叫卖着从上海贩来的日用品、香烟、杂货。也有一些店铺，卖的是衣服、文具、钟表……全部是上海货，使得小小的界首成了沦陷区和战区间物资交流的商城，畸形繁荣起来。妓院、酒馆、旅店，吃喝嫖赌俱全，有人叫它"小上海"。我们到达界首，正是傍晚，暑热未消，气温仍高。一路来还是第一次见到这样繁华的地方。电灯雪亮，街边饭馆里酒肉飘香，豁拳的、谈笑的，宾客满堂。旅店、客栈多数已经客满，柜台里站着些花枝招展的女人，有的故意在搔首弄姿招徕顾客，人把这种女人叫作"招牌"。旅店和客栈里，歌女卖唱的胡琴声音调嘹亮，哗啦哗啦的麻将声震入耳膜。说是禁娼禁赌，实际公开就有。我原以为抗战的地方应当严肃紧张、圣洁热烈，何尝想到竟会这样轻歌曼舞、肮脏腐化，连一点抗战的气氛都没有！有成群的乞丐在乞讨，街边的狗热得伸出舌头。我和家连已经十分疲惫，赶快找到一家虽简陋狭小却便宜的客栈住下，找了点水抹身，又去买些包子馒头当饭，吃了开始休息。

家连找人打听由界首去洛阳的情况。人说：这一路十分艰辛。一是今年河南大旱,比以前哪年都厉害,蝗灾也严重,起旱困难,要绕路;二是汤恩伯的军队纪律不好,要小心提防,民间把"水(灾)、旱(灾)、蝗(灾)、汤(灾)"列为四灾。如今世道乱,路上连"打闷棍"的也出现了,为抢劫路上行人钱财,打死旅客的事常有发生……听人这么说,家连和我都有点紧张,但为了赶路,我们第二天一早又租了个高架车拉物件,向西北走。架子车夫是个彪悍的汉子,黑脸上皱起核桃壳似的皮,他光着脊梁,只穿一条脏得发了黑的短裤,汗流浃背地迈着大步。烈日火辣辣,烧灼着地皮,我们的路线是由界首到周家口,再从周家口去漯河,由漯河向西北去洛阳。有时要绕路走,路程一共约有千里以上,要走过当时的重灾区。重灾区什么样呢?

四、穿过"人间地狱"的重灾区

从界首到周家口的路上,行人不少,多数是逃荒要饭的和小商贩,包括贩鸦片的。日寇打到了河南,烧杀奸淫,离战区近的地方,田地早已荒芜,百姓都向河南西南流亡逃难。旱情前所未有,农民已经无法生存,挑着些破烂物件或挑着小孩,衣衫褴褛地离开家乡,盲目流浪,一户户聚着、蹲着,端着黑碗,一路乞讨。看到灾民这种饥饿漂流的可怜景象，叫人心酸。酷暑天，公路上灼热的尘土飞扬，公路两边种的高粱、玉米和粟子因为缺水，都稀稀疏疏，萎瘪、短小、卷着叶片。"青纱帐"已经看不到了，只见迷漫旱黄的土地上，癞痢似的点缀着一些绿色。公路和大车路上无处遮阴，树木早砍伐光了，偶有搭着席棚卖小米稀饭和大米稀饭的摊子，苍蝇嗡嗡地飞舞。这"稀饭"实际上只是稀薄的糊涂汤，很少米粒，价钱却贵得很。家连和我带着高架车夫就靠喝点这种"稀饭"充饥解渴。

日行夜宿，第二天到达周家口附近，忽然听见传来一阵窸窸窣窣的怪声，张眼看时，我惊呆了，只见公路上及田地里迎面黑压压拥过来无边无际潮水似的大群蝗蝻。这种飞蝗的幼虫，青黄色，有淡黑的花纹，翅膀还未长成，会爬会跳，倾轧拥挤着，有三四寸厚，漫地都是，足有二三里地面积，流水般地向东北面爬行。我们想避开也不行，只能踩着蝗蝻向前走，一脚可以踩死很多，但你踩你的，它爬它的，踩不尽杀不完。约莫二十分钟，那群黑压压波浪似的蝗蝻，一起过了公路爬到两侧地里去了。只听到"窸窸沙沙"的声音，蝗蝻都在嚼食庄稼，地里种的那点本来萎瘦矮小的玉米、高粱和粟子转眼间七歪八倒，绿叶都被啃光。蝗蝻虽小，吃不饱似的蜂拥着又边吃边向前蔓延过去了。迎着蝗蝻刚才来的方向朝前走，只见路两侧庄稼像收割过似的一片精光。

架子车夫看上去不声不响，似乎对什么都不关心，其实不然，他说："去年就大旱了，也闹蝗虫。飞蝗成群飞来时，遮天蔽日，声音嘶嘶哗哗，像落大雨似的，可骇人了！可是军粮还是照样征收，当兵的也吃不饱，有些兵像匪一样。上头还让百姓自带粮食工具去周家口到开封之间挖深沟工程，提防鬼子来。为挖深沟，民房拆了好多，祖坟也给扒了。今年又旱，春天时就有饿死人的了！如今，更不得了！"

漯河在郑州到信阳的铁路线上，我们从周家口步行整整一天到达漯河。在大灾之年，这里灯火辉煌一片升平。酒楼上猜拳敬酒，胡琴声嘹亮；女招待、歌女，红绿满眼，梳妆打扮；旅馆里牌九、麻将聚赌，比界首更繁华。我们找家小客店住了，茶房马上来问："要不要女人过夜，最漂亮的大姑娘一夜只要八十元。"家连回绝了他，陪我带那架子车夫上街，到小馆店里要炒菜，吃了一顿馍馍。

架子车夫提醒说："从这儿再往西北去，灾情重，一路上买不到吃的了！要买些馍带着上路当干粮吃！"

家连说："这么热的天，买了馍就馊了，怎么带呢？"

架子车夫说："买点麻绳，将馍一个个串上，斜背在身上起旱，不容易馊。路上要吃，掰一个下来就是。"

家连和我自己带高架车夫一共买了九十多个馍，将馍用麻绳串成三串，三人各背一串，一人三十多个馍，挂在身上，很像《西游记》里沙和尚挂的那种骷髅念珠。第二天一早，天不亮，我们贪图凉快就出发向西北行。刚走出漯河市郊，见路边挂着个"军警督察处"的牌子，一张条桌旁坐着两个当兵的收钱；边上有十几个持枪的士兵站立一旁。一群客商和起旱的行人，正拥在桌前交钱办手续。

架子车夫说："去缴钱吧！缴钱他们可以派兵护送。这一路，我不熟，听说不太平，常有拦路抢劫打闷棍的。"

家连和我走到桌前，付了三个人的保护费，在一边与一伙等候保护的人站在一起。大约半小时后，懒洋洋走来六个荷枪的士兵，由一个班长带领大声吆喝："走啰！走啰！"我们这里等候着的五六十人一窝蜂地跟着动身了，紧紧地跟着那六个士兵走。

大道两侧树上的树皮早被剥光，树全枯死了；枝干也都砍断了，有的垂杨柳枝叶全无，只剩粗脖子的秃树干。那护送的六个士兵走得飞快，走出去不到十里地，天还不亮，他们已经不见踪影了！护送实际是骗钱的，各人仍旧只好自己上路。一会儿，天似快亮了，忽听前边远处有女人呼叫声："救命！救——命！……"惊心动魄！

我们心跳着停下脚步，后边有些步行的人也走上来张望，前边有些稀稀疏疏的青纱帐，估计是边上有条刚干涸的小河的原因吧！我们一起往前，在青纱帐旁的大车道上绕了十几分钟，只见路边歪倒着一辆空独轮车，车旁两摊鲜血，但没有尸体，估计打闷棍的人将尸体拖走了！这使我们加紧脚步，走得更快了！

太阳出来了，热得要命，大家心里发寒快步赶路。走着走着，在裴城附近，见田野间毫无绿色，一片严重的旱灾情景。土地龟裂，裂纹有二指宽，水沟、土井都干涸着。路边，陆续看到死尸。有一只红了眼的瘦黑狗伸着舌头在啃食一具腐烂了的尸体，绿头苍蝇嗡嗡乱飞……

天太热，斜挂在身上的馍，贴近胸背的部分都被汗浸湿了，要不断将馍转动着换换方向：外边的朝里，里边的朝外。早饭中饭都是将馍从麻绳上掰下，边走边啃。一路上，没卖吃的，也没卖喝的。原野死寂，被旱灾摧残得毫无生气。走这样的路格外累人。整个空间闷热得像刚烧过一场天火。我同家连各带了一瓶水，汗出多了，顶着烈日口老是渴。午后时分，水就喝光了，口干舌燥，四肢酸懒，四外荒凉，这时已离茨沟不远了，土地龟裂，水源干涸。我嘴里冒烟，几乎要昏厥。家连和那高架车夫带的水也都喝完。我见不远处有个小村庄，对家连说："我去看看有没有水！"家连说："看就看一下吧！快点回来！"我快步向那小村庄走去。见村里人都已外出逃荒，村子死寂。我干渴得不得了，忽然想起《三国演义》上曹操那个"望梅止渴"的故事，居然舌底流出点口水来，勉强又支持了片刻。在村尾，发现一个已经枯干的土井，但显然无水可取。井底有块大石，我想：大石下边会有水吗？下井推开大石，竟意外发现有湿土，水源从何而来不得而知。我嘴唇已经干裂，马上挖起湿土含入嘴内，借其清凉和潮湿恢复精力。我又脱下衬衣包了一堆湿土上路，将湿土分给家连和高架车夫分享，就这么死撑活撑走到了茨沟，没有渴死。茨沟是个小地方，但还有小旅店，也有卖水和卖吃的地方。一到茨沟，我和家连马上买水喝。水价极贵，我们和高架车夫一人喝了一大碗水。水味之甜美无法形容，渴而未死，喝毕扪腹，大呼快哉！

我们住进一个小店，墙是报纸糊的竹隔子，地上铺着高粱秆编织的席子，就是床铺。家连约我外出去看看有什么吃的，街上有人点着昏暗的小灯在卖吃的，卖的都是些什么榆皮面蒸馍、棉糠面蒸馍、兰草根蒸馍、麻糁饼、棉籽饼，另外还卖韭菜根、花生壳、柿蒂、蔗皮什么的，价钱却都不便宜。有个小摊在卖肉冻、凉粉块一样的东西。我上去看看，架子车夫轻轻用手拽拽我,我就不看了。离开那摊子,架子车夫说:"可吃不得!听人说,这一带人肉也吃啦!卖的肉冻里,就有人吃出带指甲和毛发的肉丁!"

茨沟有许多鸠形鹄面逃荒来此的难民,正在村口卖儿鬻女。将些男孩、女孩头上插着稻草放在筐里或跪在路边,高叫:"行行好吧,积个德,买个男孩吧!"也有叫"十二个馍换个大姑娘"的!更有个人高叫:"十个馍!俺这个只要十个馍!没法活命,只好卖亲骨肉啦!"

我和家连将身上的馍取了一些下来,分给三处卖儿女的一处两个。我们都伤心,但怎么办呢?我当时想:是鬼子和天灾造成了百姓的灾难,但一个四万万五千万人口的大国,有自己的政府,这个政府给百姓干的事也太少了吧?如果不是亲眼看见,怎么能够想象?这还怎么抗战!灾民真是在水深火热的地狱中啊!……

当夜,住那小店,隔房住的是两个奸商模样的胖子,居然招了两个用红头绳拴大长辫子的姑娘陪睡,什么声音都听得清清楚楚。家连和我一夜都没睡好。

第二天,我们带足了饮水,用瓶罐装着上路。但这茨沟买的水可能不洁净,也许是我抵抗力差——家连和高架车夫平安无事,我竟腹痛拉痢了!上午还好,下午每走几十步就要蹲下痢一次，痢不出什么，只是脓血。我还是第一次拉痢，家连指出这是赤痢，很危险！幸亏母亲给我带的药物里有"痢特灵"，我立即服用，当夜就止住了，并给家连和高架车夫也服用了"痢特灵"预防。家连说："要没带这药，那太危险了！你母亲想得真是周到！我们走这一路真是随时有死的可能啊！"

我们拼命赶路，想走出这块可怕的赤地千里的中原灾区。起早睡晚，我是带病走路，痢虽止住了，身体却虚弱疲劳。一路上，常见路边有赤身裸体的死人，也弄不清是饿死后被人剥去衣服的，还是打闷棍打死后抢得精光的。我们挂在身上的馍，早已干裂发酸，但买不到吃的，仍只好吃它，而且得节约着吃。这样，又走了几天，终于到了离洛阳六十里的水寨，住进了一个兼卖甜面条和咸面条的小客店。这儿终于算是离开可怕的灾区了！

所谓甜面条，是清水煮面条，什么也不放；咸面条，是清水面条里加点盐、加几滴油。

水寨是个穷苦落后的小地方。一条破旧的街道又窄又小，房屋破旧，但有一点市面，还有邮电代办处。夜里也有些电灯，不过小客店只点一盏鬼火似的小油灯。小客店是一对黑瘦的中年夫妇开的，前边半间搭个小茶棚卖刀切面，后边有三间用高粱秸子隔开的小屋供人住宿。没有床,只在地上铺上篾席给人睡。小木窗棂上糊的报纸黄旧破烂,高粱秸的顶棚上挂着黑色的蛛网尘串,墙角砖土缝里有时还出现可怕的翘起尾巴的小蝎子!

但,究竟是离开灾区了!我和家连都觉得需要休整一下。洛阳常有空袭,日机会去轰炸。我们在这离洛阳六十里的地方,打算先住两天,然后合计一下继续前行的事。所以,将高架车夫的钱付了,同他告别。一路同行,大家都有了点感情。他始终认为我们是好人,我们与他一同吃喝不亏待他;说好到洛阳的车价,现在未到洛阳,仍照原数付他,他拿到钱后一再表示感谢。

五、孤零零受困水寨

我想不到竟会在水寨就同家连哥分别了!一路上他始终热情照顾我。他老练、稳重,人又淳厚,同他在一起我感到有依靠。原来说好是到陕西宝鸡分手的,但现在未到洛阳,我们却只好分手了!我实在舍不得!

我们是为了旅费才分手的。

这一路来,伪钞、法币都用完了,我用的钱很多还是家连垫付的。我离家已经这么多天,现在离洛阳还有六十里,以后的路途还远,一路上还有多少艰难苦辛都是未知数,但需要我将藏在衬裤里的金首饰和美金出售换成法币应用了。我知道家连带的钱也不多,我已欠了他不少钱,得赶快还他才好,所以我对他说:"明天,我想找客店老板借自行车骑到洛阳把金子和美金卖掉!六十里地,骑车来回很方便。"家连说想陪我去,但没有自行车,只好由我一人去。我清早起身,骑上车就出发了。从水寨向北沿公路走了约莫十几里,沿着淙淙南去的伊水走,看到了龙门,看到了公路边上出名的龙门石窟。虽然天旱,沾着伊水流过的光,公路边上高大的合欢树盛开着鲜艳的须状红花。这里山清水秀,伊水波光粼粼,滔滔流淌在两山之间,抬头西望,密密麻麻、大大小小的洞窟和佛像、雕像布满山崖,还有宝塔,壮观极了!这就是北魏到唐朝用了四百多年才雕成的石窟艺术珍宝呀!但有的佛像已经残缺不全,盗窃破坏得很厉害。心里真想停下来去好好看一看,想到要去洛阳兑换金子,我就顾不得看了,骑车飞速赶路。

这一路上太阳仍旧高晒。由于开封陷敌,黄河改道,河南半壁河山都化作了饥饿和战火交逼的地区。许许多多灾民,从四面八方向洛阳汇聚。一路上,常看到挑担的、推车的、扶老携幼的难民,踉踉跄跄前行,公路上尘土滚滚。我骑着自行车，浑身大汗，骑呀骑呀，约莫一个多钟点，到了洛阳南郊的关帝冢了。关帝冢，相传是三国时曹操埋葬蜀汉五虎上将关羽首级的地方。有一座古庙，古柏成林，郁郁葱葱。我忍不住下车进去看看。但庙里驻着军队养着马，马粪遍地，士兵们到处晒着洗过的军衣，殿左架着大铁锅煮菜，柴火黑烟弥漫空间，大殿破旧，到处灰尘蛛网，供有关羽及关平、周仓塑像。关帝冢是一个小山状的大土坟，矗立着清朝立的大石碑。周围，被军人及军马的粪尿糟蹋得臭气熏天。我扫兴地匆匆走出，又上了自行车，飞快骑到著名的九朝古都洛阳。

洛阳出乎我意料地萧条，房屋古老，街道窄小，人虽熙熙攘攘，市面并不繁荣。这是由于日寇轰炸造成的吧！我正想找一家银楼好兑换金子，却忽听紧急警报响了。汽笛声"呜——呜——呜"的像喊叫救命，街上行人纷纷逃跑，出现了戒严的宪兵，布了岗。我也不知往哪里跑好，只好在一家上了门板的小糕饼店门口蹲下听天由命。幸好不过半个时辰，解除警报铃响了，虚惊一场，日机没露脸也没来轰炸。我拔腿就向人打听银楼在哪里。走着走着，见大街上有人在贴告示。一会儿，迎面拥来些士兵押着两个人去枪毙，四面围过来不少看热闹的人。两个死囚，年龄都在三十左右，被剥光了上衣，五花大绑，插着用红笔打了"√"的死标，连拖带推地拉着在大街上向南走。我跑去看告示，告示上说，这两人一个是"纠众哄抢粮食罪"，一个是"违令黑市买卖黄金犯"，这使我心里一沉，浑身汗更多了。我没想到此地会禁止买卖金子，更想不到会要枪毙！我来洛阳是为卖金饰，这事办不成路费怎么办？我不敢再向人打听银楼在何处，寻思有银楼必定在这条大街上，遂顺着大街，一路走一路看。果然，百把米外有家银楼就在路边。银楼店的门面在全国似乎都相仿：高高的砌花的楼面，有阴森而堂皇的玻璃门，大门外的玻璃橱窗里陈列着银盾、银杯、银盘等各色银器和首饰。门口挂着牌子，上写金价按官价收购，每两一百元，饰金每两一百二十元。

我心里"噔"的一沉。离上海时，上海金价黑市较战前涨了二十倍，这里金子官价却这么便宜！我将金饰按这价卖了怎么够做旅费呢？

那高高的柜台上放着一把黑算盘，一个胖圆脸的掌柜穿件旧夏布背心在扇扇子。我上前同他悄声商量，告诉他我是沦陷区上海来的学生，去四川上学的，盘缠没有了，带得有点金饰，请他能收下，不照官价……但银楼老板把头直摇，说："你没看到，正在枪毙人呢！照官价就收，不照官价我能收吗?"又说:"他们当官当大军人的自己在界首、漯河、洛阳套购黄金,爱卖多少价就卖多少!小民百姓做点生意就是犯法!这不,今天杀人了!算什么世道?"我向老板再三解释,简直到了恳求、哀求的地步。老板依然不答应。没有办法,我拿出了美金,问老板能不能收美金。老板说:"我看你是真的流亡学生急需钱用,那么,你到后院我家里来吧!"他将我带到家里,按当时美金黑市价收买了我八十元的美金。我心里盘算,有这些钱比没有好。欠家连哥的钱也可以还了。但我的路途还遥远,不卖掉金子总是不够的,只有回去再说了!

我骑车匆匆又回水寨,浑身臭汗。见到了家连,同他商量怎么办。我同他算清了账,身边只剩下很少一点钱了!我说:我想打个电报到四川江津给堂兄洪江,让他快汇旅费来(店老板告诉我水寨有邮电代办处,可以打电报,钱汇到他店里是可以的,以前有人汇过),我拟等旅费汇来再起程。家连急于回甘肃兰州,无法等我,但又觉得不能把我一人留下不管。他说:"我答应把你带到宝鸡再分手的。现在把你一人丢在这儿我不放心!"我知道他是个守信用而且忠厚的人,尽量安慰他说:"封锁线早过了,灾区也过了,往后比较好走了!你别为我担心,我能一人上路的!"他同我商量来商量去，最后无奈地说："那只好我先走了，你可要特别小心啊！这是乱世，你年岁太小，我实在是不应该把你一人留下的！"他告诉我："到了洛阳，就可以坐陇海路的火车了，火车能通到宝鸡，由宝鸡那儿换上公路汽车可以入川。"但又告诉我："陇海路的火车到潼关附近后，因为黄河对岸是日军占领的阵地，常常炮击铁路，所以需要步行，还是很艰难的。"事实放在面前，由于金子无法兑换，我的旅费已山穷水尽，家连不但急着要回兰州，而且再多耽搁下去，他的旅费也要成问题。我不愿家连为我而影响他早日到达目的地，所以我说："你别为我担心了，你明天就走吧！我在这里住几天，钱一汇到就动身，我会自己小心的，你放心好了！"

事情就这么决定下来了。第二天早晨，他独自雇了一辆高架车装载行李，离开水寨去洛阳，我送了他一程。我知道他身边钱也不多，但他仍卷了一卷钞票塞给我，说："我知道你袋里钱少，这点你带着。"我坚决把他的钱退回去，说："你也需要钱用！我的旅费很快就会汇来的，我马上就去打电报给我堂兄！你放心！况且我还有金首饰，不会成问题的！"见我坚决，他只好收下了钱，但对我说："你由陕西入川前，到了襃城，可以绕道去一下汉中。汉中有个辎汽四团，团长姓田名叫田耕园，是合肥人，听说他对合肥同乡特别亲，不认识的他也会帮忙。你去就说你是合肥人，口音不像不要紧，就说从小父亲带着在上海长大的就成。你请他给个便车搭了入川，这样就可以节省不少路费了。"

我同家连哥分别得匆匆，心里真舍不得，眼眶都红湿了！他带着高架车夫远去。大家互相伸颈望着，招了手又招手，直到看不见他那有着两只大眼睛的方脸盘和背影了我才怅然离开。回到小客店里，我禁不住悄悄哭了一场。这时候，又格外想念起远在沦陷区的母亲和妹妹来了。

我去水寨的邮电代办处打了个电报到四川江津南安街9号给堂兄王洪江，发的加急电。我袋里钱少，电报费贵，字斟句酌地打完电报，身边的钱基本完了。我以为这电报打去对方很快会收到，没想到电报发出后我问："我这电报什么时候可以收到？"回答却是："现在是非常时期，说不定！"

我回到小客店，同老板和老板娘讲了情况，说："我打了电报到四川我亲戚处，请快汇钱来，我想在你们这里住几天等汇款来，汇款来了，我就把店钱一起付给你们。"我将箱子打开给他们看，说："我这箱子和帆布袋里的东西有些是值钱的，你们可以放心。我现在手边没有现钱，大不了可以把东西抵给你们，我不会让你们吃亏的。"老板娘为人比较和气，点头说："出门上路谁没个困难，你就住下去好了！"我又说:"我现在吃饭也没有钱了,可不可以赊点面条我吃!"老板娘说:"好!"老板却精刮地说:"我本想找个下手帮着揉面条,这样吧,你帮我干!很简单,就是揉面切面。我一天给你白吃两顿面条,每顿四两!怎么样?"我一想,也只有这么着了。我豪爽地答应说:"好!"

谁想到这揉面的活儿可真费力,每天早上四点钟前就得起床揉面。过路的人大清早在这儿吃面条的真不少,面的供应量很大很大。要把面揉熟,面还必须揉得很硬。头一天,老板嫌我面揉软了,教我切面时,又嫌我把面切粗了。在老板娘帮助下,第二天我揉面切面才勉强算是合了格。每天上午十点钟光景,给我一碗咸面条,下午四点光景又给我一碗咸面条。我平常食量小,这时却总是吃不饱,整天在饥饿状态中度过。老板娘心软些,用大碗给我盛面时还多给一点,老板盛面顶多只是四两。我天天摸黑起床,揉面揉得肩臂十分疼痛,汗水总是不断滴到面团里,切面曾将左手中指切了个大口子。但我咬牙挺住,常常想到孔子的陈蔡之厄,又想到秦琼卖马。我会唱《卖马》的京戏,有时就轻轻哼着:"遭不幸困至在天堂下,无奈何只得来卖它……"心中酸酸的。

我原以为等上一星期总该会有汇款来了吧?谁知却渺无音讯,我天天去邮电代办处询问,却总是失望而归。怎么办呢?当然只有等,耐心地等。天气燥热,我心里狂躁得很。真是度日如年啊!每天单调地半夜起来流着大汗揉面、切面,每天依然是吃两碗咸面条处在饥饿状态中。我逐渐已经能切一手不粗不细的均匀的面条了。这点技能直到今天依然没有忘记。

六、陇海铁路上最可怕的一段

过了一天又一天,心中真是好似滚油煎。整整等到第二十天上,仍旧不见汇钱来。我真是失望了!钱会不会不汇来呢?这时已是8月下旬了!那天,写了一封信给母亲,准备到洛阳寄发。我吃完上午的那碗咸面条后对老板娘说:"我想到洛阳去办点事!"我借了他们的自行车,带上金饰,独自冒着酷热的太阳去洛阳,目的是想再试试能不能用黑市价将金饰出售掉。一路上的情况跟上次没有什么两样。到了洛阳,在邮局寄了信,我仍旧跑到那家银楼。走进银楼,见柜台内仍是那老板一个人在无聊地看报。银楼生意清淡,看来他把伙计都解雇了。我上前叫了一声:"老板!"他立刻认出了我,说:"啊,你还没走?"我一五一十把打电报找堂兄汇款,至今住在水寨小客栈里山穷水尽的事如实说了,并且把特地带在身边的转学证拿出来给老板看,希望他一定能收下我的金饰，使我可以有钱上路。我说：我在水寨已经滞留二十来天了，住的店钱、吃的饭钱都要付给，汇的钱至今不来，再拖下去怎么得了。请他务必帮助我解决困难……他开初不肯，我就赖着不走，同他磨嘴皮子，整整磨了两个小时。他见我完全是诚心诚意的，终于将我带到家里，拿出戥子来称我带的一金首饰，按照当时的黑市价钱付给了我现钞。我明明看到他称戥子时分量不对，但没法说，我感到他肯给黑市价已很好了！卖掉金子后，我就骑车回水寨，顺路由于心情较好，我经过龙门石窟时，对那些艺术瑰宝，好好瞻仰了一番。当夜，我同老板夫妇结账，付了店饭钱，并向他们道谢。我吃的面条，原说是用揉面和切面来抵价的，我却仍付了钱，老板很满意。次日早晨，我雇了一辆高架车装上行李，步行离开水寨去洛阳，继续我的行程。想不到的是，走到龙门附近时，只见小店老板骑车赶上来了，送来了堂兄洪江拍发给我的电报。电报上说，旅费已汇给我，要我一路小心。电报到了，但汇款未到，哪天汇款能到？难说。我实在觉得不能再等了。我谢了送电报的店老板，请他在我的汇款到达后给我退回原处，店老板答应了。我遂继续上路。

我到洛阳后在火车站买了西行的火车票。

晚上，实行灯火管制，车站一片漆黑。我上了火车往灵宝方向驰去。陇海铁路的火车，有人说它在灾民心目中好像是释迦牟尼的救生船——灾民盲目地以为登上火车向西就能离开灾区逃到乐土上去。车站附近，铁道两侧，都住着灾民，有的在几尺高的土堆上挖了洞藏身，有的是露天搭点小棚居住。当火车停在站上要开时，灾民们就蜂拥而上，攀爬到火车顶盖上挤在一起。这里根本没有人维持秩序，也维持不了秩序。

火车没有客座，全是没有顶盖的货车或闷罐车。火车在关中大地上西奔，车窗外是一片漆黑的原野。经过了一整夜，从瞌睡中苏醒，醒来又打瞌睡，天亮时到达灵宝，这里离陕西省已不远了。灵宝大桥被日机炸断了，火车到此为止，须步行三十里路到常家湾。我打听了情况，由常家湾向西，经过潼关，要到华阴才能再上火车西行。而由此过潼关，是目下陇海铁路上最艰难危险的一段。

我独自继续行程，没有家连哥同我在一起，到这种时候，分外觉得孤单，但只好硬着头皮独自规划。我提着箱子，背着行李袋，淌着汗，吃力地下了火车。灵宝火车站屋顶洞穿，墙壁上全是弹洞，都是日寇飞机炸坍扫射的。车站上有便衣人员在进行检查盘问，也有军装邋邋遢遢的士兵检查物件，我也被他们翻箱搜包兼带抄身。听人说主要是查抄鸦片，因为有的奸商装成灾民夹带鸦片，也有奸商雇灾民为他们贩毒。便衣是稽查处的特务，执行的是特殊任务，抓往陕北去找共产党的人！

我提着沉重的箱子、扛着帆布行李袋是没法上路的。怎么办？出站后，见有牵马出租作坐骑的，可以沿陇海路一侧的大车道向西去。我决定雇马骑，也可让马捎带我的行李物件。租马的人要价很高，还了价，讲定由灵宝到常家湾，再去潼关到华阴。这段路总长约有二百多里，我急于赶路，讲定：当天就赶到潼关附近的阌底镇住宿，第二天晚上抵达华阴。

我骑一匹白马，马上带着我的帆布行李包；那租马的马夫骑一匹棕色马，带着我的箱子，我俩一前一后就朝前驱马慢跑起来。马很驯服，脾气温顺，骑在上面倒也不累。我们由河南向陕西跑，看到远处的山影，高高的塬头，深深的沟壑，淤积的河滩，潺潺的黄河水……沿路买点干粮就在马上吃了，有时买点路边小摊子上切成一片片的西瓜解渴。草帽挡着烈日，我赤着膊，古铜色的皮一路来已晒得脱了一层又一层。傍晚，抵达阌底镇，我同马夫找了一家小客店住下。

阌底镇，隔黄河对面就是日军阵地，日寇从对面风陵渡一带常向这里和潼关一带打炮。阌底镇挨的炮弹不少，到处是断垣残壁，一片凄惨的模样。我们住的小客店，房子没有屋顶，只有四周的残墙可以挡风遮灰。客店老板供给旅客高粱席子铺在地上作床，收了住房钱，说："近几天，日寇没有打炮，但为了怕引起对岸日寇注意，不准点灯点蜡。"幸好天上有灿灿的星光可以照亮。天热，我与马夫弄了点凉水洗了脸擦了身子，都感到累了。我胯下两边和屁股骑马时都摩擦得十分疼痛，就躺下了，想好好睡一夜明天可以继续上路。马夫将那两匹马就拴在住房旁的一根断梁柱上，喂了草料和水，同我并排睡在一起，但也很快打起鼾来。我虽疲倦，听着虫豸在瓦砾中鸣叫，却一时睡不着，睁眼看着天上的星斗，又想起母亲和妹妹来。一路上，我只在洛阳给她们写过一封信，我认为写了信她们也是不一定收得到的；而且许多地方都没有邮局，我一路上又遇到这么多困难险阻，写了信反而增加她们的担忧，倒不如不写还好些。如今，终于快走上顺利的坦途了！到了华阴，上了火车，然后到宝鸡再转公路汽车入川，应该是非常顺利了！我算了一算，估计再有十几天总该到达重庆见到哥哥宏济，并到江津见到堂兄洪江了吧？我多么想见到他们啊！……我是在这种情况下入睡的。

可是，不多久，忽然被"轰！""轰！"震天般的炮弹爆炸声震醒了！天崩地裂般的炮弹爆炸声似乎就在我身边回响，地面震动。有炮弹飞啸着落在远处，远处哗啦啦地墙坍屋塌。有人呼喊，两匹马也踢蹄长啸。我马上爬起身来，高叫马夫："快走，这儿不能住！……"马夫也早惊起，解下马来，扶我骑上马，他也骑上了马，同我驱马逃跑。

对岸日军仍在发炮，炮声有如闷雷，打过来落地的炮弹有火光闪耀，使大地在我们脚下猛烈震动。

我的心剧烈跳动。附近爆炸的炮弹像是开花弹似的崩发。一种死亡的威胁压迫着我。我浑身汗下如雨。马匹也受到了惊骇，甩开蹄子飞奔。跑了一程，估计到达安全区了，才缓下步来。我对马夫说："多亏你的马了！今夜我们也别睡了！闯过潼关去吧！"

仓促离开阌底镇后，日寇的炮击越来越厉害，隔河远远仍可看到对岸黑黝黝的夜空下，山峰巨大的身影如同隐伏着的怪兽。敌人炮击的火光在闪烁，炮弹落点仍在阌底镇和它西边一带，我们骑马在黑暗中前行。

我嘘了一口气。这一路啊，真是常有说死就能死的机会。我骑在马上不由得数起迄今为止遇到的可能会死的经历来。第一次是在裕溪口坐船渡江时，如果日本兵推我下水，我就死定了！第二次是在安徽巢县火车站碰到日本宪兵和宪佐，硬说帆布是军用品，如果被抓起来或杀掉也不是不可能的。第三次是过封锁线，在"三不管"地带遇到那伙丘八，幸好只损失了些钱物，没出人命。第四次是过重灾区，如果碰上打闷棍的就会送命。第五次是如果拉痢没带痢特灵，也会送命。第六次是在灾区干渴得要死的那天，如果不是那口枯干的土井，在井底大石下面有湿土救了急，也会无法走到茨沟，死在路边。第七次是今天在这阌底镇夜晚突遇炮轰，如果炮弹恰巧打在身上或近旁，也就被打死了！……乱世人的性命如蝼蚁，一点也不错啊！这天夜里，骑马过潼关，天上虽有星星，夜色仍旧浓黑。偶尔能看到萤火虫一闪一闪在四处飘荡。听着炮击，在黄河边古老的道路上行走，感受到的战争气氛特别浓烈。黄河在深夜中，拥着凝重的、沉甸甸的一河黄汤，在苍穹下模模糊糊像巨龙一样蜿蜒着，微微闪着亮光，响着似有似无凄凉呜咽的汩汩水声，能将人引入回忆，引入沉思，引进梦境。

我骑着马在黎明时分到达华阴。但上火车到西安方向去，需在离华阴约四十里的桃下站去购票上车。桃下是个小站。火车从东边驶来，因要利用夜色穿过潼关一带，避开炮击（有时也常被日寇炮弹击中），被称为闯关车。我仍雇那马夫的白马骑着到桃下。看到外貌破破烂烂的闯关车出现在面前，心里不禁兴奋地欢呼着：这下我可以坐火车直达宝鸡了！

七、落汤鸡、酸辣汤、撞破"鱼头"

其实,并不顺利。火车到了西安,又得重新换火车西去宝鸡。换车对于我是件苦事,我得挤着买票,又挤着上车,提着的箱子行李沉重得使我不胜负担,但总算又上了火车。我一路就想,家连哥前不久也是从这条铁路坐火车西行的。不过,他到宝鸡不下车,径直去甘肃,而我到宝鸡要下火车去换公路汽车入川。我从随身带的地图上看,由宝鸡入川,在陕西省内还要坐近一千里的公路汽车,路线是由宝鸡经过凤县(双石铺)、留坝到褒城。本来,是应该到褒城后直接经过沔县(勉县)、宁强入川,到广元再南下的,为什么我到褒城就停止了呢?

这是因为我身边的旅费剩得已不多了。我一路上省吃俭用,但卖掉金饰的钱还是花费得寥寥无几了。前途还远,靠我身边这点钱支付不了旅费。这时我就想起了家连哥说的到褒城后可以去找汉中辎汽四团的田团长,请求搭便车入川的事了。我决定到褒城后弯路到汉中去一次,倘若成功,就可以免费坐便车入川。倘若不成呢?我已管不得那么多了!

第二天,我由宝鸡搭公路客车到双石铺。第三天午后,客车到达留坝。这留坝县有个庙台子,有所张良庙,依山傍水。由山脚蜿蜒而上直达山巅，海拔两千多米，有楼阁亭殿。车子是露天的，说是客车，实际是卡车，人都席地坐在行李上。这西北公路都是盘山公路，在山岭间绕来绕去，路特别险，常看到失事翻下了山岩的车辆，令人触目惊心。天忽然下起了特大暴雨，风大雨猛，顿时我们都成了落汤鸡。车到庙台子停下，想不到这里是山的背阴处，据说从来见不到太阳，盛夏时也要穿厚衣。我因一路劳顿，扁桃体发炎，本就发着烧，只因赶路心切，未曾在意；淋雨后，到了车下，发现我带的箱子因被一个胖大的旅客坐在上面已经开裂了，帆布包也潮湿了！我到小客店里想换点干的衣服，竟无法换，因为箱子里全是湿衣，只好弄根绳将衣服全取出晾在绳上，身上仍旧穿着湿衣。这时正是暑天，我竟冷得发抖，牙齿打战，浑身皮肤变得青紫。外边大雨仍在下，卡车停歇在小客店旁暂不开行。我头疼脑热，身上冰凉，一下子竟晕倒在地。幸亏那小客店的老板将我抬到床上，把我湿衣全部脱去，用高粱酒涂我身上，用手掐我的人中，并替我按摩。我苏醒后，浑身被他擦热了，那种既发烧又冷得发抖的感觉改变了，终于正常起来。我侥幸自己九死一生，对那个瘦削、脸上多皱纹的老板深怀感激，觉得他救了我的命。回想那天我在庙台子淋了雨冻得发抖的事，在那之前，谁如果说暑天会冻死人我是不信的；经历了那场冷冻，我相信在背阴的高山地区，淋了大雨是绝对会冻死人的！

我在庙台子多住了一天，因为身体实在太虚弱疲惫了。我服了母亲给我带的阿司匹林片和"六神丸"，退了高烧，也晾干了衣物，才又搭公路车到达褒城。这褒城传说是那位一笑倾城的周幽王的美人褒姒的故乡，但我已无怀古的闲情逸致。从褒城到汉中一天有好几班车，中午时分到汉中后，我买个馍啃了，就打听辎汽四团团部在哪里。这是个部队的辎重汽车团，在当地很出名。人穷了，脸皮也厚了。我找到团部，说要找田团长。出来一个三十多岁的中尉，说："团长不在，什么事？我是他副官。"

我满头大汗，说："我是合肥人，从合肥来，想搭个便车去重庆。"

那副官看看我，忽然说："呵，你是田团长的亲戚吧？脸、眼有些像呢！"

这可救了我。我胁下淌汗，顺水推舟笑着默认了。这副官倒爽快，说："有辆车要去四川内江拉酒精，到那儿离重庆不远了，你上车马上可以走，但你不等着见见田团长吗？"

我心里谢天谢地，说："我马上动身吧，到重庆给他写信就是！"后一句说的是假话。

那副官把我带到一辆军车旁,那是一种绿色的敞篷卡车,苏联支援的,善于跑山路,用的燃料是酒精。副官对一个在检修车头的黑红脸司机说:"老孔,这是田团长的亲戚,你带他到内江!"说着,将我介绍给老孔,帮我将那只已破损了的箱子和帆布行李袋搬到车后放着,请我坐上司机台,他就走了!

这么顺利,我真高兴。大约十来分钟后,老孔上了车,我坐在他旁边。他有一张钟馗脸,挺凶,端详着我,发动了车,忽然问:"你是田团长的亲戚?"

我绝不想说谎,可是看到那张钟馗脸,我明白,倘若不说谎,他会轰我下车的。我出着大汗点头:"唔,是的!"

"你贵姓?"

为了证明确是亲戚,我只好改姓了,答:"田!"

"呵!"老孔点头,肃然起敬,摸支烟敬我。我说:"不会!"他忽然叹了口气,说:"我们当兵的,现在生活差得很、穷得很啊!"汽车离开了团部,颠着在行驶,他说:"这一路上,要跑好几天,我们难得有这种放空的机会。我得让几个熟人搭搭便车,你不反对?"

我自己也是来揩油的,哪会反对,拭着汗说:"不不不,你让熟人搭车就是!"

果然,他开车兜了一圈到了汉中城外公路汽车站附近,"吱"的刹了车停下。这时他下了车,我就看到十几个男男女女都上来了,将箱子藤筐什么的都装上了空车。老孔下车收钱,吆喝着说:"我们团长亲戚的行李物件放在后边,可别给他压坏、搞丢了!"我明白了,这是带"黄鱼"!不坐公路局的车去坐私车的乘客叫作"黄鱼",看来,老孔昨天就招揽了一批"黄鱼"在这儿等候了!

一路上,我尽量不开口,怕露马脚。老孔却忙得很,看到路边有起早的行人,常在树荫下停车招客,到了小镇小站就停车吆喝:"去内江的车!又便宜又快当!路经剑阁、梓潼、绵阳、广汉、成都、资阳、资中到内江!要走的快上车!……"他的车像公共汽车似的,烈日高晒下,"黄鱼"挤得满满的。前边驾驶台却风凉,但后来又挤上来一个抱婴孩的妇女。钟馗脸的老孔对我笑着招呼说:"一条母鱼!肯多出钱!只好冒犯你了!……"我当然笑着说:"行行行!"那婴儿一上车就尿湿了我的裤子。

四天后的一个傍晚,车抵内江,这是一路来除成都外显得最漂亮富庶的城市了。华灯初上,店铺灯火辉煌。坐搭油车我心里总是感到别扭,想:明天,可以买票去重庆了!我打算谢谢老孔,同他分别。谁知老孔将车子开到一个大饭店门口停下,让"黄鱼"们下了车,对我说:"你今晚就住这儿吧!房费兄弟我付了!"说着,提着我的破箱子和帆布行李袋就进店了。店里前边卖吃的,后边庭院深深是客房。我说:"你一路够累的了,别管我了。我这就谢谢你了!我另找个小店住。"他死活不肯,帮我把行李搬进房去,说:"你洗洗脸擦擦身,我去安排,我们今晚好好喝两盅!"一会儿,老孔来了,钟馗脸上满是笑容,拽我到前边厅堂里,牛肉、猪肝、黄瓜几个冷盘早放在桌上了。酒气氤氲,老孔替我斟酒,说:"不成敬意!你干这杯,咱们就是好朋友了,我谢谢你一路上的照顾!"

我心想,这真是反转过来了,发自内心地说:"我得谢谢你带我到内江!"

店伙计端热菜来了,红烧蹄肘、豆瓣鱼、炒三鲜,还有一大碗酸辣汤。老孔知我不会喝酒,拼命给我夹菜,抱拳说:"田先生,你是田团长的亲戚,一路上蒙你照顾我,我才带了点黄鱼!你要是给我们团长写信,请包涵一点,美言几句,我就感激不尽了!"

我这才明白他的用意。我涉世未深,心里惭愧,冒着汗说:"一定,一定!"

那顿饭吃得十分不安,临了老孔舀一大碗酸辣汤给我。

汤又酸又辣，大热天喝得我浑身大汗。我心里想：我这是骗来的吃住，我真不该说谎骗人！可是不这样我又能怎样呢？

吃完饭，老孔醉醺醺同我分手，大着舌头，钟馗脸上带着笑，握着我的手再三说："谢谢你啦，田先生！"

于是，我又最后一次骗了他，在暑热中冒充田团长的亲戚同他道别。看着他摇摇晃晃上车将车驶走，我心里说不出是什么味儿。

我可怜他，更可怜我自己。我好像懂得了更多的生活滋味，从那以后无论隔了多久，我老记得夏夜那碗使我大汗淋漓的酸辣汤的滋味。

我在第二天用剩下的钱买了私商运货的一辆卡车上的票到重庆。私商的卡车装满了内江出产的一大包一大包的黄糖，买了票要上车时我才发现上了大当——同我一样的另外几个"黄鱼"都得爬上糖包坐到高处去。我觉得这很危险，而且太阳晒得也特凶。有个胖大的中年人，他占据了中央的地位坦然坐着，我们众星拱月地在他四面半坐半趴。我紧紧用双手攥着糖包上的绳索，避免开车后的惯性和地心吸力使我栽下车去。卡车"隆隆"地驶行后，一路抛锚，不断修车。车开时，我一直提心吊胆怀着恐惧。我初到四川，对路不熟，这车从内江到隆昌、荣昌、永川，竟走了两天。后来，经璧山再经青木关本可直接到重庆，谁知车主要去北碚弯一弯办事，就绕了个圈子。而且，在途中经过一个山洞隧道时发生了惨剧。因为预先不知过山洞有这种危险，当眼看着山洞临近，而卡车上的糖包堆得太多，坐在糖包高处的人无法躲避时，那位占据了中央地位、坦然坐着的胖大中年人，一下撞破了头，人险被甩下车去。我与其他几个人幸亏是趴在边上，埋下头来，未曾同山岩"接吻"。车过山洞，停了下来，司机和车主下车大叫："鱼头撞破了吗？"那满头是血的胖大中年人，被我们搀扶下车去，让他躺在路边树荫下哼哼唧唧。我们愤怒地同车主交涉。车主也慌了神，只好叫坐在司机台里的一个人走出来同我们一样趴在糖包上坐着，将头撞破的那个胖大中年人扶进司机台，带他到北碚去了医院……

于是，离开北碚，我又半坐半趴在糖包高处，双手紧攥绳索，在一个黑黝黝的夜晚，抵达重庆。山城在黑夜里，点点灯光，倒是迷人。我心里欣慰地想：啊！我终于到达大后方，到达目的地了！我即将见到哥哥宏济，我即将由重庆去江津堂兄洪江处进个学校读书！一路的艰难辛苦，一路的危险跋涉，都成过去！我像阅读了一本内容丰富而千奇百怪的生活教科书，值得我思索与回味的事是这么的多！我经受了不少人生应有的锻炼,这种锻炼将对我终生有益……

不知为什么,抵达重庆的那个夜晚,我是流着泪看着重庆的夜景,提着我的破箱子、背着我的帆布行李袋下车的,喜和悲搅混着,我无法恰切表达当时的感情。

那是1942年9月中旬的一个夜晚!

岁月留下回声

(1946年2月—1948年冬)

二十多岁的青年时代亲身经历的一段旧事,记忆已经遥远,但印象仍那么深刻,许多事回想起来仍像发生在昨天似的。

一、一次神秘的旅行

人生的道路都是由自己走的,只是这常常又同你所接触的人有关,"近朱者赤,近墨者黑"就是这个道理。我是在抗战胜利前一年认识陈展的,正因为认识了他,我走上了革命的道路。

认识陈展是我堂兄王洪泽(王东生)介绍的。那是抗战胜利的前一年,洪泽在大后方重庆的一家保险公司工作。我去看望他,见他正同一个朋友在房里谈话。这是一个脸色黝黑、戴眼镜的中年人,一头浓发梳着分头,脸上常露笑意,皮肤粗糙,刮光的络腮胡成片浮着青光,中等个儿,穿套半旧的紫蓝色西北羊毛粗纺的中山装。他两只眼瞪着人看时,显得有点神经质,是一种警惕、机敏的表示。洪泽说陈展是做生意跑西北的,告诉陈展我是复旦大学新闻系的学生,爱写文章。见我来了,陈展不久就走了。他走后,洪泽悄悄告诉我:"陈展表面上说是商人,其实肯定是共产党,只不过他不肯承认这一点。"我问:"你怎么认识陈展的?"洪泽说:"战前我们在南通上中学时同过学,陈展曾是共产党的中学支部书记,还担任过共青团南通中心县委组织部长,被通缉过,做过江苏省委组织部省巡视员,但我们多年不见了。陈展这人很神秘,战前被捕过,国民党将他关在上海漕河泾监狱,又关在苏州反省院,用过种种酷刑,抗战爆发后,才释放他。前不久,偶然在路上遇到他,才知他在做生意,但他不是个真商人……"

洪泽当时思想比较进步,能写很美很好的诗,与当时有名的影剧演员江村等关系密切。他对时局和现状都不满,平时我们挺谈得来,但交往不多。我这时刚考取复旦新闻系,校址在北碚。接济我上学的堂兄王洪江家在江津,我去江津路过重庆时才偶尔会去看望洪泽。这次在他那里认识陈展后,我绝未想到新认识的这个人竟左右了我以后的人生道路。

复旦大学新闻系当时是比较"红"的:一是报考的学

生多，声势大；二是思想左倾的学生多，社会上认为那里赤色分子多。我进北碚夏坝的复旦大学攻读时，从一年级就常写作投稿，在报纸上发表散文和小说。有的文章可能被陈展看到过。有一天，陈展竟出现在夏坝我的宿舍门前了！他说是来看望一个朋友顺便来见见我的，约我在嘉陵江边的小茶馆里喝茶聊天。我陪他喝茶，又陪他在江边散步。他问我家里的情况，在学校的情况，我感到他像一个大哥似的很关心我。从这以后，他间隔一段时日总会来看我一次，同我在茶馆里喝茶或陪我在小饭店里吃面。我们谈得很投机，时局、形势、中国的前途，什么都说，渐渐有了交情。我本来订有《新华日报》，并常到北碚新华书店看看书，买点书；有了陈展做朋友，对共产党也就加深了认识。就这样，我们保持着联系，始终不断。直到1945年8月，胜利降临，日寇投降。我认为他对我是够了解的了，而我对他，却了解得不多，因为我知道他忌讳我问他是不是共产党，我也就不问。当年，同共产党接近是一种危险的事，我也要掩护他，所以有同学问我他是谁，我总回答："我堂兄的一个朋友，做生意的。"

此后不久，我在《大公报》上发表了一篇矛头直指国民党和三青团在大学里横行霸道的恶劣行为的文章，题为《孰令为之》，要求反动党团退出学校去。陈展看到了。几天以后，他来到我处，我以为他会夸我写得很好，谁知他竟劝我不要太傻，说："特务厉害得很，你不要赤膊上阵，要注意安全。"他的话引起我深思，似乎懂得了一些什么。

抗战的胜利，使大家欢天喜地，但很快就因为当局热衷打内战，抢占东北，使形势杌陧，人们心中笼罩上内战的阴影。陈展同我常常谈起这些问题，我同他一样，在反内战问题上都是态度鲜明的。1946年2月里的一天，陈展突然又来夏坝找我了。我们在江边散步时，他突然向我提出一个要求，也给了我一个喜悦，使我完全出乎意料。

当时，八年抗战①胜利，谁都想回到下江去同留在那里的久别多年的亲人团聚，浓烈的故乡情折磨着每一个从下江流亡到四川来的人。但交通不便，水路、陆路和空中都只能慢吞吞送回去极少的人。我常常做梦也想着早日回江南，到南京和上海去同母亲和妹妹们团聚。这点陈展是知道的。他说："有个机会可以让你和我一同坐飞机回沪宁。我们先到上海，再去南京，你在这两地都有熟人，在南京你家还有房子。你知道，《新华日报》想在南京出报，需要找房子，你家的房子希望也能租给报馆用。我同你一起去，以后有你这个好朋友，可以有你家做个落脚点。你还可以帮我介绍一些亲

---

① 指1937年七七事变起至1945年日本战败投降的抗战时段。

友,方便我做生意。你看行吗?……"他说得再清楚明白不过了!我觉得他虽然早已同我几乎无话不谈了,但谈得这么坦率真诚,这还是第一次。他并未告诉我他是共产党,但实际已经把这点技巧地挑明了。我很能意会到他要回下江去干什么。《新华日报》是共产党的报纸,在重庆出版,我们复旦新闻系的同学看这报的人不少,我也订了一份,现在,要在南京也出版《新华日报》。陈展办这件事,以商人面目出现,是为了便于他工作。这我可以理解。我从心里希望自己能对他有些帮助,但却觉得生活实在太有趣了。我斟酌了一下说:"你信任我,我觉得我不会辜负你的信任的。但现在不是假期,我离校陪你到这么远的下江去,要是被学校发现,那问题就不好解决了。"陈展说:"不要紧的,我们是秘密走的!去到那里,把事办完了你就回来,我负责让你仍坐飞机回来!"他口气很大,当时能坐上飞机,可是很了不起的事。我心里琢磨:如果偷偷去上十天半月,悄悄又回来,学校里还不至于会出问题。我就问:"如果去,什么时候走?"他说:"很快就走,但一切都要保密。"又说:"以后你千万别让人觉得你左,最好像个自由主义者,不左不右不偏不倚,写文章更要注意。那样,就是写了倾向进步的文章出了问题,也有个辩护……"我知道他这是好意,也明白今后我的命运将同他拴在一起。他话不多,但我却牢记在心。

真是像做梦一样,1946年2月20日,我跟陈展果然起程了。我们是从重庆白市驿飞机场搭乘美军军调处执行部的大型银色四引擎C-54运输机赴上海的。在机场上,陈展给我介绍了一个穿西装的白净中年人祝华。祝华当时是曾家岩周公馆的负责人之一,他与陈展这次去上海、南京后,将留在沪宁一带工作。祝华后来就是上海马斯南路107号周恩来将军公馆的办事处长,大家叫他"管家馆长"。他对我印象很好,之后我们经常来往,直到他奉命撤离,我们一直都是好朋友。

我还是第一次坐飞机,这种C-54美国运输机可以运输物资,面对面有两排帆布座位可以坐人。机舱里有几个美国的白人和黑人士兵。上机时,我看到一张英文的信笺似的机票上说明乘机的是中共代表团人员,我又发现潘梓年(当时是重庆《新华日报》负责人)、华岗等也与我们一同上机。我冒名顶替一个名叫吕文俊的人(至今也不知他是谁),美军点名后我们上机坐下。我心中更明白陈展的身份了。飞机经过四个半小时的航行,天黑时抵达上海江湾机场。我带陈展回到上海成都南路霞飞巷5号家中与母亲及妹妹见面,并安排陈展住在家中。第二天,我和陈展就同祝华在火车站见面,一同去了南京。

介绍熟人并寻找房屋等事都办得比较顺利。那时,我现在的老伴凌起凤家在南京,她父亲凌铁庵是国民党的元老。后来我替陈展将户口在南京报在凌家,在上海报在我家。陈展领到了身份证,从此就在沪宁一带活动。我在沪宁一带帮陈展办完了应办的事后,他不失约,果然又让我坐美军的飞机飞回了重庆。悄悄来去,前后二十天左右,神不知鬼不觉,仅我同寝室住的好友张镇中知道我回了一趟下江,但去干什么他也不知道。我在学校继续上课,到快放暑假时弄到了票,由重庆经西北公路通过陕、豫、苏等省回到上海。这时,我开始被重庆《时事新报》聘为上海、南京特派员,大量写作通讯、特写。回下江以后,就常同陈展、祝华在一起。

多少年后,陈展写过一篇革命回忆录——《在沪宁筹办〈新华日报〉》,文中写到这件事说:

> 原第十八集团军重庆办事处钱之光处长在《回忆在第十八集团军重庆办事处的战斗岁月》(载中共党史出版社出版的《中共党史资料》第14集)一文中有这样一段话:
>
> "1946年初,国民党政府准备还都南京,国共

谈判正在紧张地进行。一月间，刘少文同志奉派到上海，我们曾托他在南京、上海找房子筹备'办事处'。以后又派祝华、陈展两同志去南京，在二月和四月，周恩来同志两次致函国民党行政院院长宋子文和蒋梦麟，要求在南京拨给两幢房屋，在上海拨给一幢，筹建中共代表团办事处。之后，就派龙飞虎、刘恕、石西民三同志以中共代表团、办事处、《新华日报》成员的公开身份去南京帮助筹备。"

这段话引起了我许多难忘的记忆。当年在南京、上海一带按照党的指示进行工作的情况，都油然浮现眼前，宛如发生在不久以前。

1945年8月14日，日本政府宣布无条件投降，经历了长期战争苦难并为新的国内战争所威胁的中国人民，迫切渴望和平，要求民族独立和政治民主。为了达到这个愿望，中国共产党制订了争取和平民主的方针策略，以政治和军事相结合，与国民党展开了一系列的谈判斗争。

此时，由于抗战复员，政治重心开始移往南京、上海一带。正是在这样的形势和任务面前，祝华同志和我就在1946年2月间根据周恩来同志和十八集团军办事处钱部长的指示从重庆到上海、南京去执行任务,主要是买房子或租房子,为中共代表团和十八集团军重庆办事处东迁及在南京创办《新华日报》做准备工作。

为使赴沪、宁后工作得以顺利开展,我物色到了一个在重庆北碚夏坝复旦大学新闻系上学的青年学生王洪溥。严格来说,他并非党员,实际只是一个中间偏左的大学生。但我看过他写的文章,通过接触也了解到他确实是一个有正义感,对我党抱有同情和好感的大学生。他阅读过不少进步书刊,为人热情诚恳,是能密切合作而不至于出问题的。他父亲做过大学校长,抗战初因抗日死于日寇汪伪之手。但他家在南京有两幢三层楼的洋房坐落在玄武门附近。而且,他从小生长在南京、上海一带,在宁、沪有许多亲戚熟人,通过他便于进行工作,所以在得到组织上同意后,我就专程在重庆同王洪溥秘密见了面。

我们谈得比较知心,他是学新闻的,我未向他谈自己的身份,我的公开身份是商人,我向他说:《新华日报》要在南京找房子,如果他将来毕业了，可以考虑介绍他到《新华日报》工作。我将饶国模女士同红岩中共代表团的关系如何融洽告诉了他，提出希望他陪我去上海、南京走一趟，帮助我代中共代表团和《新华日报》找房子。我将自己装扮成一个为中共代表团和《新华日报》找房子的掮客，措词等等都合乎这个身份。但事实上，他是知道我的真实身份的，虽然并不详尽，夹有猜测，他也不问，互相处在一种了解和心照不宣的状态中。

1945年12月1日，昆明发生了"一二·一"惨案。昆明师生牺牲四人，重伤二十九人，轻伤三十余人。在中国人民为争取自由、民主和生存权利的斗争史上，中华民族的优秀儿女又奉献了许多鲜血，在国民党蒋介石统治中国的罪恶史上，又增添了一笔血债。当时，王洪溥在复旦大学曾签名并捐款声援昆明学运，遭到了复旦大学反动党团分子的恐吓与威胁，为此，他写了文章在《大公报》上进行抨击，用曲笔要求反动党团退出学校。我看了他的这篇文章，题为《孰令为之》。当时也与他交换了对时局的看法，从此奠定了更进一步的友谊。

谈到要他陪我同返上海、南京进行工作的事，他有些犹豫，因秘密离校到这么远的下江去，怕被学校里发现了不好。但最后，他终于答应陪我到上海、南京办好事情以后立刻回校，于是，我们神不知鬼不觉地就启程了。

我们是1946年2月20日从重庆白市驿飞机场搭乘美军军调处执行部的大型银色四引擎C-54运输机赴上海的。在机场我给王洪溥介绍了祝华同志。祝华同志当时是曾家岩"周公馆"的负责人之一。他这次去上海、南京后，将留在上海工作。祝华同志后来就是上海马斯南路一〇七号周恩来将军公馆的管家。那时大家都叫他"管家馆长"。祝华对王洪溥印象很好，以后他们也成了常来往的朋友。

我们同机去上海的尚有潘梓年、华岗等同志。飞机票是由美军马歇尔军调处执行部签发的，全部用的英文，但写明是"中共代表团人员"。王洪溥冒名顶替"吕文俊"（这是英文拼音），他会英文，当然明白是怎么一回事。上飞机前，重庆稽查处的特务曾来检查随身携带的物件，上机时，美国军人按照名单点名检查机票上飞机。我本来未向王洪溥说明同行的有潘梓年、华岗等同志，但他是学新闻的，认识潘梓年同志，在美军点名时等于向他作了介绍。好在他是一个沉静的青年，使人放心。华岗和我同他并排坐在一起。飞机起飞后，华岗知道他是复旦大学新闻系的学生，不时同他谈谈。那时，正好传来郁达夫在苏门答腊失踪是被日本宪兵杀害的消息。我听到他们谈郁达夫，也听到潘梓年同华岗谈到在适当的时候在《新华日报》上发表纪念郁达夫的文章。潘梓年同志此时是重庆《新华日报》社社长。他到上海是为筹备在上海出版《新华日报》的。我们到上海后没有几天，周恩来同志就从重庆致函国民党上海市市长钱大钧，在信上指出"新华日报自始即随国府搬迁，由宁而汉，由汉而渝，现国府还都在即，新华日报理应追随东下"，并宣布"特派该社社长潘梓年君先行来沪筹备出报"。上海《新华日报》的筹备工作此时就由秘密转为公开。但在南京为筹备出版《新华日报》的工作尚在秘密中进行斗争，首要就是找到房子。

我们乘飞机抵达上海时，正是夜晚，刚下过大雨。上海被大雨淋得湿漉漉的。从飞机的圆形小窗向下俯视，可以看到跑马厅以及南京路上的霓虹灯。飞机停在江湾机场，从驱车送我们到市区的汽车司机口中知道美钞已涨到2600元一块，米价3万多元一石，猪肉1200元一斤。当时，上海人对国民党政府从重庆去的"劫收大员"十分反感，这些"劫收"者无恶不作。我们到上海时，正是英法商电车和公共汽车工人和永安、先施等各大百货公司的职工在大罢工。上海人的民心向背，处处使人能感觉出来。

王洪溥的家住在成都南路霞飞巷五号，我们到上海后，认识了他的母亲李荪老太太，这是一位爱国、坚强、有正义感的女性，从这次认识以后，他们家就成了我的庇护所，以后，我在上海的户口就报在他们家，户主就是李荪老太太。

我和祝华、王洪溥在次日坐沪宁铁路夜车去南京。清晨到达后，在下关的一家小馆店里吃了早点。被日寇铁蹄踩躏过的南京显得异常萧条冷落，投降了尚未遣返的日本兵有的被押解在清扫街道。祝华同志去同有关同志联系，我则由王洪溥陪同找他的熟人介绍房子。当时找到的有南京来复会堂牧师杨××等人。然后，王洪溥陪我到玄武门洞庭路看他们家的两幢房子。那是两幢三层楼的西式房子，有一个约二亩地的花园，花园当然早荒芜了！前幢房子在战争中损坏较重，后幢则依然可以居住，原先被日本一个"蓖麻子株式会社"占据着，此时日本人已经撤走，这地方环境清静，房屋如将前幢修复，也颇宽敞。于是，同王洪溥商定，前幢房屋，由我们出钱修理，修复后住三年，三年后，再付租金。这是参照十八集团军红岩办事处的做法。后幢房屋也一样由我们租用。这一处地处南京玄武门洞庭路十号的两幢房子遂这样定了下来。我前两年看到王淮水同志在《新闻业务》杂志上写的《南京〈新华日报〉是怎样出版的》一文，文中说："在办理'登记'（指《新华日报》的登记）的同时，准备出版的各项工作都在积极进行，其中最重要的是，要找到合适的房子，作为报社的社址。在法西斯恐怖下，人们是不敢把房子卖给共产党的，更何况报社的用房，既要有编辑部，又要有印刷部、营业部。而且还要有容得下全社职工住宿的宿舍，这就需要买一处较大的房子，在当时来说，确实是非常困难的……"这是写得很实际的。当时，我是地下身份，公开以商人面目出现，同王洪溥在南京为房子奔忙了一段时间以后，因他必须及早赶回四川免得学校里出事，于是，同祝华在3月28日将他从上海送上美军的运输机，让他及时回到重庆北碚校中。他这一趟秘密来去，在学校里基本无人知道。以后我告诫他：在学校里要注意言行，不要太"红"，以免引起特务注意。他遂以中间面目出现，暗中却始终同我们保持密切关系。

在南京的活动比较顺利，我们为党在中山路现在的260号百货商店的地方购下了一幢很宽敞的二层楼房，这里离鼓楼不远，去新街口闹市中心也方便，作为在南京筹办《新华日报》的社址比较合适。为了争取早日在南京出版《新华日报》，经周副主席和董老决定将它分配给《新华日报》。但按照国民党《六法全书》上那套产权转移的办法，为了合法使用这房子并且取得产权的证明，以免发生麻烦，必须花钱请一个律师办一个手续。当时，石西民同志与我秘密见面，谈到了这个问题，于是，我仍以商人公开身份出现，由我同《新华日报》负责人石西民同志请了南京当时鼎鼎有名的傅况麟大律师。在夫子庙"六华春"酒家摆了筵席,经傅况麟做中证,签订了买卖方的契约,我是卖方,石西民和《新华日报》是买方。实际是演的一出假戏,将共产党的财产转移到共产党的手里。为什么要请傅况麟呢?因为他是名律师,有点权威,在国民党政府中有很多熟人,为这件事他敢于"担肩架"。当时,他收取的手续费是高的,但他得到了利,我们也达到了目的,在当时,面临曲折复杂的斗争形势,不这样做是不行的。

二、紧张刺激而又艰险的时日

解放战争时期,陈展、祝华等常给我进步书刊阅读。我那几年写的作品以通讯特写为多,因为这种形式明快尖锐,现在回顾,那些作品大都是为民众鼓与呼,为反内战、反法西斯独裁、支持学运,用曲笔为革命效力的。那时,在南京梅园新村结识了范长江、梁隆泰等同志,颇受教益。梁隆泰中华人民共和国成立后在北京曾任政务院机关事务管理局局长,50年代中则因犯"错误"到北京市委统战部工作过。我在上海采访时,到马斯南路107号周公馆去,可以见到祝华、陈家康、潘梓年、华岗等同志。祝华有个阶段常常夜间会到成都南路99弄5号我住处来，叩我楼下厢房的玻璃窗，我就会开门让他进来与陈展及我见面。有个阶段，我写的作品常给他们看，大家谈时局、谈延安、谈思想，我总很激动。我对陈展的了解加深了，知他曾在皖南新四军军部工作，是周恩来安排他去十八集团军重庆、南京办事处工作的。我曾向陈展提出要求入党，但白色恐怖严重，他认为有些事党员做不合适，我就合适，说：你在党外，以你的社会关系可以起很好的作用，危险会少得多，做事胆会大得多，万一出了事，人家救你也方便容易得多。我体会到他的好意，也认为他说得对，思想上和写作上则早把自己看作是他们一路的人了！那段时日是紧张、刺激、快乐而又艰险的。

在那阶段，陈展有时在上海、南京活动，有时去苏北。他的户口上海在我家中，南京在凌起凤家中，得到掩护。在上海时，他在静安寺百乐门商场开了个书店作为掩护，还出了田涛的小说集《恐怖的笑》等书。我把我们家的亲朋好友有选择地给他做了介绍，便于他活动。有时，他要我给他做些寄发邮件、采购药品等事，我都不问究竟地去做。有时，他在旅馆或在沪西工人区居住，同我约会，找我帮着做些事时，我也总准时前往。

多年后，他在革命回忆录中这样写过：

……王洪溥就将我在南京的户口报在凌家，户主为凌铁庵，这样，我在上海和南京都有了户口，有了身份证，得到了方便和掩护，我同王洪溥之间思想交流的机会也更多了。

以后，很长一段时期，我在上海做地下工作。关于南京《新华日报》，由于国民党千方百计不"批准"发给"登记证"，还经常指使特务、流氓到中山路《新华日报》筹备处进行骚扰恐吓，到1947年3月，国共和谈破裂，筹备《新华日报》的同志随中共代表团撤回延安，《新华日报》遂未能同南京人民见面，但这段斗争历史是令人难忘的。

我一直以商人面目为党进行地下工作，在上海时常住在王洪溥家得到掩护。后来，祝华同志以公开身份在上海马思南路107号周恩来将军公馆工作时，我们有时就悄悄在成都南路霞飞巷五号王洪溥家楼下见面。有时在天黑后，只要听到楼下靠街堂那间厢房的玻璃窗轻轻敲响三下，王洪溥就知道是祝华来了，马上去开门。但1947年3月5日，在国民党军、警、特全副武装包围胁迫下，周公馆的同志全部撤离上海。当天，王洪溥曾利用他的记者名片要去马思南路107号同祝华见面,代我传递信息,并表达一种告别的情意,但被军警阻挡未能见到。后来,当内战烽火燃烧时,他写过《怀念祝华》一文,当然那是发表不了的。

这里,陈展的记载有误,我去马思南路107号要见祝华,代陈展传递信息是3月3日,不是3月5日。此外,祝华在这之前有一天夜里来我住处,曾与陈展一同将一包文件及契约交给我母亲收藏。这包东西我与母亲合计后,决定放在大衣橱底下(大衣橱下边的垫板是用螺丝钉钉住的,我们将螺丝钉拧开,把文件放进去,再将螺丝钉拧上)。这包东西直到上海解放后,才取出来交给陈展,转交祝华。

我在1947年3月9日写过一篇通讯特写,题为《上海滩的潮汐》,由上海寄发在3月15日的重庆《时事新报》上发表,文中有这样的文字印证:

> 三月一日政府令京沪渝等地中共办事人员限期一律撤退,从国共战事发生以来,双方不绝如缕的和平希望,至此遂演成正式破裂,苦闷得麻木了的人心,对于目前的中国情势,又能作怎样的想法呢?倒并不是留恋这一二百个中共的办事人员,只

是对于正式揭幕了的残酷内战，对于中华民国未来的前途，因着和平的不能觅得，谁能够不忧心如捣！？谁能够不长叹欲哭！？

三月三日我去到马斯南路107号中共代表团联络处，刚望见那一座三层楼的西式楼房时，两个武装警察拦住了我。我的记者名片，因为局势严重，并未发生作用。祝华、陈家康、潘梓年、华岗……都见不到！三月五日上午，他们一共三十多个人，全部登上了凯旋号车，由上海先到南京，再转飞延安，为了和平谈判而成立的"中共代表团上海联络处"从今以后成为历史名词了，和谈已经死了！我回到住所，将去年夏天在南京参加中共记者招待会时，拿回来的政协文献、停战整军文献等，一齐丢掷在熊熊燃着的炉灶里。还有什么可说的呢？我自己的热情也死绝了！

北平深夜搜查户口捕捉居民的新闻，上海各报登载得不少。当苏州也发生了同样的事情后，上海更不能不风声鹤唳了！上海各大学教授陈望道、张志让、马寅初等六十六人响应北平朱自清等十三教授抗议当局的宣言，在三月八日也登遍了各报，吴铁城秘书长虽然在三月七日向记者宣布，保证上海不会有同类的事发生，但人心仍是惶惶，愿意这一个保证可靠吧！愿意上海安定，让老百姓苟延残喘活下去！……的确，如果没有内战，谁能想象现在的中国是什么模样！？而现在眼前的事实，却为我们带来了无数的烦恼，无数的痛苦，无数的愤慨，无数的怨恨。……回上海快半年了，心情从来没有像近来这么懊丧过！苦闷呵！苦闷得要爆炸！

三、为了救陈展的命

陈展一直以商人身份为党进行地下工作。后来，在我介绍下，他与我家一个经商的亲戚汪国华相识。当时，党办了个地下兵站"笙记行"，在上海外滩中国银行大楼上租了写字间，这写字间就在沙千里律师事务所隔壁。陈展是地下兵站"笙记行"的经理，他与汪国华合伙在上海秘密采购药品、钢铁、纸张、五金等苏北解放区急需的物资，秘密打通关节由上海运往苏北。陈展手中有空白信笺，上有曾山同志的亲笔毛笔签名。用这信笺，船只到苏北解放区后就是介绍信兼路条，他曾将这种信笺交我收藏保存。汪国华是个巨商，在上海商界颇有信用，在资金、采购、掩护上都能出力。地下兵站的工作本来一直很顺利，但到1948年深秋，地下兵站竟被敌人特务侦知，"笙记行"被敌人破获，陈展也被捕入狱，形势严峻。他在淞沪警备司令部大牢受尽了酷刑。我得知"笙记行"被抄查，人员全被逮走后，十分焦急，既急陈展等的生命危险，又怕特务来我家中抓人并抄家。我立即毁去一切会造成不利后果的书刊物件，并去与汪国华商议办法。

那晚下雨，我在楼下靠街堂那间厢房里坐着，忽听玻璃窗上轻轻敲响三下。这是我与陈展及祝华（此时他已撤离上海）等约定的暗号。我大吃一惊，忙去天井里开门，谁知门一开，雨中站着的竟是一个打雨伞的国民党的中尉军官，将我吓了一跳。他问："你是王洪溥吗？"我点头说"是"，他马上说："走，进屋谈。"我将信将疑、心情忐忑地将他带到厢房里，他突然说："陈展让我来找你的！"我问："他怎么样了？"他说："上了重刑，但还不要紧。"我故意说："他太冤枉了！怎么会抓他的？"那上尉从袋里取出一包香烟，从烟盒里掏出一支香烟，在手上将香烟撕开，烟丝中有一个极小的纸卷出现了。他将纸卷递给我说："你看看！"我忙去绿色的台灯下打开纸卷一看，只见纸卷上写着蝇头小字，确是陈展的笔迹。现在还模糊记得写的是：

薄兄：我为将本求利运货去苏北被捕，现押警备部大牢。我是正当商人，实在冤枉。因触犯紧急治罪条例，可判死刑，望速请凌老伯与七姐救命。

那中尉见我收到纸卷并看了，只说："快想法救他吧！"拿起伞来就冒雨走到天井里了。我给他开了大门，目送他在雨中黑暗里远去（中华人民共和国成立后听陈展说，这中尉是一个打入敌人警备部里的同志），心里五味俱全。我上楼将这事告诉了母亲，又去南昌路光明村汪国华家与他一同商量。当晚我就坐火车去往南京，找凌铁庵老伯和凌起凤（即陈展所说的"七姐"）求救。为救陈展，他们父女特地到了上海，找了上海各方人士营救。

当时，找了国民党上海特别市党部主任委员方治，找了在上海有帮派势力的监察委员杨虎，找了掌握实权的新任淞沪警备司令陈大庆，为此，在上海国际饭店十四楼宴请了他们。席间提出：亲戚陈展是正当商人，无政治问题，做物资交流生意，现关押在淞沪警备司令部大牢，请求保释。但陈大庆因自恃是蒋介石的"天子门生"，当时受到重用，做了汤恩伯的副手兼淞沪警备司令，非常骄横死硬，说是要回去查问一下弄清是怎么回事，含糊地说"该放就放"，实际却是说"不该放就不能放"。最后,因"案情重大",陈展等不久被押送到南通李默庵为司令的第一绥靖区司令部去受军法审判了!

怎么办?军法审判意味着陈展随时可能被枪毙。汪国华是南通人,但他不敢在南通出头露面。他说:"只有用钞票开路,到南通把金条放在军法官面前才能救陈展的命!"

我去打听情况:第一绥靖区司令部南通指挥所军法处在南通城里,第一绥靖区副司令官顾锡九兼任南通指挥所主任,他是当时参谋总长顾祝同的堂弟,手下有六个团,经常在苏北清乡,军法处属他管。我找了当时颁布的《匪区交通经济封锁办法实施细则》来看,见口气十分严厉,随便杀人是十分可能的。于是,我同母亲商量,也同汪国华先生商量。母亲说:"让洪溥陪我去,就说陈展是我干儿子,又是我女婿,我用母亲的身份出面,比谁都好,有洪溥陪伴,许多事他都能办,你们都可以放心。"我本意是独自一人去南通活动,但母亲说得有理,我虽不放心,也只好同意这个方案。

于是,四处设法并罄家中所有积蓄,汪先生也送来了条子(当时黄金分成大条子与小条子,又叫"黄鱼",大的十两一条,小的一两一条)和银元,我们很快就坐夜行船去南通了。

四、去南通用金条买人头

那个冬天特别寒冷,船行一夜,朝阳初升时分抵达南通天生港。江面一抹通红,岸上破烂嘈杂,一些军装不整的零散国民党士兵夹杂在衣衫褴褛的农民中间,一派兵荒马乱的感觉。我和母亲初到南通两眼一抹黑,我当时名片上有三个记者头衔,即重庆《时事新报》上海、南京特派员,上海《现实》杂志社记者,台湾《新生报》上海、南京特派员。起初,我认为有这些头衔的名片便于我做营救工作,但后来连一张名片也没有用。我同母亲雇人力车想到军法处附近找旅店住下。车夫说:"弄不清军法处在哪里,但有个关犯人的大牢在城北,隔上几天就有人在那里被枪毙!"我就叫人力车夫把我们拉到靠近大牢附近的旅店里去。那两个车夫很机灵,把我们拉到一家叫作"吉祥旅店"的小旅馆安顿下来。

住店时,职业一栏,我填了"商",我觉得填上"记者"政治性太强,不好。

说来也巧,这旅店里平时常住些探监的犯人家属。那老板是个黄脸皮的瘦子,脖子有点歪,总是抽着香烟,穿件土布棉袍,人挺精明。他同军法处的人有联系,实际是替军法官和管大牢的人员牵线的。探监的犯人亲友找了他,出价合乎他和管牢人员的心意,就可以去探监,甚至可以替犯人减刑或保释。被枪毙了的人犯,家属要收尸也得花钱,完全像做生意一样。

这时,国民党的军事形势已很恶劣了。好多队伍都从西边北边撤退下来,纪律坏,抢劫、强奸的事也多,传说不久驻军全要撤往江南。有钱人逃离南通的已经不少,军心早已不稳。我觉得这是好时机,可是陈展的事又得抓紧办,要是迟缓了,怕一旦有变,连哭都来不及,所以同母亲两人心里都很急躁。

老板娘正生了孩子坐月子。我让母亲去同老板娘套近乎,并在附近店里买了不少礼品给老板和老板娘。然后,同老板谈起心来。我问老板:"认得军法官吗?"老板说:"吃我们这种饭的人,少不了要眼观六路、耳听八方!穿穿针引引线,救人一命胜造七级浮屠呢!"他问:"你们有亲属在大牢里?"我点点头。老板说:"最近,到我这儿买人头的人也有!我这指的是重刑、死刑犯,以前比较难,现在形势紧好办点了!只要舍得花金条,人头是可以花钱买的!死罪不死,保释出去也不是不行!"我说:"为什么现在好办些了?"老板说:"兵败如山倒,树倒猢狲散嘛!谁不想趁乱捞一票好走路呀!"我问:"要花多少钱才行?"老板说:

"那得看罪大罪小了,不一定,罪轻的花几两金子保出去的也有!"我对老板说:"我有个妹夫,做生意的,冤冤枉枉就给抓了。我母亲与我这次来,就是想看看他,保他出去。我们在南通熟人少,认识了你,真是有缘。要请你帮助呢!"他说得活络:"这种事,要看犯人犯的什么罪。冤枉的跟不冤枉的不一样,罪轻的跟罪重的不一样,好办的与难办的不一样。这军法处的几个军法官,为人也不一样。说实话,办这种事我也怕受牵连!军法审判,弄不好牵连上共产党的事,是要吃卫生丸的!但我看你们母子人不错,能帮忙我一定帮!不过话说在前头,花不起钱是办不了事的!"

我向他打听了军法官的情况。他说处长是个上校,姓周,最凶,常判人死刑。他认识的一个军法官是个中校,姓蒋,如果案子在蒋法官手里,就好办些。并说,有个死刑犯花钱保走了,蒋法官弄了个别的犯人枪毙了就顶替了事,巧妙得很。谈到这里,我就将陈展的名字写给了他,托他打听案子在谁手里,犯的罪会怎么判,并说希望先让母亲和我探一次监,同陈展见见面。老板点头说:"我试试看!"

"买人头"!这种说法我还是第一次听到,那时听到这说法,真是惊心动魄。陈展在死亡威胁之下,我们需要买他的人头,救他!现在希望虽有,估计困难必然还很多。

果然，那旅店老板来说："糟得很，陈展是个要判死刑枪决的重犯。由周上校亲自审判！蒋法官说这事他插不上手。"

我和母亲像五雷轰顶。老板又说："探监的事蒋法官说可以试一试，但必须给管牢的弟兄们烧点香。"

"烧香"，就是花钱打点。我和母亲都连声说："这没问题，一定烧香！管牢的弟兄们和军法官都烧香。"我们又求老板一定要救救陈展，"宁可破财也要救他！你帮了忙，我们一定也重谢。"那老板好像来了点劲，但说："不是不帮忙，实在是周上校太厉害，他从不收礼品，有人买了礼去他家，他把礼品全甩了出来，名声在外，谁都怕他。"

过了一天，老板通知："今夜九点到大牢探监。会见时间十分钟，要八十个袁大头（银元）作烧香费。"为了救陈展，我爽快地付了八十个银元，并另加了五个给老板作跑腿费。夜里我们探监，终于见到了陈展。他关的是单人小牢房。牢房又潮又暗又脏，霉臭味冲天。陈展上了镣铐，头发蓬松，络腮胡长长的，身体十分瘦弱，衣服邋邋遢遢。他肯定受过重刑，倚墙雕像似的坐着，站不起来，两只眼在黑牢中亮出两点寒光。母亲落泪了！陈展和我们谈了些什么已忘了，但还清楚记得他大叫冤枉，说自己做生意倒了霉，这就是暗示我们他未承认自己是共产党。我则暗示我们是来救他的，特地叫他"妹夫",让他明白这种关系。他又说:"我受刑太重,有病,能保外就医就好了!"这是暗示我们设法保他出外就医。不到十分钟,我和母亲就被赶出来了。

绝对想不到的是一被赶出来,就被军法处长周上校派兵把我们押到他在的一间小平房里去了!他穿着棉军衣,剃着光头,吸着香烟,阴森森地问我们的名字,并问是干什么的。我想拿出记者名片,求得自己和母亲的安全;又一考虑,那样不好。既要花钱买人头,别犯忌,说是记者也许他就不敢贪赃枉法了。因此说是做生意的。出乎意外的是这位周上校目的是急于捞钱,亲自出马讲价钱了。他说:"陈展要判死刑!他给共匪运送物资,肯定是共党,不承认也无用!我这人判共匪的案从不手软!知道不?"我和母亲连声替陈展喊冤辩解。周上校突然语气平和,说:"陈展的事可大可小,要看你们会不会办事,我家住在东边街上××号,明晚九点来我家吧!"他看看我,接着说:"就你一人来!也别告诉那旅店老板!来时,别带礼,我是不收礼的!"我这就明白了。这伙军法官实际是结成一伙找犯人家属敛钱。周上校以前也许在幕后主持,如今也赤膊上阵自己出面了。他礼是不收的,但金条是收的。

第二天夜里九点钟,我准时去指定地点与周上校谈判。

这家伙心很黑，竟提出要五十两金子买陈展的人头，甚至恐吓说："时间紧迫，要不是时局不好，绝不会跟你打交道。你别迟疑，迟疑了，吃亏的是你们，到时候红笔一勾，来收尸吧！"又说："出去别乱说，乱说的话，那陈展马上就人头落地了！"

反正，去谈了两三次，我是软软地同他磨，他也降了点价。我从十多两黄金还价开始，一两二两往上加，他从五十两开始逐渐降到二十四两。最后我们商定：这儿收到金子，那儿就去大牢里接犯人，但要求有铺保作保证，名义是"因病重保外就医，保证随传随到"。

事情就这么办成了！我立刻回上海找铺保。汪国华找了一家，我们认识上海东新书局的老板夏金松，也具了铺保。我又回南通。陈展的"人头"算是买下来了！母亲当时曾气恨地说："这个反动政府如果不垮台真无天理！"

陈展后来在他们的革命回忆录中谈到这件事时说过：

> 起先，工作很顺利，但到1948年深秋，地下兵站就被敌人特务侦知，"笙记行"被敌人破获，我也被捕入狱，先是关在淞沪警备司令部大牢，受了酷刑。在这种情况下。王洪溥及其母李苏老太太想尽

方法营救。王洪溥专门到了南京，找了国民党元老凌铁庵，由他写了许多信，由王洪溥持信遍找当时国民党在上海的党、政、军头子，信中说我是他的亲戚，纯属正当商人，希望看他的情面能予释放。①但因案情重大，不久我们都被押送到南通李默庵的第一绥靖区司令部去受军法审判，许多同志和我都受到了恶毒的指控，幸亏当时国民党反动派败势已定，军法官们都想捞点钱作鸟兽散。李荪老太太以我是她"义子"的名义，由王洪溥陪同亲自到南通，将筹措来的一些金条送给了军法官，因我当时受刑后身体极坏，遂用"因病保外就医"的借口将我放出大牢跟随李老太太回上海，但需两家铺保，这点李荪老太太依靠她的社会关系也办到了。我被保出来沪后在李荪老太太家养病并等待时机。当中国人民解放军即将渡江，南京、上海一带已经风声鹤唳时，我终于逃离上海设法渡江奔向苏北解放区，回到了党的怀抱。后来，随解放大军进入解放了的大上海，担任了接收上海钢铁公司的总军

---

① 这里是陈展的记忆有误和了解不多造成的。实际上，凌氏父女当时专门去了一次上海并请客。

代表，并重新把晤了在上海做地下工作时结识的人们。

我们党在上海、南京购买的一些房地产的契约等，当时由我和祝华都交给了王洪溥的母亲李荪老太太秘密保存。她完善地保存着直到上海解放，我们重新见面时，才又取出来交还了党。为此，政务院（国务院的前身）曾专门颁发了奖状嘉奖了这位革命老太太的义举。李荪老太太有七个子女，现在都是各有成就的干部和高级知识分子了，有的是全国人大代表，有的是教授，有的是编审，有的是名医专家。王洪溥是党员，即著名作家王火。前几年，我们见过一次面，他说我是他的引路人，我却说当年为党做地下工作要谢谢他的帮助。我看到过报道：邓颖超大姐前些年重访重庆红岩村时，曾回忆起红岩办事处房东刘太太（饶国模女士）的功绩并特地到她墓上鞠躬献花。我听说李荪老太太在"文化大革命"期间因患肝癌病逝。在她病逝前，我正被造反派诬蔑为"叛徒"，造反派一再去威逼李荪老太太，要她说我是叛徒。但她正义地说："我只知道他对敌人说过：'你们要枪毙就枪毙！'他是个不向敌人低头的共产党员,我决不能乱说!"造反派拿她没办法,只好死了这条心。现在,李荪老太太安葬在苏州凤凰山公墓,我的心愿是:我一定要到苏州去一次,在她的坟墓前献上一束通红通红的鲜花,用我诚恳的心恭恭敬敬地向她敬礼!

陈展同志被我们保释回上海后,确是伤病严重,在我们家里养伤并治疗。但伤病稍愈后,有一天,外出散步时,他突然失踪。当时我们推测,有两种可能:一种是又被特务逮走了,另一种是可能逃到他想去的地方去了。我们很为他担心,又怕被连累,也很怕连累给他做铺保的商家。幸好,国民党反动政府兵败如山倒,风声鹤唳,已顾不上追究这种事。不久,解放军就横渡长江,江南和上海也解放了!上海在1949年5月底解放时,陈展是随大军进入大上海的,他是市军事管制委员会驻上海钢铁公司军事特派员、党委书记。我们重逢时那种欢乐是难以言述的。中华人民共和国成立后陈展一直在上海工业战线工作,1978年以后先后担任上海市宝钢工程总指挥、副总指挥兼石化二期工程副总指挥,市三十万吨乙烯领导小组成员。1985年离休,曾任上海市工程咨询中心副董事长、上海市老龄委顾问。他于1996年5月去世，享年八十二岁。

讣告上说：

"陈展同志的一生是革命的一生，战斗的一生。他对党无限忠诚，对部下、对同志和蔼可亲，对敌人横眉冷对，对工作认真负责，作风正直，知错就改，清正廉洁，受到群众的尊敬和爱戴。六十多个春秋岁月是一部用热血和汗水写就的可歌可泣的灿烂诗篇。

"忠诚而坚强的共产主义战士陈展同志永垂不朽！"

见证录

见证公审冈村宁次

1945年8月15日正午十二时,日本裕仁天皇在广岛、长崎挨了两颗原子弹后,向全体国民广播了《停战诏书》。日寇战败,投降了。日本中国派遣军总司令冈村宁次大将,率领部属在南京投降,成了中国的俘虏。

9月9日,中国战区日军投降签字仪式在南京中山门附近原中央军校大礼堂举行。这时,这里已成了"中国陆军总司令部"。签字日礼堂正门上飘扬着中、美、英、苏等国国旗。出席仪式的中外军官、代表、记者等有四百多人。八时五十二分,戴眼镜的中国陆军总司令何应钦上将坐在受降席中间位置,陪同的有海军总司令陈绍宽上将、陆军副总司令顾祝同上将、陆军总司令部参谋长萧毅肃中将、空军代表张廷孟上校等。戴着眼镜的日本中国派遣军总司令冈村宁次大将及其下属——总参谋长小林浅三郎中将、副总参谋长今井武夫少将、舰队司令长官福田良三中将等都身穿军便服、神情懊丧地排成一横列向何应钦鞠躬敬礼。何应钦叫他们坐下,又说:"记者们!你们可以拍照,九点钟受降仪式正式开始。"于是,中外记者都开始抢着摄影。

九点整,何应钦宣布受降仪式正式开始,小林浅三郎起身上前将日本大本营授予冈村宁次代表签降的全权证书双手呈交给何应钦。他垂着头,双手有些发抖。何应钦审定证书后,将中文本的日军降书,交给萧毅肃中将送至冈村宁次面前,冈村起身双手接下,翻阅降书后提起桌上的中国毛笔,在两份降书上签字,还从口袋中取出一个圆形水晶图章在降书上盖了章。小林浅三郎遂将盖印后的降书取了双手呈交给何应钦,何应钦盖章后将其中一份由萧毅肃交付冈村,冈村起立恭敬地接受。他一直表现得沮丧低沉,其他日军将领也都表现得类似冈村。何应钦将中国战区最高统帅蒋中正关于日军投降的第一号命令交付冈村,冈村立正接受后,何应钦宣布:"中国战区日本投降签字仪式结束。日本投降代表退席!"冈村率领下属向何应钦深深鞠了一躬,然后低头颓然退出了会场,使人都看到了日本侵略者在中国的下场。

但是国际关系是复杂的,二战后,美国是怀着叵测的居心包庇部分日本战犯和一大批右翼分子的。二战后,蒋介石也包庇了冈村这样的大战犯。他的目的是利用冈村反共的经验,为他打内战出力,提供军事上的经验。冈村曾长期被安排在南京一幢舒适的洋房里，保着密，受到保护，也不让记者采访，对外宣称他"有病"。远东国际军事法庭主持的东京审判，本来法庭提出要将冈村解赴东京取证，也因国民党当局的偏袒保护而未让冈村去东京。冈村是日本侵华后期的"日本中国派遣军总司令"，是大将，受着优待，直到1948年（日本投降后三年了）8月23日上午才第一次在上海被公审。

我记得很清楚，拿到了记者采访证后，知道是在上海虹口塘沽路市参议会大礼堂首次公审日军中国派遣军总司令冈村宁次大将。这消息提前一天在《新闻报》《申报》《时事新报》《中央日报》等各报登出后，引起了各界注意。所以申请参加采访和旁听的人很多。

那天，下着大雨，天气闷热潮湿，市参议会大礼堂前，一早就聚集了许多人，停着一些轿车、三轮车。大礼堂前，有森严的宪兵和警卫，记者都凭证挂着条子进去。

冈村宁次，1931年就参与过九一八事变的策划。1932年"一·二八"淞沪抗战时，任日本上海派遣军副参谋长。1932年"热河事变"后，他作为关东军代表签订《塘沽协定》。1938年，任日军第十一军司令官参与指挥进攻武汉。1941年就晋升大将，任华北方面军司令官。1944年任第六方面军司令官参与主持攻占广西桂林、柳州的作战，是年11月，升为日本中国派遣军总司令。他的罪恶从他的经历就可以看出，但由于蒋介石对他倚重，认为他在维持治安协助接收在受降工作上"有功"，帮助蒋介石进行内战也"有功"。拖到1948年公审，是因为早已引起民愤，受到舆论和报纸不断谴责才举行的。所以我大致计算了一下，旁听的记者和各界人士竟有一千多人。市参议会大礼堂外的广场上，装上了扩音喇叭，使庭审情况可以传到外边，无法入内旁听的市民可以在塘沽路上听到有线广播。

坐得满满的大礼堂内，驻沪的各国外交官也坐了不少。九时三十分，穿军装的上海审判战犯军事法庭的军法官们都出场了。少将审判长仍是在南京审乙级、丙级战犯的那个福建人石美瑜。他宣布带冈村宁次及从犯上场。

冈村宁次是从高昌庙战犯监狱由宪兵押送到公审处的。不多久，冈村宁次就由翻译陪同出现了。他剃着光头，穿着整洁的草绿色的军便服翻着雪白的衬衫领子，脸色显得苍白，戴着玳瑁边眼镜。跟在冈村后面的是四名从犯，即第二十七师团长落合甚九郎、一一六师团长菱田元四郎、六十四师团长船引正之、八十九旅团长梨冈寿男，都像丧家之犬，满脸晦气，站成一排。冈村头发刚剃过，头皮露出铁青色，脸部平静毫无表情，肃立回答军法官的询问，报了姓名、年龄、籍贯、履历……之后,让他在一张扶手椅上坐下。这么优待,据说由于他正患肺结核,一直在医治、疗养。摄影记者的照相机闪光灯"啪""啪"闪个不停。检察官施泳起立,宣读起诉书,控诉冈村作为侵华日军总司令官参与发动侵略战争,纵容部下残害无辜中国平民,如纵容二十七师团师团长、一一六师团师团长、六十四师团师团长、八十九旅团旅团长于1945年进犯江西等地时残杀平民掠夺财物无恶不作,等等。日语翻译将起诉书译成日文,英语翻译又将起诉书译成英文,翻来译去,花了不少时间。

我用笔记着要点,觉得起诉书里写列的罪行,很不全面,同冈村这样一个大将衔的总司令应负的罪责不相适应,冈村参与侵华的罪恶开始得很早,经历的时间很长,如今的起诉书颇有避重就轻的味道。我身边的一位《申报》的记者轻声对我说:"这样的起诉对冈村并无实质性的触动,你觉得冈村会判什么罪?"我说:"论理,是死罪!但包庇到今天,在舆论压力下才不得不开始公审,当然是在耍把戏给老百姓看!"

冈村的辩护律师出庭了!起初听说只有一个律师指定为冈村辩护,名叫钱龙生,但这时庭上宣布:辩护律师有三人,除钱龙生外,还有杨鹏,更指定上海出名的江一平大律师为冈村辩护。

闪光灯又"啪""啪"地一闪一亮了！这个江一平是浙江杭县人，20世纪20年代复旦大学毕业的文学士、东吴大学毕业的法学士。毕业后，在上海公共租界会审公堂执行律师业务。1925年五卅运动时他的表现不错，曾为爱国学生做辩护律师，声名大振。1939年，复旦大学授予他名誉教授职称。抗战爆发后，他去重庆连续出任第二、三、四届国民参政员，并任过北碚复旦大学的副校长，抗战胜利后回上海继续做律师，名气不小。早一天，上海一张报上刊登了一条花边新闻，说江一平的父亲反对儿子替大战犯冈村宁次做辩护律师，说："你是要遭人唾骂的！"但江一平今天一上来就千方百计为冈村开脱罪责，最荒谬的是说冈村在华北方面军任司令官时，为供给农民棉布、打击奸商，"做了不少爱民的事"，引得旁听席上传出了愤怒的"嘘嘘"声。后来多年以后，冈村在日本写的回忆录写到江一平的辩护"使我永铭肺腑"。1961年6月，冈村宁次应蒋介石之邀，由日本到台湾活动，回忆录上写道："去台北曾去拜访江一平及石美瑜表示谢意。"

从犯菱田、落合、船引、梨冈出庭作证，回答质询。这四人都是在押日军战犯，垂手肃立，对军法官询问一一作答，但既为冈村涂脂抹粉，又为自己开脱。江一平对证人进行询问,牵涉到需要冈村回答时,冈村便从扶手椅上起立回答,他老奸巨猾,对检察官起诉书和法官审讯时涉及他的犯罪事实,回答时他都不承认,但硬话软说,态度恭顺、声音细小,推诿"不知道"或"这不是我的责任",或"那时我不在",再或"那时我还没有出任中国派遣军总司令"……再或反复辩解自己不是杀人放火的直接指挥者,不负屠杀中国平民之责。诸如此类的回答,令我和旁听席上大多数人一样,听了愤怒,议论纷纷的声音从旁听座上和记者席上发出,在礼堂里"嗡嗡"地传开,军法官不止一次地敲击法槌:"肃静!大家肃静!"

检察官施泳口才不行,在律师辩护后,结结巴巴宣读了有罪论证,但听不清楚,又软得无力。到十二点过一刻,这使人疲倦而又平淡、平和的审讯似可告一段落了,戴眼镜说福建官话的石美瑜宣布休庭说:"下午三时三十分继续开庭!"中午休息时间好长。大雨已停,广场上听广播的人已经散去,商店的无线电里放的是周璇的歌曲:"……浮云散明月照人来……"乞丐和小瘪三沿街乞讨,一家百货店在敲敲打打大拍卖,有蒋经国领导的经济戡乱大队的人在街上游行呼口号:"枪毙奸商!""不许奸商兴风作浪!"……

这时物价飞涨,刚发行金圆券不久,人民生活艰难,我找了家饭店吃了午饭,在街上找了家小书店看看书挨到下午三点半之前又去参加旁听冈村。

开庭后,主任检察官王家楣发言,列举冈村应负战争共犯之责,结尾却说:被告在投降时协助接收"有功",希望"量罪课刑持以平衡"。江一平等三个律师又同检察官展开了辩论,主张"请宣判被告无罪"。那真是又臭又长的辩论,却仿佛十分讲法治,拼命在动用法律的权威。这使我当时不禁想:当日本侵略者在中国大地上杀人放火抢劫奸淫时法律到哪里去了?为什么对无视法律违反国际法的战犯,却突然要运用法律武器来这样强词夺理不公平地包庇他们?

三个多钟头后,法庭宣布:由于证据不足,今天只审不判,审讯到此休庭。何时续审未定,被告及证人还押。原定在辩论终结的当天可宣判的,但改成只审不判了,于是,又听到一阵议论纷纷之声。包庇了这么久才演戏似的公审了这么一次,实在不光彩,但结果并不出人们的所料,人们都感到这种公审实际就是演戏!

转眼到了1949年的1月了,1月26日,军事法庭对冈村宁次进行最后一次公审,并要宣判。我于1月25日去申请记者旁听证,但遭到了拒绝,说:"这次旁听范围大大缩小,我们明天只请《中央日报》、中央社等派记者参加,贵报不在其列！"我据理力争，因为不愿意看不到冈村被判罪！

军事法庭的人员说："不行！时间紧，要办证也来不及了！"

1月26日上午10点，仍在塘沽路市参议会大礼堂公审，我提前到达，发现外边没有像上次公审那样安装扩音喇叭转播，冷冷清清，我想进去，有宪兵拦阻说："在庭内旁听的一共才二十多人，你不能进去！"

听说审判十分草率，最后，六十六岁的冈村被判"无罪"！当然，这是从南京最高方面来的旨意！冈村后来平平安安被送回日本去了！那是1月30日上午10点，冈村宁次竟然与二百五十九名日本战犯一起在上海黄浦码头乘美国轮船"约翰·W.维克斯号"离开中国被遣送回日本了！而且，他的遣返是保密的！

日本右翼势力后来这么大，同当年美国的包庇和蒋介石政权的包庇是分不开的！这就是我今天写下这段纪实回忆的意义和目的！

（本文刊于2014年8月《上海滩》杂志）

南京大屠杀与公审谷寿夫

一、南京大屠杀鸟瞰

日前,南京电视台专题部副主任、编导薛亚宁和记者张建宁特由南京飞蓉采访拍摄我关于南京大屠杀问题的谈话。他们正在做一件有意义的工作——拍摄一部关于南京大屠杀的纪实专题片,共六集,大量采访拍摄南京大屠杀中的幸存者及与南京大屠杀有关的见证人。为这,他们根据有关线索,还要到我国台湾地区及日本、美国采访拍摄。这部电视片打算在9月3日前后放映。1946年秋至1948年间,我曾在南京采访、研究过南京大屠杀事件。怀着对日本侵略者的仇恨,我在南京对大屠杀做了研究并采访了一些幸存者,观看了一些被杀戮者埋葬地的发掘,参加了旁听审判日本战犯。当时,我在重庆《时事新报》、上海《大公报》和上海《时事新报》都用"王公亮"或"公亮"的笔名发表过文章。现在,一晃过去五十年,当年采访过南京大屠杀的记者能找到的不多了。我把南京电视台的采访看作一种政治责任。历史是已经发生过的事实，日本有些右翼反动分子至今仍妄图否认侵华罪行，理应受到谴责。中国人民对南京大屠杀的惨痛历史是永志不忘的。

1937年北方在卢沟桥发生七七事变后，上海又爆发了"八一三"战争。激战三个月后，淞沪失守，日寇分兵六路杀向南京。12月13日，南京沦陷，日寇在南京有计划、有组织地血腥屠城。在南京市内及附近杀戮中国男女老少的平民和放下武器的俘虏共计三十万人以上。日寇大肆强奸妇女，仅占领南京一个月中，就发生强奸事件两万起，每每都是奸后杀死。日寇更洗劫全城，城内三分之一建筑物被毁。

谈到南京大屠杀，常有一个错误观念，即日军攻陷南京后才发生任意屠杀俘虏和平民的事，其实日寇这种残暴屠杀从他们在上海开战后就已开始。日寇占领上海后，攻向南京时，也是一路在苏州、无锡、常州、镇江等地先是用狂轰滥炸，继之以陆军屠杀，一路杀向南京的。日军俘虏到中国士兵很少留下活口，日军在苏州、无锡、常州、镇江等地的屠杀及强奸、抢劫，也是十分残酷的，当时中外报纸都有报道。

也有一种错误看法，好像南京大屠杀后，日寇的屠杀收敛了，其实并不。单从1941年后说，日寇在华北一次次大"扫荡"，实行"三光"政策，毁我数以万计的村庄，杀我同胞三百余万人。如从"九一八"算起，到1945年抗日战争结束，日寇使我军民伤亡达三千五百万人以上。南京大屠杀只不过是一个突出的例子，是日寇集中在一个大城市里用集体屠杀和个别屠杀手段杀戮最多的一次惨绝人寰空前残暴的大屠杀。

南京大屠杀是在日寇南京战地指挥官与东京统帅部完全知悉与同意下进行的。当时，松井石根大将先是日寇上海派遣军司令官，后又成为华中方面军司令官。其上海派遣军司令官一职12月5日起由日本天皇之叔朝香宫鸠彦亲王继任。日军进攻南京兵力近八个师团约二十万人，八个师团即第十三师团、十六师团、九师团、六师团、十八师团、一一四师团、十一师团及第五师团。其中以中岛今朝吾中将为师团长的第十六师团和柳川平助中将第十军下属的第六师团（中将师团长为谷寿夫）是南京大屠杀中杀人最凶最多的两支部队。松井大将在日寇战败投降后作为甲级战犯在东京国际法庭审判后处了绞刑；朝香宫中将因是皇室人员受到美国包庇逍遥法外。柳川和中岛因已病死，逃脱了惩罚。谷寿夫则作为乙级战犯押到南京受审。

现在，一般的说法是：南京大屠杀自1937年12月13日起为期六周，其实高潮应是三个月，其后的三个月在继续的屠杀之中，以后屠杀也并未制止，恐怖局面一直维持到1938

年的夏天。

这不仅从南京大屠杀幸存者和当年外国记者笔下的文章可以证实,而且从汉奸方面的文字记载中也可得到证实。伪维新政府的"南京市长"高冠吾1938年10月曾在南京灵谷寺掩埋被日军屠杀的无主尸骨三千余具,立了一个无主孤魂碑,碑文中说:"余奉命董京市,惟时去南京事变将及一载,城闉、丛葬、山巅、水涘有遗骨焉。""南京事变"指的即南京大屠杀。汉奸当然不敢说冒犯日寇的话,但字里行间已可看出屠杀之惨。试想,大屠杀过去快一年,尚在人烟稀少的灵谷寺一带收殓到三千余具未埋的尸骨,日寇杀人之多岂不可想而知。而1940年,大汉奸周佛海在3月至4月的日记中记述他回到南京的情景,在3月20日日记中说:"旋赴西流湾旧宅,巡视一周。断瓦残垣,荒烟茂草,令人有荆棘铜驼之感。"4月14日日记中说:"赴五洲公园,并绕太平门至明孝陵,经中山门返寓。满目凄凉,战痕犹在……实令人有今昔之感,历史所谓世变沧桑者也。"汉奸朱子家谈到1940年3月30日汪伪政府"还都"丑剧时说:"那一天的游行行列,确真是并不热闹。"汉奸心态犹如此,南京大屠杀之阴影犹罩在他们心上呢!

我曾于1942年7月由上海到南京转道安徽去大后方,

在南京停留时,只见人迹稀少,断垣残壁不少,下关江边一带本来热闹繁华的地方尽皆没有了,南京城的情景与抗战爆发前我在南京居住时完全不同。在下关住在一家破烂的木板搭的小客栈里,同店老板谈起南京大屠杀时,店主肃然说:"那时,幸亏远远逃到乡下亲戚家去了,留在城里这条命早完了!这下关一带房屋烧光,到处是死人,鬼子杀的人可多了!"在南京搭乘马车时,赶马车的那个穿破汗衫的马车夫是个满脸皱纹的老头儿,问他当年城陷时的事,他说:"当时躲在乡下,光知道鬼子烧杀奸淫,从夫子庙一把火烧到太平路,过了几个月回来,夜里还不敢上街。人说中华门这带,鬼子杀的人比城墙堆得还高。"

二、日寇在南京杀了多少人?

如今,在南京的"侵华日军南京大屠杀遇难同胞纪念馆"的进口台阶上,用中、英、日文镌刻着"遇难者300000"的字样,给人们难忘的印象。这数字是怎样来的?准确吗?

日本的一个反动"评论家"、拓殖大学讲师田中正明曾在十年前写过一本书名为《"南京大屠杀"之虚构》,无中生有地大谈南京被屠杀三十万人的不可能性,以迷惑不明真相的人。我前几年曾写过文章批判他这本坏书!

抗战爆发前，1937年6月，南京统计居民有1015450人，也有一个统计是107万人。日寇杀奔南京时，估计有不到半数人疏散逃难，余下的人留在南京市内及近郊。南京守军当时有十多万人，更有大批沿沪宁铁路沿线各地逃到南京的难民。这说明，日寇侵占南京时，南京的人数有五六十万人以上是无问题的。当时，南京有国际人士出面组织的"南京国际安全区"，老百姓叫作"难民区"，逃入难民区躲避的约有25万人。日寇进城后，大肆屠杀，难民区内的人被日寇集体抓出去枪杀的就不少，不在难民区的中国人被血洗得更是干净。南京沦陷后，人口骤减，到1939年4月统计，人口仅存173200人。那么，南京的人哪里去了？南京大屠杀杀了多少人，这还不清楚吗？

为了中国审判日本战犯和远东国际法庭在东京审判战犯，关于南京大屠杀的证据和资料，自抗战胜利后不久就开始搜集整理，历时两年。在1947年3月10日判决日寇第六师团长谷寿夫中将时，判决书说："计我被俘军民，在中华门花神庙、石观音、小心桥、扫帚巷、正觉寺、方家山、宝塔桥、下关草鞋峡等处，惨遭集体杀戮及焚尸灭迹者达19万人以上，在中华门下码头、东岳庙、堆草庵、斩龙桥等处，被零星残杀、尸骸经慈善团体掩埋者，达15万人以上，被害总数共30余万人。"

判决书所定之集体屠杀19万人及零星屠杀15万人，系根据身历其境之1250余幸存者及当时主持掩埋尸体之红卍字会副会长许传音及周一渔、刘德才、盛世征等具结证明具有红卍字会掩埋尸体43071具，崇善堂收埋尸体112266具之统计表，灵谷寺无主孤魂3000余具之碑文，及从中华门外多处以丛葬方式集中掩埋之"万人坑"中所起出之头颅数千具，并有众多的中外出版物和照片为物证。

日寇集体屠杀的地点主要集中在下关、中山码头、燕子矶、观音门、草鞋峡、紫金山、雨花台、汉西门外、三叉河等地。大屠杀后，尸体大部扔入长江或用汽油焚毁后掩埋，有史料证明，仅1937年12月14日至18日五天日军就销毁尸体15.5万具，下关草鞋峡一次就屠杀俘虏及和平居民5万多人。

当时审判战犯军事法庭首席检察官陈光虞根据十四个团体调查，于1946年5月向远东国际军事法庭提出的南京大屠杀确定的被屠杀者是294911人，未确定的被屠杀者20万人。同年9月，陈氏根据继续收到的确实资料，又增加被屠杀者96260人，故确定被杀者应为391171人。东京国际军事法庭听证后做了保守的判决，说："在日军占领后最初六个星期内，南京及其附近被屠杀的平民和俘虏，总数达20万以上。这种估计并不夸张，这由掩埋队及其他团体所埋尸体达15.5万人的事实就可以证明了。……这个数字还没有将被日军所烧弃了的尸体，投入到长江或以其他方法处理的尸体包括在内……"1984年调查，南京大屠杀的被杀中国人数目为34万人，即集体屠杀19万人，零星屠杀15万人，这是南京一些文化学术团体、南京大学及中国第二历史档案馆以及侵华日军南京大屠杀史料编辑委员会重新调研并编写南京大屠杀的史料与著述调查出来的结果。

由于日寇在大屠杀后，将许多尸体火焚、埋葬，抛入江中，那些数字时过境迁后已无法查精确。1990年12月间，日本共同通讯社记者报道过一个消息：当年德国驻华外交官罗森有关南京大屠杀的详细报告在德联邦公文图书馆波茨坦分馆发现。报告说：罗森乘船去上海时，在南京郊外看到"堆得像山一样的平民尸体"，直到1938年3月4日，"在郊外下关江上，由于大屠杀，还有约三万浮尸""在南京周围四五十里的地方，见不到人影，到处是无人掩埋的尸体"。1991年2月，在日本发现了曾经参加攻占南京的一名日本军官的日记，日记记载：当年12月16日，"幕府山麓长江岸边屠杀了17025个俘虏。"……

日寇在南京大屠杀的人数确定在30万以上，这数目依我看是完全有事实根据的。这还应当说是一个不完全的数字。铁证如山，狡辩、抵赖、回避都是不行的！

三、忆三个屠杀下的幸存者

1946年秋冬到1947年间，我访问过一些南京大屠杀的幸存者。年代久远，当时的笔记本等均在"文革"中毁失，如今凭记忆有些人的姓名已经忘怀，但有三个幸存者的姓名、容貌与他们的经历是难以忘怀的。记忆深刻的原因，一是当时谈话的印象深刻，二是我为他们的经历写过一篇文章，题为《被污辱与被损害的——记南京大屠杀中的三个幸存者》，1947年发表在上海《大公报》上。手边原有的这篇文章的剪报毁于"文革"，但查《大公报》是定可以查到的。

这三位幸存者第一位名叫梁廷芳。他1946年冬曾到东京国际军事法庭作证，控诉松井石根纵容部下有组织有计划地在南京进行大屠杀。梁廷芳是个军人出身的壮实中年汉子，很朴实。同他谈话时，他脸色严肃，叙述清楚。他本来参加了保卫南京城的战斗，是担架队的一个队长，有上尉军衔。城破后，逃进了难民区。这难民区南自新街口起，经中山北路、中山东路、汉中路，直到汉中门、挹江门等地，像鼓楼、金女大、山西路、宁海路一带都在内。日寇到难民区来搜查，把怀疑是军人的都抓走。发现梁廷芳手上有老茧就拖出来反绑双手架走，同好几千人一起，排成行，由大批日军用刺刀押解到下关江边中山码头，架起机枪扫射，集体屠杀，死人不计其数，血流遍地。有些人纵身跳江，梁廷芳负伤跌入江中，从死人堆中带着伤在滔滔江水中拼死随江水游往对岸，才逃脱了被杀死的命运。我访问他时，是在南京国防部小营战犯拘留所的接待室内。当时，检察官陈光虞正同他谈话取证，准备审讯日本乙级战犯谷寿夫。当时梁廷芳去东京国际法庭已经作证归来。他所谈的亲身经历，在东京法庭上是强有力的一份证词。由于印象深刻，在我创作长篇小说《战争和人》三部曲时，在第一部和第二部中写到南京大屠杀中尹二在中山码头脱险的经历，原型就是来自梁廷芳。可惜1990年12月，我重访南京时，知道梁廷芳早已去世，不胜唏嘘。

第二个幸存者是陈福宝，他也给我深刻的印象。南京大屠杀时，他只是十多岁的小孩。他曾从难民区被日军抓走，看到日军屠杀人。因他年小，最后逃脱。后来他又见到过日军杀人放火。最后，他被日军逮住，与其他几十个人一同用绳捆绑着带到五台山下屠杀、活埋。日寇命其中一些人用铁锹把活埋的沟穴加大，他力气小使不上劲，一个会柔道的日本兵把他抓起搭在背上猛摔在地，他血流满面晕死过去，日军将其他人刺杀和活埋后扔下他走了。他苏醒后，天已漆黑，遂得逃生。陈福宝有个亲戚在新街口开照相馆，隔了很久，有一天来了个日本兵拿来胶卷冲洗，拍的全是屠杀奸淫的照片。他亲戚是有心人，加洗了一套密藏着打算将来作为敌人的罪证。我约在1947年2月里在检察官陈光虞处见到过。当时不禁义愤填膺，毛骨悚然。陈福宝也曾到东京国际法庭作证。但，当时有一个法官认为陈福宝是"伪证"，理由是："日本人把他抓到好多地方，让他看到那些坏事，却又把他放了，而没有伤害他，好像特别喜欢他似的。"认为他是个"不大正常的证人"，最后竟可笑地定为"伪证"，真是荒谬之至。陈福宝为这十分气愤。其实，日本人险些就杀了他。因为他是小孩而且日寇忙于杀别的许多人，他又像被摔死了，所以才幸运逃命的。说他是"伪证"，完全是主观偏见。南京大屠杀的幸存者当时找上百上千个并不难。中国当时根本无须派什么伪证人去作证来证明日寇的血腥大屠杀。

在公审谷寿夫前，一个阴寒的上午，陈福宝曾带领检察官陈光虞等到五台山下寻找当年日寇活埋中国人的地方，在他指认的地方，确挖出了骸骨。这次挖掘，我是跟随着去看了的。

我1990年12月到南京重游，打听陈福宝，也已早不知下落。是呀，悠悠数十年，人事代谢，哪里去找呢！

第三位幸存者，是位可敬的女性，名叫李秀英。1947年初，在南京我采访她时，她由丈夫陪着向我陈述情况。丈夫姓陆，李秀英在南京城陷时已怀孕，丈夫躲到乡下去了。她随父亲躲在五台山一座小学的地下室里，一些日本兵发现了她要强奸，她为了不被侮辱，一头撞在墙上，头破血流昏死在地。日军走了。但，她醒时后来又来了三个日本兵，其中一个上来动手，她自幼跟随父亲学过点武术，就同日军搏斗，结果从脸上到身上被刺三十几刀，险些殒命，幸由美国教会开设的鼓楼医院抢救，才得活命。李秀英已是七十好几的老人了，如今仍活着，住在南京。1991年6月在美国发现了已故美国牧师约翰·马吉等人拍摄的《南京大屠杀》纪录片，其中就有李秀英负伤后满脸刀伤在医院躺卧在病床上治伤的情景。

我在长篇小说《战争和人》三部曲中写到庄嫂在南京大屠杀中那惊心动魄的遭遇，基本也是通过对李秀英采访获得的印象生发而成的。

1990年12月我到南京，南京大屠杀纪念馆的孙芷莉同志告诉我，她采访李秀英老人时，老人告诉她："当年有一个年轻的记者访问过我，并且写了文章，可惜我忘了他的名字。"

我想，那该就是我吧？我本想去看望她，叙叙旧，但因当时要匆匆去沪治病，未能如愿，至今遗憾。

四、公审杀人魔王谷寿夫

南京大屠杀中杀我中国军民最多的是第十六师团，其次是第六师团。十六师团长中岛因已死亡逃脱了公审。谷寿夫于1937年12月20日傍晚，骑马提刀率先带兵破城入中华门，并向部下宣布"解除军纪三天"。他本人也强奸、杀人，犯下了滔天罪行。

谷寿夫1882年生于日本京都，1903年在陆军士官学校十五期毕业，参加了日俄战争。回国后入陆军大学，毕业后任过驻英大使馆武官。北伐时期，1927年5月他曾率军在青岛登陆直扑济南，参加过有名的济南惨案的屠杀。1935年任第六师团长，"七七"后在华北作战，"八一三"后在杭州湾登陆，进攻南京，首先进入中华门开始大屠杀。以后，做过日本中部防务官，日本投降前一度出任日本某军管区司令。审判战犯开始后，他被拘入东京巢鸭监狱，1946年8月应中国要求押到上海，10月押到南京。

我在南京小营国防部战犯拘留所见到他时，见他是一个个头矮小结实、面色黑红粗糙、蓄日本式小胡子剃光头的老头。1946年时他65岁,穿草绿色哔叽军衣。由于不让直接采访,只在犯人放风时见到,他在铁丝网围住的空地上散步,迈着八字步,走路还挺像个武士道的军人,挺着胸,很神气。

但,后来公审他时,他就越来越变样了!在人证物证大量收集到后,大约从1947年2月起,就在南京励志社大礼堂公审谷寿夫。南京人民对这个杀人魔王仇恨透了!门外被戴钢盔的军人拦挡住,进不去的人很多。大礼堂里人也满满的。开庭公开审判他先后一共五次。指定辩护律师有梅祖芳等二人。起诉的首席检察官为陈光虞。军事法庭审判长是福建人石美瑜,穿军装挂少将军衔,这石美瑜原是江苏高等法院刑庭庭长。另外,还有四个军法官分坐石美瑜的两旁,经过五次公审和辩论,到1947年3月10日宣判,判决文的大意是:谷寿夫在作战期间共同纵兵屠杀俘虏及非战斗人员,并强奸抢劫,破坏财产,事实昭彰,证据确凿,处死刑。谷寿夫听了翻译,用笔记录。判后,审判长对谷犯说:此次判决,如不服,收到判决书后可在十天内提出上诉。

我以记者身份参加过两次公审,第一次是在2月间的一个下午,地点在励志社大礼堂。那次公审,法庭上摆了一大排从中华门外金陵兵工厂后山等处挖出的骷髅面对着战犯谷寿夫。谷寿夫开庭后被传上法庭，精神颓丧，步履蹒跚，有时还咳嗽，同我在拘留所见到时已大不同。估计他已自知罪孽深重难逃罪责了。谷寿夫面对许多骷髅朝着军法官在庭上狡辩，总是反复说：我是军人，奉命来华作战，不能不来，不应负破坏和平及支持侵略之罪。又说：我的部队在驻防期间，防区内未发生过屠杀、强奸、抢劫等事件。如有暴行，应由驻防的警备司令部负责，我不应负责，等等。可是，中国的一些幸存者出来作证，当庭脱衣露出被刀砍刀刺的伤痕作血泪控诉，也有外国证人提供了证据（当时，据说在一次公审时放过外国人拍摄的关于屠杀的纪录片，但我未见到）。"万人坑"中挖出的尸骨上均有刀砍刀刺等痕迹。检察官陈光虞那天戴着一副墨镜，义正辞严地当堂驳斥谷寿夫的狡辩。会开得很长，旁听的人群情激愤，有时会场上保持不了安静。这时，日本东京审判甲级战犯尚未结束，松井石根大将等甲级战犯包括东条英机、土肥原贤二等人，虽尚未判决，但罪行已无可抵赖。谷寿夫罪恶滔天，理应处死，但由于法律程序，仍得慢慢来。许多旁听者都对杀人魔王恨之入骨，希望快点宣判。我也是这种心理。当时有个小插曲，那个辩护律师梅祖芳，我对他印象极坏，因为我了解到他是大汉奸梅思平（曾任伪内政部长、实业部长）的弟弟。1946

年5月梅思平被枪毙后，他去收尸，花了五十万元法币给梅思平修补右鼻梢上的一个枪洞，盖棺后，他竟在梅思平棺上盖上青天白日满地红的旗子，作了副对联，上联已忘，下联竟说："绝代聪明，掩棺尚待百年评。"我当时觉得用这样一个人来为日本战犯辩护，太不像话。但就是用了这样的人辩护，谷寿夫也是罪恶太大无法活命的。

宣判那天，我也去旁听，那是3月10日下午开庭。杀人魔王谷寿夫戴礼帽穿大衣还夹个皮包。宣判前，他脱去礼帽大衣连皮包放在几上，然后向庭上深深一鞠躬。石美瑜证明姓名、籍贯、年龄、住址等后，读了判决文。翻译译给他听后，他索要日文判决书的译本。庭谕：有不明白处可以由翻译官到拘留所译给你知道。从谷寿夫的表情、动作看，他已很疲惫懊丧了！

宣判后很久，直到4月26日中午，谷寿夫才在南京雨花台枪决。那时的中华门、雨花台一带，还很荒凉萧条，南京大屠杀后元气尚未恢复。谷寿夫被押赴雨花台刑场前，据说曾写了点遗言给他的妻子告别。那天，他仍着草绿色军服，由卡车押到雨花台。观看的人，真是人山人海，都远远在周围高岗上找个地方站着看他被枪毙。我也在人群中，仅见宪兵挟他下了卡车，很快只听枪声一响。还没看清楚，谷寿夫已仰面躺倒在地了！立时响起掌声和欢呼声，周围群众都在称快。当然，群众还是不满足的！南京大屠杀太残酷了！仅仅在南京枪毙一个中将师团长谷寿夫，用三十万比一，人们的心态是平衡不了的！

悲惨的南京大屠杀已经过去快五十八年了！血写的历史不容篡改！中国人民应当牢记血的历史而努力自强！日本应该铭记进行侵略和发动战争最后招致失败的惨痛教训，走真正和平与友好的道路，中日两国人民应当世世代代友好相处下去，正视历史事实，接受历史教训。"前事不忘，后事之师"，这是至理名言！

1995 年 7 月 7 日于成都

附：

南京大屠杀主犯谷寿夫受审详记

（第一日）

国防部审判战犯军事法庭，6 日下午二时，在带有东方情调色彩的励志社大礼堂举行首次公审举世瞩目的南京大屠杀案主犯谷寿夫。红砖绿檐的门前，两侧插巨幅国旗，上悬有国防部审判战犯军事法庭字样，宪警林立，戒备森严，旁听者须携有旁听证方得进庭，楼上楼下，座无虚席，据统计，旁听人数约二千人左右。

法庭全貌

审判官席设于台上，覆以蓝布，其后为红色布幕，台下中央为日、英文译员座位，证人席其右，两侧装有播音器，简单严肃，中外新闻记者席则位于左侧。出席证人中，以国籍分，包括中美日三国；以职业分，有红卍字会负责人，法医，大学教授，乡农，退伍军人，老太婆及中年妇女；所有语言有中英日文三种，实为一幕国际性场面。

二时正，审判长石美瑜，审判官宋书同、李元庆、叶在增、葛召棠，检察官陈光虞，书记官张体坤，日文译员黄政、刘芳、岑治，英文译员刘舒和、孙明文，被告谷寿夫及被告辩护律师梅祖芳、张仁德等相继入席；证人金陵大学历史系美籍教授史密斯、贝德斯，被告所提日籍证人小笠原清，曾赴东京国际法庭作证之红卍字会南京分会副会长许传音等亦先后莅场。审判台上，堆满约一尺高之卷宗文件及各项日军罪行统计表。谷犯身体矮胖结实，光头留须，面孔方圆，戴帽，着浅黑色大衣，态度从容，沉着冷酷，呆呆表情中呈狰狞之状，并携褐色皮包，装有各项预备抗辩文件及京市地图，进庭后，脱去大衣及手套，木然肃立，倾耳静听。

罪行概述

审判长石美瑜首先询问被告姓名、年龄、籍贯，由谷犯作答。陈光虞检察官即起立宣读文长达四千余字之起诉书，并由日语译员复读一遍，历时约四十余分钟，并作补充说明：略谓京市大屠杀，历时数月，区域包括城郊城内，被害者数十万人，而起诉书中仅提及中华门一带，原因为被告在侦查庭时曾提出抗辩，谓其所部驻区仅限于中华门一带之故。关于日军残暴行为，可分为四类：（一）破坏平民财产，放火焚烧。（二）随时随地，任意抢劫民产。（三）强奸妇女，有被轮奸达三十余次之多，其不服抗拒者，则遭刺杀，虽怀孕妇女，亦不能幸免。（四）屠杀，日军在下关及汉中门等地，对我无辜平民施行集体杀戮，先以机枪扫射，刺刀戳杀，继复火烧，统计在此次大屠杀中，南京受害人数最低统计在四十万人。

检察官报告完毕，石审判长肃立称，根据起诉书中所述，被告犯违犯人道及破坏和平罪，其证据经市参议会调查者共二千七百余件，各区区公所调查者，共九百二十五件。

至此，讯问开始，被告谷寿夫，不时回顾日语译员，手执长约二寸铅笔，低首摘记法庭上所有陈述，水银灯光下，颇现局促之状。审判官先询其出身及过去担任职务，谷犯供称：毕业于日本士官学校，曾任陆大教官，参谋本部部员，驻英国日大使馆武官，第三师团参谋长。曾参加日俄战争，当时任小队长，一生任职军界，晋至陆军中将官阶。法官继问：被告身为高级军官，担任军事教育要职，对于侵略战争，依被告所知，应由何人负责？谷犯狡辩曰：说起侵略运动，与我全没关系，任职参谋本部时，专门负责调查欧洲方面事情。在陆大教官任内，则专心日俄战况研究。对于国策及侵略计划，完全不曾参加。余对于中国，抱有中日应亲善信念，两次至华，均系奉命而来，身为军人只有服从命令。民国七年，领兵至山东护侨，我认为中日乃兄弟之邦，出兵为不必要。

佯作不解

审判官遂问：日本之恐怖及武力政策是土肥原抑天皇主张？答：刚才已答复过，我完全不知道。问：侵华战争时你担任何项职务？率领几个旅团？柳川兵团司令官现在何处？（因谷犯系属柳川大将麾下）谷答：民国二十六年我任第六师团师团长,率领两个旅团,柳川兵团司令官已于前年病死。问:进攻南京时,攻中华门是否为第六师团部队,曾遭遇中国军队强烈抵抗吗?答:进中华门时,曾遇激烈抵抗,尤以雨花台之战为烈,前后共四天,方抵达城中。问:日军何日进城,进城部队共多少?答:12日晚黄昏,部队即已抵达。13日黎明,部队正式进城,进城部队共三联队,人数不悉。问:据调查被告部队首先进城,中岛部队则于14日方进城,而大屠杀则于12、13两日即已开始,此责任应该谁负?答:大屠杀事,我于战争结束后因读报章方行晓得,在作战期间,日政府对此事禁止发表,余驻京仅一周,即奉调至他处,在最先二日中,余断言没有屠杀这一回事。问:被告承认在京驻扎一周,本庭于中华门一带开调查庭时,来庭检举者共六百余人,均为12、13两日被害者。被告谓部属守军纪,试问在你之防区内,被害者应为何人所杀?答:12、13两日,战事既激烈进行,当时已有划定安全地区为平民避难之所,其不肯离开者,在激烈战事进行下,平民遭害自为难免之事。

至死狡赖

问:被告何能保证其部属无屠杀平民举动?答:我断

言没有。审判长继将市参会调查表及红卍字会掩埋尸体统计表给被告翻阅,并将于雨花台畔所发掘之骷髅,经法医检验断定为妇孺,并留有弹穿刀砍及殴击残痕者,排列于审判台上,一共八副。但谷犯仍然狡赖曰:在激烈之战争中,平民伤亡乃难免之事,红卍字会表上所载,均为余部队离京后之事,且无确实证据,被告不能承认。

讯问至此告一段落,庭上传证人出庭作证。第一位是当日负责掩埋尸体之红卍字会南京分会副会长许传音。据称,民国二十六年,余任红卍字会南京分会会长,对日军情形极清楚。当时秩序混乱,日军任意杀人、强奸、放火、抢劫,置一切法律人道于不顾,红卍字会之出面担任掩埋工作,乃受日军请求,经数度交涉,日军当局允保障掩埋队队丁安全,及发给通行证。余于12月15日乘车自宁海路红卍字会会址出发,经新街口中华门建康路等地,沿途尸体无数,皆陈尸道旁,或仰或俯或跪等情状,至为凄惨。12月22日,掩埋队始完成第一批尸体掩埋,统计表上数字,远不及被害人多。

许氏陈述时,谷犯神情紧张,频频阅南京地图,旋又曰:余之部队驻区仅中华门一带。战事进行中,平民中弹乃难免之事,刚才所述,全系余部队防区以外之事。

审判长对之称：现在不是抗辩之时，被告乃点头答：明白了。

证据确凿

因时间关系，庭上仅续传四位证人出庭，其中二人为金陵大学美籍教授，当时在难民区工作，曾目睹日军种种暴行，虽向日军当局提出抗议，皆无结果，并声称在其写作之文件及报告中，所有罪行皆确系事实。其余二人，一名姚加隆，在庭上供称家为日军放火焚烧，妻子及女儿三人皆遭刺杀。一名陈二姑娘，在庭上供称：曾遭日军两名轮奸。

最后庭上传讯日籍证人小笠原清，渠力为谷犯辩护，据称：被告率部12日晚四时进南京城，但旋即调往他处，余敢证明被告部队不曾有屠杀举动，被告乃纯粹军人，研究战术，对国策一事，亦不曾参预，当时因部队众多，致发生此种事情，本证人认为非常不幸。

五时三刻，庭上宣布休息十分钟，明日续传讯证人，继即放映日军暴行影片，一段为日军所自摄，一段为一美籍牧师不顾生命危险所拍，日军在南京城头狰狞欢呼及活埋平民、枪毙无辜、轰炸平民等等镜头，一一重现眼前。放映毕，记者耳闻四周嚷嚷愤慨之声不绝，但谷犯罪证确凿，死

期终不在远。昨日审判,我中国法学权威国防最高委员会秘书长王宠惠及外交部长王世杰均莅场旁听,坐于长官席前。(2月7日)

(重庆电化教育馆的蒋义维同志为我找到了我以"王公亮"笔名在1947年2月10日发表于重庆《时事新报》上的这篇特写,记录了第一天审讯谷寿夫的详况。因具有史料价值,特附录在此。)

战犯酒井隆伏法详记

昨日（1946年9月13日）午后四时十分，日本战犯中将师团长酒井隆在南京雨花台刑场枪决。酒井抗日战争时期被称为"华南之虎"，作恶多端，当该犯被押下囚车步向刑场时，满布四周山上之无数观众欢声雷动，热烈鼓掌。酒井隆穿藏青色西装，鹅黄衬衣，白花点黑领带，下着褐裤，穿黑皮鞋，戴黑边眼镜。下车后，态度尚能勉强矜持，但脸色已如黄蜡。行刑者为国防部警备区三营九连少尉周文杰，自囚车上扶酒井隆下车，各报记者纷纷上前拍照，酒井隆还略作笑容，被摄影后即在两列武装士兵警戒下，抵达刑场草地。酒井隆向南立定，周少尉掏出驳壳枪，先向其背中心一枪，接连又向左背肋心脏一枪，酒井隆即向右前方仆倒，旋自动翻转仰卧，两腿平伸，双手握拳，上臂微屈，面部狰狞，两分钟后遂告气绝。由于日寇侵华烧杀奸淫之暴行，南京人民体会特深，故当时见到战犯受到惩罚，周围满山满岗群众鼓掌达两分钟以上。监刑官此时命地甲上前检查战犯是否身死。地甲是一六十余岁老头,留有两撇胡须,体形瘦削,奉命走近尸身,掀开西服外衣,先摸胸口,后摸嘴唇,然后回身走向法官说:"报告!死了!"于是四周掌声再度响起。外国记者观看者也连说:"Good!"

酒井隆随身遗物经地甲捡出,计有灰色钢笔一支,白手帕一块,眼镜盒一只。地甲又奉命将酒井隆所戴的黑边眼镜拾起放入眼镜盒中,这些物件均由监刑官将转交日本联络部保存。至于尸体,据悉,驻南京日本官兵善后联络总部尚未派员为其料理善后,故其尸体经当地保甲以芦席包卷后移向距刑场二三百米处暂时浮葬,以维卫生。闻日本善后联络部会依法请求我国当局准许领回酒井隆尸体送南京市火葬场火化后送回本国,现正办理手续中。

当行刑之前,酒井隆不知其死期已到,赤膊短裤坐于囚室桌旁,用钢笔埋头作书。其囚室,宽约六尺,长一丈余,内有竹床一张,桌子一张,其虎皮大衣一件挂在墙上。桌上有中秋月饼一盒及书数册,书下压有稿纸。下午二时三十分,检察官陈光虞、主任书记官张体坤、翻译官黄文正在战犯拘留所楼上法庭开庭,拘留所杨代所长到楼下囚室命酒井隆换衣出庭。在法庭上,陈光虞问明年龄籍贯等后,说:"本案已定,今日执行,有何话说?"酒井隆闻后,甚为惊异,但仍故作镇静,稍停回答:"现在无话可说,但有遗嘱等均在房里,今天给我时间整理整理。"陈光虞说:"不行,时间不允许!"酒井隆又提出希望见一见日本联络部的一个熟人。但执行令已下,检察官准许酒井隆回囚室半小时处理后事。

酒井隆回房迅速换衣,并写遗嘱。遗嘱开头用中文写:"9月13日午三时,突然刑死,早有准备私金四万五千元……"以下写日文,写毕。整理法警送来的他的物件,计:大白布包一个,内有咖啡色绸面狐皮袍一件、毛衣一件、毛背心一件、日本军服一套、军裤一条、黄衬衣一件、白袜两双、枕套一对、绿军毯一条,连同高级香烟一条,声明留交日本联络部。又皮箱一只,内装呢大衣一件、白衬衫、汗衫、袜子、牙刷、毛巾等物。另外有纸盒一个,计有日记本十本及书籍等。这时陈光虞等来了,酒井隆再三嘱托一定要把这些东西转交给家人。陈检察官当即点头答应:"一定给你送到!"此外,酒井隆拿出一个便条,是致天皇表示敬意的,法官也答应转给日本联络部。于是,酒井隆遂立正一鞠躬。

酒井隆坐上国防部之黄色新交通车,领先在前,其后是记者们坐的车子共三辆,监刑官坐中型吉普随后,最后是一辆满载荷枪士兵的卡车。车队引人注目,出中华门至雨花台,但由于酒井隆整理遗嘱及衣物占了三十分钟,故执行他死刑的时间也顺延了三十分钟。

枪毙酒井隆，9月14日南京市各处遍贴这个战犯罪状，原文部分如下：

"案查战犯酒井隆，参与侵略战争，在香港广东等地，纵兵屠杀俘虏伤兵及非战斗人员，并强奸枪杀平民、滥施酷刑、破坏财产等情，事实昭彰，罪证确凿，业于本年8月27日经本庭（中略）判处死刑，兹奉参谋总长陈（注：指陈诚）本月13日电令：'……原判依法判处死刑，尚无不当，经呈奉国民政府主席批令指复照准，即希遵照尅日执行具报为要。'等因奉此。特于即日下午三时，将该犯酒井隆一名提案验明正身，押赴刑场，依法执行死刑。除呈报外，令即布告周知。此布，计开战犯酒井隆一名，男，六十岁，日本广岛县人，住东京。"

布告之下，围观者甚众。

（此文1946年9月18日刊于重庆《时事新报》。酒井隆是乙级战犯，是抗战后我国处决的第一个日本战犯。因完全是实录，今日读来，犹有意义，故原文采用于此。）

访江湾战俘营和虹口日侨

1946年夏天,我以重庆《时事新报》特派记者的身份在上海对日俘和日侨进行了一次难忘的采访。

当时,在上海的日俘都收容在江湾,日侨被集中起来收容在虹口,都由汤恩伯的第三方面军管理。我在江湾京沪区徒手官兵管理处递了名片。这是一幢脏兮兮的灰色三层楼建筑物,据说原来做过日本的兵营。门口有第三方面军的荷枪戴钢盔的士兵站岗警戒。里边一些显得陈旧的房屋用铁丝网拦着,有些场地连铁丝网也未拦。

几棵大杨树上的鸣蝉,在烈日下单调地鼓噪"知了——知了——",叫得人昏昏欲睡,也叫得人心烦。这里不叫"俘房"而叫"徒手官兵",是一种创造,目的大约是怕刺激日本官兵。老百姓早有议论,弄不清为什么对来中国杀人放火的鬼子兵这么好!

那天上午我去访问时,由管理处长王光汉出来接见。那是位少将,架子挺大,让我整整等了一个小时才露面。他矮矮胖胖的个儿,说话好龇牙,河南口音,性格倒直率。听他介绍:"有二十七万多日本徒手官兵归我们管。现在集中在江湾、南通、苏州、南京等地的营地里,全都缴了械,正陆续遣送回国。"

我问:"在江湾的这些日本官兵表现如何?"

王光汉龇着牙说:"日本军人养成了不可一世以征服者自居的性格。他们很多人认为投降是天皇的权宜之计,是为了避免本土遭到更严重破坏,以备将来重显国威。"

我问:"还有些什么思想状况呢?"

王光汉坐在那儿,拿起桌上的一叠报纸当扇子扇着风说:"当然害怕中国人民报复。他们大多有罪恶,现在说话变得低声下气、点头鞠躬。但有的日本人在遣返船离岸时竟高喊:'我们要回来的!你们等着吧!……'那意思是有朝一日仍要回来报仇的!"我不由得心里一惊,天正热,心里更火辣辣了。我问:"要多少时间遣送完?"

回答出乎意料:"七年的事我们打算十个月干完。现在送走的已经很多了!"

"送走多少人了?"我问。

"无可奉告!"王光汉似乎有点不耐烦了,他正在擦汗。

我又问:"听说有的战俘还有留声机,晚上还可以跳舞?"

"有过!人道主义嘛!"

"听说大量留用了日本战犯,也征用了日本战俘,是否确有此事?"

"不知道!你是怎么知道的?"王光汉弹着眼珠,似乎触到了什么隐私。

"日本宪兵有多少人,目前怎么样了?"我问。因为日本宪兵逮捕杀害中国人极多。

"上海区就有一千多人吧。都是解除武装了,有的已经遣返!"

"日本宪兵个个手上都沾满鲜血,竟连罪大恶极的也不惩办?"我问。

"这不属我回答的范围!我还有事,就谈到这里吧!"王光汉说着,站起身来,甩下当扇子用的那叠报纸。

我说:"我能否采访一下战俘,参观一下?"

王光汉摇头:"以前可以,现在为防止引起日本徒手官兵的思想波动,给工作带来麻烦,我们谢绝参观采访。等我们下次举办招待会时再请你来吧。"

我说:"是否同意我简短地采访一下?我想弄清楚些问题。比如'八一三'之前,从上海到南京去,铁路沿线每个站的墙上都有日本的'仁丹'广告，有大有小。当时并不太介意，只以为是日本倾销商品。等到抗战爆发，才知道这是日寇为侵略战争而预先布置下的指路牌，日军只要看到这广告，就知道这个地方的规模大小，甚至地形、河流、山川在上边也有暗示。现在，这些广告大部分早已铲除，但还有剩余的可以见到。不知这事得到过印证没有？"

王光汉马而虎之地说："这事自然有。鬼子打中国之前，早就做到心中有数，对中国的地貌地象等等，了解得比我们的五万分之一地图还清楚得多。但我们现在主要是平平安安地把日本徒手官兵遣返，别的事顾不得太多了。"他拭着汗把军帽朝额上一推，说："我忙，话也说得不少，对不起，你请回吧！"

他陪我走了出来，同我握手告别，告诉我可以到虹口唐山路第三方面军日侨管理处去采访日侨，又说："那里的日本人不是军人，采访比较方便。都一样是日本人，你可以去看看。"

日侨在虹口街上热卖"民主烧馒头"

当时，有可靠的消息称，国防部大量留用日本战犯和日俘帮助打内战，冈村宁次已经充任蒋介石的秘密军事顾问了！赶车去虹口时，我不禁想：日本这些战犯战俘，如果不经过彻底整肃，将他们身上的法西斯细菌清除掉，对中国对亚洲对世界将来都是一种不可忽视的危险。八年抗战，中国军民伤亡多达三千五百万人，财产、精神损失更难以数计了。如今，在美国存心包庇下，想留下日本的军国主义势力来对付苏联，连对战犯的惩治都稀稀松松、慢慢吞吞，真叫人气不平啊！……

我到了虹口，看看表，已是中午，就先找小饭馆吃了饭，然后走到唐山路，找到第三方面军日侨管理处。这是一幢十分宽大、三开间三层楼的花园洋房，既新式，又有石库门房子的味道，估计原来是个什么大汉奸的私宅。花园里依然树木葱茏，盆花很多，太阳花和茉莉花盛开，也有些盆景。客厅样的一间大房作为饭堂，刚开过饭。伙食很差，木桶里剩下的粗米饭颜色发黄发红，菜是炒黄豆芽。地上撒吐着不少饭菜。到了办公室，接待我的是一个少校翻译，姓张，名字记不清了。他刚吃过饭正在剔牙，比王光汉谦和多了。我递了记者名片，向他提出要求后，他说："行！"但让我坐着看报纸等一等，说他先要去办点事。等了半个多小时他才来，对我说："走，先陪你看看！"

虹口依然带着点日本味儿，这是日本移民来的日侨在此大批居住造成的。我和张少校边走边谈。他介绍说：日寇投降后，从各地集中沪上的日侨本来有十万，还过着相当自由、衣食无缺的生活。已经遣返四万了，现在虹口区集中的日侨，不足一万人！日侨原先在这经商的很多，也有开烟馆贩卖鸦片和红丸白面及吗啡的，更有开赌场和日本妓院的。日军在虹口也设立过慰安所。现在这些都早关门了！但小本经营的多起来了，尤其是小吃食店，卖茶、卖点心，小食摊子很多。他又用手指指在街边走动的一些男男女女和老人，说："这些都是日本人。"日本人男的多数穿的是西装、中装，女的多数穿的是中国旗袍，极少见穿日本和服的。可能他们有一种心理，不想表现出自己是日本人。但有时还是看到穿木屐的日本女人，脸上粉搽得雪白，画着眉毛，短肥躯干，摆摆地走着，一看就不像中国人。

张少校满头大汗地陪我走到了唐山路原日本第九国民小学的地方。这里居住着好几百日侨，多数来自苏州。早先住在这儿的日侨已遣返日本。在未遣返前，移民来上海虹口落户的日本人的学龄子女，都在日本人办的国民小学读书，如今小学停办了。小学校舍、课堂的房屋都比较整洁。门口，有一家小吃食店，日本人开的，一个日本老太在洗碗碟。门口招牌上大字写着"民主烧馒头"。"烧馒头"实际就是油煎包，有栗子粉的馅儿，看上去味道不错。

张少校用手指指"民主"二字，说："这'民主'二字是如今加上的时髦话，正如上海人在胜利后馆店出售的'胜利饭''胜利茶''胜利酒'一样。'民主'是日本人新的憧憬吧！"

有些日本人经过，看到张少校穿着军服，都谦卑地低头行礼。张少校说："这些日本人，现在见到中国人比旅店茶房还恭顺，咧开嘴唇讨好地笑着，表示友好。其实以前并不都这样。现在打败了，投降了，若不是当着中国人的面，他们都是些失去笑脸的人！"

日侨们都说，原先以为自己是"世界第一"

到了一间教室，里边有些课桌椅，但绕墙放着榻榻米。我看看手表，催促说："请你快帮忙组织个座谈会，时间不早了，有七八个人参加也就可以了！"

张少校说："我马上去找人，你先把桌椅摆一摆！"说完，就匆匆走了。

我动手把榻榻米合排在一起，把桌椅排好，布置成座谈会的样子。不到二十分钟，张少校带了八个日本人来了。男的两个，都是老年人；女的六个，有两个年轻女子抱着婴孩，其余四个都是中年或年龄较大的。进来后，照例恭敬地鞠躬行礼，满面含笑，十分礼貌地脱鞋登上榻榻米，像中国北方人上炕似的盘腿坐下。抱婴孩的母亲大方地敞开胸怀给小孩喂奶。我和张少校则在椅上坐下。这些日本人大多能说点中国话，可以直接交谈；也有的日本人不会说中国话或不愿说中国话，都通过张少校翻译交谈。除了一个年岁最大的老头佐藤是上海一个什么研究所研究黑热病的专家外，其余这些日本侨民都是在苏州经商的。教育程度，除佐藤外，都是中学以上。张少校悄悄告诉我，这个佐藤很可能是研究细菌战的专家，但他不肯承认。他脾气古怪，寡言少语。交谈中，日侨首先都表示感谢中国的宽大，然后又表示这次战争是受了军阀之骗。好几个人都说："投降前，我们总以为日本海陆空军都是世界第一，没想到突然就打败了！真是受骗了！"

原来，他们的认识只停留在这样一个程度上。我不禁说："世界第一就该侵略别人吗？你们只认识到受骗，却还认识不到侵略有罪，认识不到中国被你们烧杀成什么样子！你们带着现在的这种思想回去，将来说不定国家强大了，又要扩军向外侵略呢！"

我的话，有的日本人也许懂，有的日本人也许不懂或不想听。我请张少校把这些话好好用日语讲给他们听。日本人听了,绝大多数当然都和顺地点头,但心里怎样想就难说了。

于是,谈到日本天皇和政治问题。日本人说,今后日本要实施更有自由的民主生活,但仍希望保留天皇。这个矛盾怎么解决?他们想不出具体办法,但似乎觉得没有天皇就没有了一切。

一直沉默而双目深陷、脸上皱纹如同刀刻的佐藤,面孔铁板,了无笑容。点名要他谈谈时,他冷漠而又艰涩地说:"我对政治问题不感兴趣。"

我问他:"你们日本是研究细菌战的,你研究黑热病是不是也同这有关?"

佐藤惶悚了,忧惶的脸上忽然反常地笑笑,显得很不自然,一边摸出小手帕擦汗,一边说:"我主要是在研究'癞'的治疗。中国有几百万人有癞病,日本也有几万人患癞病。我并不一定想回日本。如果可能,我愿意在华继续研究。"

他的话是真是假谁也说不准。反正这个人参加研究细菌战完全可能!这样的"日侨"居然也作遣返处理了,我觉得国民党政府真是既荒唐又无能!

时间已经不早,更加闷热难熬,天有下雷雨的迹象。我感到采访只能告一段落了,至少是了解了不少情况和日侨的心态。我立意要对日本人讲几句话作为座谈的结束。我说:"这次侵略战争全是日本军国主义者发动的,受害的主要是中国和亚洲人民,兼及美英等国。但日本人民也受到了战争之害。现在,日本败于盟军,败于中国,投降了!应当正确忏悔日本的这段侵略历史,清除日本的军国主义思想,因为它也给日本人带来了极大痛苦。中日两国隔海相邻,自古有着长期友好的交往,但近几十年,日本一直侵略中国,终致造成今天的局面。希望日侨回国后记住这些教训,以后努力为日本自己走和平道路、也为中日关系的改善尽力……"

张少校全部翻译了一遍,说:"王先生的这番话讲得很好。"座谈会就此结束。但我明白:自己说的这番话,日本人能接受多少很难说。我心里真希望中国能赶快富强。中国不富强,将来谁知会不会再受帝国主义侵略呢?但中国现在这个政府太不争气,正热衷于打内战,富强的希望在哪里呢?

谢了张少校,握手告别。我回到家里,在激动的心情下,开了个夜车,写了一篇《访江湾日俘营及虹口日侨》。但这篇稿子竟未被采用!什么原因呢?显然是由于我的笔法太尖锐了,写出了许多愤慨,触及了当局的忌讳!往事历历,长亘心头。大半个世纪后的今天，又是一个炎热的夏天，日本国内传来的右翼声浪十分刺耳。我依照当年的原题写下了这篇回忆录，奉献给所有善良但又不愿忘记历史的人们。

（本文刊于2005年8月《上海滩》杂志）

难忘录

我为陈望道先生当助手

陈望道，我国著名学者、教育家。1920年初翻译出版了我国第一部中译本《共产党宣言》。1923年至1927年任上海大学教务长。中华人民共和国成立后，历任华东军政委员会文化部部长，华东高教局局长，中国社科院哲学社会科学学部委员，上海哲学社科联主席，上海复旦大学校长，全国人大、全国政协常委。1977年10月29日病逝。

一、"好学力行"

望道老师在复旦大学新闻系任系主任先后近九年（1941年9月至1950年7月），其中前一半时间在重庆北碚夏坝，后一半时间在上海江湾。他倡导民主办学，把"宣扬真理，改革社会"作为指导原则，要求学生"好学力行"，将这四个字作为新闻系的系铭。

他平时对时间十分珍惜。夏坝离风景优美的北温泉很近，但假日也未见他去游览过。他总是在忙着做他的工作和学问。他不是一个哗众取宠爱出风头的人。他不显山不露水。我在复旦上学及以后做他的助教时,未见他有慷慨激昂的演讲,也未见他有剑拔弩张的气势,但解放战争时期,他于沉静中见凝重,于风浪中定方向,他反对当时的统治者,反对内战并心倾革命,使人对他总是产生信任感和尊敬感。

在大学一年级时,我选了望道老师的逻辑学和修辞学两门课。修辞学的课本就是他的名著《修辞学发凡》。他写作这部书的态度十分严谨,再版时一再修订。我1948年开始做他的助教时,他从未用私事支使我,但却要我在平日阅读中帮助他收集一些好的关于修辞方面的例子提供他修订时参考。为一个例子有时要同我"探讨"许久,使我深感他治学之用功。

望道老师的一笔字很有功底,板书尤其漂亮,写得快但决不潦草,端正灵活,圆润醒目。他讲课的特点是条理十分清楚,安排得很从容,讲得比较平和,从不声嘶力竭。但在平稳轻松中使人感到他胸中的学问渊博,一切都游刃有余,确是"肚里有一车水,才能授学生一杯水"。逻辑学和修辞学有些部分是很枯燥的,他却讲得引人入胜,足见功夫之深。

他当时住在复旦东阳镇上,寓所名为"潜庐"。当时东阳镇没电灯,一条小街只有十来间小商店,外加些破旧的民居。他生活简朴清苦,住处也简陋。有次夜间,我陪同学去看望他，见他在黑黝黝的屋里点着一根蜡烛，在看书，烛光不亮，他弓着身子，看得很专心，烛光映着他消瘦的面孔和斑白的头发，那种学者风度，像幅油画似的印在我的脑海，迄今也未消失。

二、需要虚心，不要狂妄

我在复旦大学上一年级时，当时复旦的副校长郭任远教授从美国回来，开了一门选修课——科学方法。这门课不能由学生自选而是由他自己挑选一些学生上他的这门课，我也入选了。郭教授是著名的心理学家，在复旦的地位与众不同。他上课时，校工早早替他搬来藤椅放在讲台上，助教先来点名，一位女秘书坐在第一排为他做记录。他上课讲英语很多，一口闽粤音的普通话十分费解。比如"一只兔子四只脚"，他说出来变成了"一只桌子是在躲"。我听了两节课，感到得益不大，就有意逃课。那天，在教室走廊上碰到望道老师，他忽然问我："你怎么不去上课？"我如实回答："科学方法这门课一点儿意思都没有！"望道老师马上毫无笑容地批评我说："你还没有资格这样说！你刚是一年级的大学生，现在需要的是虚心，不是狂妄！我劝你快去上课！"

我面红耳赤，只好说："是！"回身往上科学方法的教室走。望道老师站在走廊里一直看着我走进教室。我心里想：他真凶！但后来同望道老师处久了，发现他并不凶，有时还很慈祥，他对学生的严是正确的。而且他很讲礼貌。在课上用名册点名时，他总是在学生的名字后加上一个"君"字。比如点到我名字，就叫："王洪溥君！"（我本名王洪溥）

有一次，我在江边林荫道上迎面遇见望道老师走来。他似乎在沉思着什么，我临近时，向他微微鞠躬，叫了一声："陈先生！"他好像完全没有看见，也未听见，径自走了过去。我很不高兴。第二天，在江边林荫道上又遇到了他。他仍是昨天那种走路的姿势，提着黑公文皮包踽踽独行，似在沉思。我暗自做了决定：今天既不朝他看，也不叫他，走过去算了。谁知刚同他交叉走过，他忽然停住了脚步，回身叫我，那口气挺生硬，表情严肃。我忙停步，朝他看看，心里明白，准是他见我没有打招呼而生气了。

果然，他说："你看到我没有？为什么装作看不见？"

我笑着叫了一声："陈先生！"真实地说："上次看见您，我打招呼叫您，可是您不理睬。我估计您是在思考什么问题，所以看不见也听不见。今天，我怕您又是在思考，所以——"他笑了，笑得异常亲切，笑时嘴两侧的脸上都有皱纹。他常常这样笑，使人觉得他笑得很开心。他点点头，似乎满意我的解释，也似乎是对上次我叫他未引起他注意而有歉意。

后来，同高年级的同学闲谈，有的高年级同学说也碰到过同样的情形，甚至有一位同学说，一次望道夫子在沉思，他上去打招呼叫了一声。望道夫子责怪说："唉！我正在思索一个问题，给你打断了！"

我后来深深体会到，望道老师对学生是很亲切的，见到学生不讲礼貌一定要当面指责。但他确实是位做学问的人，整天头脑里在思索的问题很多，有时太专心了，会视而不见、听而不闻，这不足为怪。有时正在思索重要问题，思路忽然被人打断而感到遗憾，也不足为怪！

三、"新闻晚会"和"新闻馆"

那时的复旦大学新闻系，每周几乎都有一次"新闻晚会"，预先总是用彩色纸张贴出海报通知大家。晚会常研究时事和学术问题，有专题讨论，也请过做记者的系友来讲时事。不但新闻系同学参加，外文系、中文系、历史系同学参加的也有。各系当时都有系会，但新闻系系会被大家瞩目，因为"新闻晚会"的活动经常举行，而且密切联系时局和大家的思想实际。

望道老师平时对时间十分珍惜，夏坝离风景优美的北温泉很近，但假日他总是孜孜在系里和家里忙碌。只是当新闻晚会举行时，总是看到他由一些教授和同学陪同来参加。这既是支持，也像掌舵。

我是1944年暑假后入学的。入学时知道，春天，望道老师发起要为新闻系筹建一所"新闻馆"。

他四方呼号，得到许多校友、系友的积极支持和全系师生的热烈响应。望道老师为这件事常去重庆奔走呼号。

1945年4月5日，新闻馆终于建成，并且举行开馆典礼。现在来看，这个新闻馆确实是十分"简易"的，一共不过十来间平房，包括会议室、图书资料室、阅览室、编辑室、收音广播室等。但那时，大家是为这样一个"馆"欢欣鼓舞的。有了新闻馆后，新闻系追求进步的同学有了一个根据地。馆门匾上写的"新闻馆"字样是望道老师的手笔，深厚而俊秀挺拔。对联是校友、名书法家于右任（当时任国民党政府的监察院长）写的："复旦新闻馆，天下记者家。"

开馆那天，像办喜事，夏坝很热闹。邵力子、傅学文夫妇、潘梓年、王芸生等都应邀来到。许多往届毕业的校友、系友，多数是重庆各报社的报人都来了！我那天与同学们一同担任招待。因为邵老同我的父亲熟识，我在江边渡船上迎接他并帮他提着网兜里的东西,陪同他到新闻馆。满头短短白发的邵老,当时是国民参政会秘书长和宪政促进会秘书长。当天他穿一件黑色皮夹克型的长大衣,我想这是他在担任驻苏联大使时带回国的。在新闻馆门口,他抬头看着匾额,连说:"写得好!写得好!"戴近视眼镜穿西装和黑大衣的王芸生,当时是《大公报》的负责人,许多同学围着他同他说话。瘦削穿长衫的潘梓年是《新华日报》的负责人,他以前曾被国民党逮捕,上过电刑,身体不好,看上去沉默寡言。不少同学对他很敬重,陪着他谈。我们那时许多同学都订阅《新华日报》。在我想象中,《新华日报》的负责人似乎应当像一把锋芒毕露的宝剑,见到他那种朴实的模样,出人意料。但拿他来对比望道老师,又感他们应当是同属于那种爱憎鲜明、稳而不露、聪慧内含的人。

望道老师提倡新闻系同学能在茶馆里写作,而且不管环境如何嘈杂,应当写得快、写得好。茶馆里人多喧闹,本非写作之地。但望道老师说:做新闻记者,将来也许不可能有很安静的地方供你写作。你必定要有在条件很差的环境中写作的习惯。那时,很多同学都按照他的倡导做了。我也不例外。我刚到夏坝时,觉得"夏坝"这个名称很美。新闻系的老同学就告诉我:"夏坝本名'下坝',是陈望道老师改名为夏坝的。"从修辞观点来看,一字之改,化腐朽为神奇,可见望道老师的功力。他在讲修辞学课时,有的话,我还记得大意。他说:不要以为修辞有神秘性,以为语言的妙处只可意会难以言传,这其实是不对的。修辞是有规律可循的,所以没有什么神秘……他又说:有人以为修辞是打扮文字、雕琢词句、矫揉造作那一套,这也错了!修辞是根据一定的内容,恰当地运用语言条件,顺理成章来做,使思想感情和客观情境的表现和反映能很恰当,而不是单纯来讲究形式美。……但他说的"不是单纯来讲究形式美",并非机械的,也注意到了形式问题。他讲课时,谈到字形和字义的美时,举例说过:"花"这个字是美的,"柳"这个字也是美的。但"花柳"二字放在一起,就糟了!……当时,我们听着课都笑了。几十年来,我从事文字工作,除了在治学严谨、工作踏实上觉得应当学习望道老师外,修辞方面,也受到他的陶冶。我能从事文学创作,讲究文字之美,讲究写作速度与辞能达意,同望道老师的教诲也是分不开的。

在我入学阶段,正是大批青年学生倾向进步的高潮期。当时复旦校园内,进步壁报风盛云涌,如《夏坝风》《文学窗》《政治家》《复旦新闻》等都很吸引人,1944年冬天,又有铅印的四开小报《中国学生导报》出版。我见望道老师有时走过贴满壁报的长廊,默默地也在看壁报;我又见望道老师同一些进步的同学关系都比较亲密融洽。我第一次见到《中国学生导报》,就是在新闻馆里从高年级的同学手中拿到阅读的。当时环境复杂,斗争激烈。望道老师为人似乎谨慎。但我觉得新闻系那根脉搏的跳动,可以使人察觉到望道老师对进步学生运动,有一种不露声色或明白的支持。

四、文章要写得有意义

1945年,我写了一个短篇小说《墓前》,拟投稿。这故事是从同学中听来的:一个下江来的流亡学生,爱上了一个四川绅粮家的女儿,两人都是复旦同学。但女同学的父亲和后母坚决反对这桩婚事,后来索性将女儿囚禁在家中不准她上学了。那男同学常在女同学家屋外徘徊,想见一面而不可能。女同学终于病倒了,病重时提出要求,希望死后能葬在夏坝复旦校园后的一座小山上。她病故后,家里按她的遗愿为她立了碑建了坟。可是,有一天夜里,原来的墓碑被砸断了,竖了一块新碑,上面有一首悼念的小诗,署名是那位男同学。接着,男同学失踪了,是到一个遥远的他"久已向往的地方"去了。这向往的地方当然我暗指的是延安。

这传说在复旦同学中流传颇广。那后山上的有诗碑的坟墓我也去看过。我把这个短篇小说送给望道老师看，他看完把稿子还我时，只说了一句话："要写得有意义些。"

我那时年轻不懂事，也不知天高地厚，竟感到有些不受用了。我认为我写《墓前》是寓含反封建的意义在内的，我将爱情写得缠绵悱恻，谁看了都会一洒同情之泪，怎么能说没意义呢？

后来我终于想通了。我这篇小说只是重复了"五四"以后早被许多人写烂了、写够了的主题，毫无新意；而且，我把笔墨过多地放在爱情的渲染上，而且归结为失恋之后才去延安，也是一种失败。实际上这个题材可发掘出的意义是存在的，只是我没有去发掘出来而已。就这样一句批评式的意见"要写得有意义些"，体现了望道老师和我之间水平的高低差距。他这么一句话就够我用一辈子的！

直到1948年，我毕业留校给望道老师做助教时，才又把另一个短篇送给他看。这个短篇当时发表在上海《万象》杂志上，题目为《缙云坝上的鬼屋》，也是根据北碚夏坝复旦同学间的传说加工写成的。我们学校附近有幢洋房临江矗立，传说是个凶宅，闹鬼。屋主原是川军的一个师长。我赋予这题材一个反迷信的主题，但望道老师看了后，摇着头又是只说了一句话："不要猎奇！"

这贬得很厉害。他那么忙,我把这种短篇小说请他看他肯看已经很不容易,在我是缺乏自知之明,在他是实事求是。但他的真实评语当时却使我不大愉快。事后,我冷静下来想想,才体悟到他确实是位严师,对我的指点是深刻的,他何必要为了使我高兴就廉价地给点鼓励呢?他对我的指点是深刻、真诚的!他是向学生指出一条创作的正道。

几十年来,望道老师送我的这两句警句:"要写得有意义些!""不要猎奇!"常常铿锵有声地呼响在我的耳边,使我警惕,使我自勉。我把它们永远铭记在心头。

五、做望道夫子的助教

1948年,我从复旦大学新闻系毕业,望道老师要我留校做他的助教。同望道老师谈话的机会比以前多了,谈的内容也比较广泛。只可惜我的日记和信件照片等早就在"文革"中损失,除了印象深刻的一些话外,多数都已记不真切了。

我同望道老师谈过鲁迅,望道老师告诉我说,鲁迅先生1928年曾在复旦大学作过演讲。那时,上海大学停办,望道老师担任复旦大学中文系主任。当时教育界的黑暗势力很猖狂,仇视白话文,鲁迅的演讲是指责当时黑暗势力的。题目已不记得,也许并没有题目。讲到得意处,鲁迅就仰天大笑,听讲者也都跟着笑。

望道老师说:鲁迅先生的功劳并不局限于文艺方面,当然文艺方面功劳成绩最大。所以纪念鲁迅,不应该局限于任何一个部门或范围,在一切文化教育方面都留有鲁迅先生的功绩。望道老师还特别提到他办的实践大众语的《太白》半月刊,就是得到鲁迅支持才创刊的。

1948年我问起过望道老师翻译《共产党宣言》的事。他说:我1919年5月从日本回国,随即到杭州的浙江第一师范学校教语文。当时,学生施存统(即施复亮)写了一篇文章反对旧道德,遭到反动势力攻击,牵涉到我,酿成有名的浙江一师风潮。我离职回到故乡义乌分水塘村,当时手头有一本日文的《共产党宣言》,是现在这个考试院院长戴传贤(即戴季陶[①])供给我的。我译成中文后,出版了,有不少地方翻印,北伐战争时印得更多,还随军散发过。现在我手边反倒一本也没有了。

《修辞学发凡》一书,是望道老师在30年代初写就的,这本书为我国修辞学的研究开拓了新的境界。望道老师对这本书的宠爱体现在不断修订上。他总希望每再版一次就能有新的修改和补充。他平时很注意收集例证,有点空闲的时

---

① 戴季陶:又名传贤,1928年至1948年任国民政府考试院院长。

候,总喜欢思索一些与这本书有关的问题。我做新闻系助教的一年中,望道老师从来没有找我替他或他的家人做任何一点私事,但他让我帮他收集修辞学上的例证。在我的感觉上,望道老师自己也认为这本书是他对中国文化的一项贡献。他想把这本书精益求精地改得更好,这是一种对读者极负责任的态度。他写这本书和改这本书都出以公心。

望道老师在那个阶段,话不多,比较稳健,但他的立场是坚定的,爱憎是分明的,对反内战、反饥饿的民主运动是全心支持不遗余力的。留在我记忆中最深刻的一件事是:1949年上海面临解放,解放军在4月20日晚已飞渡长江天堑,占领荻港,国民党长江防线被拦腰斩断。这时,望道老师已经"失踪"一些日子了。由于国民党反动派要逮捕他,他秘密躲藏在虹口区一个友人家中。可能是4月22日或23日,我与新闻系另一同学一同去看望望道老师。望道老师见到我们非常高兴,急忙告诉我们说,他从收音机里听到了中共电台广播,播的是以毛泽东、朱德署名的向全国进军的命令。他连说:"快了!快了!"欢乐之情溢于言表。

可能是出于对修辞的关心,他一连说了两遍:在向全国进军的命令中用了"坚决、彻底、干净、全部地歼灭中国境内一切敢于抵抗的国民党反动派"的词句。他说:"坚决、彻底、干净、全部,这四个词不是乱用的,用在一起,真是一字千钧!"说着,他开心地笑了。我们告辞时,望道老师一再叮嘱,不要把地址和他的行踪告诉别人,也不要再去看望他。

后来我再见到他时,上海已经解放了。上海总工会成立筹委会,我忙于到上海总工会工作,复旦新闻系助教的任期虽然未满,也不得不离开。望道老师对我完全支持。只是从这以后,我也就失去了在望道老师身边的机会。1953年,我调北京工作,与他见面机会更少。只有他到北京开人代会时,我才有机会去看看他。"四人帮"被粉碎后不过一年他就去世了。

光阴荏苒,望道老师逝世倏忽已许多年。到现在才来写悼念他的文章未免过晚。他用"洪溥大弟"称呼写给我的信件和与我合影的一张照片也早在"文革"中失去。他留给我的只剩下一些难忘的记忆了。随着岁月流逝,这些记忆我怕会变得模糊,现在赶快记下这位文化名人的点点滴滴,恐怕也不是没有意义的。

(本文刊于1989年第二期《人物》)

当年采访于右任

1946年9月26日上午九点多钟,我在南京城北宁夏路2号于公馆采访了于右任。

当时,于氏刚从新疆返南京。他是6月26日奉派出南京专程飞新疆去迪化(今乌鲁木齐)监督的。这一年7月1日,以张治中为首的"新疆省政府"成立。当时新疆的情况和环境错综复杂,纠纷不少,"为了唤起国内的重视和加强新疆人民对祖国的观念","新疆方面电请南京政府,指名要监察院长于右任到迪化监督"。所以这位时年67岁的银髯白发老人奉派乘机先到西安再转新疆。但早晨飞机起飞一小时后,油箱突然漏油,驾驶员只好急忙折返南京进行处理,重新起飞。下午二时抵达西安上空,却逢暴雨,浓云密布,盘旋十多分钟,飞机才安全降落。这些险情,当我问起于氏时,他已经把它当作笑谈了!

我在宁夏路2号的客厅里采访于氏,客厅里客人不少,于氏坐在上首中央的一张沙发上,两边的沙发和椅子上都坐满了访客。知道是记者采访，有人让出了靠于氏最近的那张沙发，以便我与于交谈。于氏风尘仆仆，但兴奋、健康。他西行返南京后，外边就已传说他在新疆错综复杂的环境中解决了若干不易解决的问题。见他情绪颇好，客人又多，我决定开门见山提问，并请他谈谈此行的情况及感想。

于氏在新疆总共逗留了七十天左右，时间很长。7月1日在"新疆省政府主席""副主席"和全体委员的就职典礼以及盛大的各族庆祝和平大会上，他亲临监誓，简单致词。目睹各族群众的欢呼喜悦，一片团结气氛，事后曾填词一首。他叫副官将一首手抄的词拿来给我。词如下：

青杏子

迪化和平大会后作

大地现光明／睹天山洁白层层／何人创造新生命／和平万岁／万岁和平

这首词把迪化的监誓会称作和平大会，是由于这年6月，张治中完成了同伊犁、塔城、阿山三区代表的和平谈判，改组了新疆省府。张治中任"西北四省军事长官兼新疆省主席"，新疆平歇战火，实现了和平。于氏告诉我，此次在新疆从7月2日到7月底止,他每天上午九时至十二时都在"新疆监察使署"接见各界人士,探索民情。各界人士的请求与意见不外下列四种:(一)盛世才时代查封产业请求发还的事项;(二)河西移民到达新疆垦殖而遭遗忘请求救济的事项;(三)伊宁事件阵亡将士遗族请求抚恤事项;(四)维吾尔族与汉族通婚事项。于氏在张治中的协助下,都一一做了妥当的处置,但在那种关系微妙的环境下,突发的困难不是没有的。7月10日,在南花园,新疆各族各界代表一千多人欢宴于氏,所喊的口号中均未提"中华民族"。于氏最后致词时,就补充了"中华民族万岁"的口号。终于,他的口号声也引起了掌声。伊宁来的委员们听了,都露出了兴奋而敬重的笑容。

历代以来,新疆以偏僻之区颇少大员亲临。于氏以其声望地位,一莅新疆遂引起狂热的欢迎。他到疏勒,欢迎的行列竟有万人以上。喀什人欢迎他时汽车无法通行,他就下来在人丛中步行,足足走了十五公里,才到达"专员公署"。

在客厅中,与于氏面对面访谈时,我不由得想起抗战前多次随父亲到过的这座宁夏路2号于公馆。旧地重来,往事历历,感触良多。那时,我仅是十几岁的孩子,父亲让我叫"于老伯",带着我看他写书法,在他家与他一桌进餐。我在此认识了于伯母高仲林和她的大女儿于芝秀,以及于氏的外甥周伯敏、秘书李祥麟。那时,宁夏路2号的洋房新盖成不久,他家中宾客极多。现在父亲早已不在,我已是22岁的青年。经过八年抗战,宁夏路2号的房子因被敌伪占住,侥幸未受到大的破坏。抗战胜利,屋归原主。正因为父亲的关系,我的采访特别顺利,于氏对我显得慈祥而且亲切。从窗口望出去,抗战前见到过的雪松与龙柏,都粗壮、挺拔、苍翠葱茏。我觉得老人的心情很好,虽然长途劳顿,但他仍不厌其烦地回答着我的问题。

"这一次从西北回来,我的心情是愉快的。新疆人民本无成见,只要以后政治进步,一切均无问题,新疆的情形是会一天好似一天的。"

"我此行共历七十日,去时飞机遇险,回来时第一天本拟歇脚兰州,但因气候恶劣,中途停歇,次日方经西安回京。"

我问他张治中在那边的情况。于氏拂髯而道:"他们努力,新疆人民了解他。经济、文化、建设各方面,新疆都应有进步,他们会努力做的。"

我将话题转到前"新疆督办"盛世才身上。盛世才本在新疆是个土皇帝,又是条变色龙,干了不少坏事,造成许多后患。于氏的语气带有不屑提起盛世才的成分,说:"财产无理封起来的已经发还了。"我又问起汉族与维吾尔族婚姻的问题。于氏说:"这只是新疆问题里的一个小问题。现在已经在设法求得合理解决。其实保守的作风,各地方都有,维吾尔族当然不愿把他们的小姐嫁给汉族,同时汉族有这么多人口,何必一定要人家的女儿,徒然惹起许多不必要的纠纷呢?"

最后,我因为看见访客过多,已经占用了于老不少时间,便打算结束采访,请他谈谈对新疆未来的感想。他轻轻地抚摸着银灰色的长髯,吐出了沉重的语音:"今后的新疆,一定会走向和平的大道。但是,我们该注意的是,中国是世界上的一部分,新疆又是中国的一部分。和平不可分,中国既然要受世界的影响,新疆当然也会受到中国的影响。"

我决定起身告辞。于氏从沙发上立起身来,伸出手和我握别。我突然想到他此去新疆,随行多文学之士,如名词人卢冀野等,遂提出要求:"希望能给些此去新疆的诗词新作,以便在我们报纸上刊登,相信那一定会得到读者欢迎的。"他笑着点头,让副官拿来一叠诗词稿,自己挑了几张给我。我表示感谢,他挪动沉硕的身子坚持要送我到外边。我尽力劝阻,他停步在门边。

屋外,阳光猛烈,满园花草欣欣向荣。我心里由于采访有了收获而兴奋。

他给我的诗词除最初给我的那首《青杏子》外，又给了我另外五首：

浣溪沙
哈密西行机中作

我与天山共白头／白头相映亦风流／羡他雪水溉田畴／风雨忧愁成往事／山川憔悴几年秋／暮云收尽见芳洲

望博克达山不能上也

幼作牧羊儿／老至天山下／天山不可登／君须习鞍马

夜宿瑶池上灵山道院不寐有作

飞渡天山往复还／今来真是识天颜／云中瀑布冰期雪／月下瑶池雨后山／行远方知骐骥贵／登高哪计鬓毛斑／夜深悯悯情难已／万木啼号有病杉

早晴新大楼远望

一雨新晴万卉妍／凉生襟袖寂无喧／天山南北都开朗／独倚高楼思故园

人月圆
迪化至阿克苏机中作

人生难得新会／天山看大山／人间天上／天上人间／卢生（冀野）作曲／韩生作画／我捋银髯／昆仑在左／白龙堆上／孔雀河前

我在 9 月 27 日将写成的专访于氏的稿件同他给我的六首诗词用航快函寄出。报社很重视，用辟栏地位全部刊登于重庆《时事新报》10 月 4 日的第三版上。

记忆中的胡适

1999年春,率大陆作家代表团到台湾去做文化交流,曾使我有一种似在梦中的感觉。五十年前台湾的一些熟识的前辈、同学、亲戚,大多数已不在人世,有幸见到的也已白发苍苍,自然免不了有一些感慨。老同学宗之珍女士,是已故的北大名教授宗白华先生的妹妹,赠我一件"礼物",是1948年3月间我写的刊登在台湾《新生报》上的《访问胡适博士》一文。这篇旧作我早已佚失,看了自然又引起了我那段珍贵的记忆。胡适博士是中国文化史上的"客观存在",研究中国文化史和文学史的学者不会不研究他的。我觉得哪怕只写了他的一点一滴,也自有其价值,所以就有了这篇回忆文章的诞生。

抗战胜利后,我由四川重庆复员回到了上海、南京一带,复旦大学也由四川北碚迁回上海江湾。当时,我还是复旦大学新闻系的学生(1947年是三年级,1948年夏毕业),但带有实习性质地兼着三家报刊记者的名义。

那时,新闻系曹亨闻教授在上海办了一份《现实》杂志,给了我记者名义;新闻系王研石教授在重庆《时事新报》任总编辑,给了我"上海、南京特派员"(即特派记者)的名义;复旦新闻系比我早毕业的同学史习枚(歌雷)1946年去台湾《新生报》(日寇投降,中国对台湾行使主权后,《新生报》为台湾的省报)任副刊主编后,给了我一个"上海、南京特派员"的名义。这样,我用"王公亮"为笔名的记者名片上就有了三个头衔,但实际并不领取薪金,甚至稿费他们也常不付给。不过,进行采访倒是比较方便了,我当时满足于尝试做记者的滋味,并希望取得做记者的经验,就应他们的要求,努力采访并写作。虽然稿件一般情况下总是寄到立即发表,但稿件文字及内容有时也会遭到删改,甚至也有过发表出来的文章与寄去的文章变化较多的情况。为这,办过交涉,只是用处不大。我为了不愿失去实习机会,也就迁就地干着。采访胡适博士,就是应重庆《时事新报》王研石先生之邀,也是应台湾《新生报》歌雷之邀进行的。

我在采访胡适后,给这两家报纸各写过一篇人物专访稿,而且都发表了。《新生报》的一篇,1948年3月28日用航空信寄自南京,4月3日发表,题为《访问胡适博士》(就是宗之珍赠我的这篇);《时事新报》的一篇,因王研石先生开列了些问题让我采访,故内容丰富一些。但重庆解放前夕曾遭大火,重庆《时事新报》存报难以寻觅,虽有热心友人代为寻找,至今未能觅到一份完整的报纸找到原文,颇为遗憾。只是,虽历经五十年,记忆犹在,采访的大致情况与问答内容都不可能全忘。前些年,我创作长篇小说《霹雳三年》(人民文学出版社出版)曾写到过胡适,那并不是虚构或按照资料写的,那是根据我同胡适的接触及采访留下的记忆写的。

见到胡适并采访他是在1948年3月下旬至4月间。那时,在南京蒋政府举行了我们习惯称之为"伪国大"的"行宪国民大会"。我在会上见到胡适博士时提过些问题,也约定了时间对他进行过两次专访。所谓"行宪",就是按照"中华民国宪法""选举""总统"及"副总统",实行"总统制"。蒋介石在开幕词中说这次大会是"实行民主宪政的开始",并说"从今以后国家的责任由国民政府交还国民大会"。4月9日,蒋介石向大会作施政报告,强调实行宪政,进行"戡乱"反共,并论及经济、军事问题。他承认抗战胜利以来,生产萎缩,经济失调,在军事上遭受重大损失,地盘缩小了等。胡适是"国大代表",3月间,他由北平到了上海,开协和医学院董事会后,又到南京参加中研院评议会。在"中央研究院"二届五次评议会上选出第一届院士八十一人,人文组的二十八人中,有胡适。胡适当时就在鸡鸣寺下中央研究院历史语言研究所傅斯年(傅也是人文组院士之一)家住。胡与傅的关系是极好的。据说 1945 年 9 月任命胡适为北大校长的令文正式发表前蒋介石曾属意于傅斯年并征求过傅的意见。傅对胡适一向尊重和信仰,向蒋力荐北大校长非胡适莫属。当时的教育部长朱家骅等也有这建议,胡适遂走马上任。

对学者、院士、北大校长,对有广泛影响的胡适,我本来是比较敬重的。我一向关注着他。但胡适当时很反共,有机会就要骂几句共产党,内战是国民党发动的,他却总是要共产党放弃北方。在抗战胜利后审讯周作人汉奸案过程中,他写证明帮周作人的忙,引起舆论界的批评。头一年元旦,在北平各机关新年团拜会上,他大肆吹捧"制宪国大",说国民党所定的那部"宪法"是"世界上最合乎民主之宪法"。在美国兵皮尔逊强奸北大女生沈崇案上,学潮如火,他反对用罢课方法干预政治。他常强调学术独立,可是对蒋介石有好感,蒋很想把他拉进政府。有的报上说这是"想往大粪堆上插一朵花"。他拥护发布《戡乱动员令》。我更清楚记得头一年秋天,冯玉祥从美国给胡适写过一封信发表在北平《世界日报》上,因为胡适攻击冯玉祥带了"四百人在美考察",

"领津贴六十万美金"。这当然不是事实。结果,冯玉祥提出质问后,胡适写信给《世界日报》更正道歉……这些事累积起来,在我心目中对胡适博士不禁就形成了一种看法。

我就是在这种背景下在"国大"开会期间见到胡适博士并采访他的。

我在会上见到他并与他约定时间向他进行采访时,问过一些问题,他都做了解答。

例如当时蒋已当选"总统",我问他对这次"国大"怎么看。

他眼珠在眼镜下转动,答非所问但也未完全离题地说:"我觉得蒋先生在近年的中美英法苏五国几个大巨头里,他的环境比别人艰难,本钱比别人短少,故他的成绩不能比别人那样伟大,这是可以谅解的。他做总统很好……"

我问过他:先生对副总统竞选支持谁?

他说:中国的事由武人包办,东一个 General(将军),西一个 General 不好,副总统最好来个文人。

我觉得他这似乎是反对李宗仁竞选,说:今年初看到报上登过先生写给李宗仁的一封信,对他宣布参加竞选表示赞成,有此事吧?请问作何解释?

胡适说:早先我曾作过中国公学运动会歌,歌词说:健儿们，大家上前，只一人第一，要个个争先！胜固欣然，败亦欣然。愿竞选的就竞选嘛，这是民主！

我说：现在上边支持的好像是孙科，先生怎么看？

他说：一个总统如果高兴的话，表示一下愿意谁做他的助手，也是正当的。

我也问过他：对于当前的青年们，先生想对他们说些什么？

他好像胸有成竹，说：我主张党政军团可以与学校合作，对学潮采用疏导的办法，让青年发泄不满和烦闷，发泄完了，再回到学业上来。青年朋友最重要的是能把自己这块材料铸造成器。

这些问题都是为重庆《时事新报》采访他时提出的。地点仍是在中央研究院历史语言研究所胡适博士的临时住处。时间是在替《新生报》访问他之后。记得很清楚，那天起立告辞，表示感谢，胡适伸出手来握时，他的手是软绵绵的，有些手汗。这些内容，在我记忆中，都写在给重庆《时事新报》那篇专访中了。我见到的胡适博士每次都穿的中服，整齐干净，但很平常，像个学者。他当时给我留着的印象是：为人比较谦虚、和蔼。他享有盛名，但平易近人，没有架子，朴实而不做作。说话没有太多的顾忌，有时很风趣，很有幽默感。他接受采访时很肯回答问题,似乎并不隐瞒自己的观点。但他的倾向性和立场那时也是鲜明的。这就是反共拥蒋。

现将手边的写于1948年3月28日在4月3日刊于台湾《新生报》的《访问胡适博士》一文,全文附后,注解是现在加的。

附:

访问胡适博士

3月27日是国代报到的第十日,人数比较踊跃了些,上午的时候报到处的新闻记者们显得非常忙碌。而被包围的目标之一便是传说准备也要参加竞选副总统的胡适博士。他进门时故意戴低了帽檐,借此避免引人注目,却又未曾如愿。签名的时候,水银灯正照着他的脸部,他说了一声:"啊!好亮,哦……"把四周的人都逗笑了,胡博士连忙又解释了一句:"我是刚进城的乡下人。"大家又笑。填表时,在年龄一项,他默算了一阵子,才填作"五十八"①。填好表,记者群随他到休息室,于是一问一答开始。

---

① 胡适1891年12月17日生,实足年龄五十七岁,虚岁五十八岁。

有人问:"胡博士要竞选吗?"(注:当时外边传说胡适也要竞选副总统,也有一种说法,说胡适可能成为总统候选人。故有此问)他笑着摇头,又坚决地说:"绝对不会。"也有人问起北方的情形,胡氏说:"北方没有什么不好,傅作义、楚溪春最可靠,得人心,得重心,有他们努力,大多人民都心安多了。"①人围得很多,但扩音器里播出了"请胡代表到领件处领件"的声音。人群也就跟着散了。我随着报到完毕的胡氏走了出去,向他说明了要去访问的意愿。"我住在中央研究院历史语言研究所,欢迎你来玩。"他含笑告诉我。

这是 28 日的清晨,地面上刚被牛毛细雨拂洒得湿漉漉的,雨过天晴,庄严的中央研究院历史语言研究所的屋顶被衬托得妩媚好看。记者推开了那扇镶玻璃砖的房门,走进了胡博士的住房。

房里面已经坐了两位客人,他们正在和胡博士天南地北地闲谈,爽朗的笑声时常从胡博士的口中传出来。胡博士大约刚刚起身,站在洗脸架旁,拼命地用肥皂擦脸,脸上有几块蓝色的污迹,一面又掉转头连连地招呼我。那两位客人和

---

① 傅作义,1947年12月任华北"剿总"总司令,1948年2月任国民政府主席北平行辕副主任;楚溪春,1947年9月任国民政府主席北平行辕总参议,12月任河北省主席兼北平警察总监。此二人均在1949年1月于北平率部起义。

我都很奇怪胡先生脸上那几块蓝色污迹。胡先生说:"大概是被盖上的颜色,染了我晚间流出的口水,沾到了脸上的。"说着,他指了指床上的那床蓝绸被盖。

因为九点钟就要开会,所以胡博士忙得很,许多来拜访他的客人,都被婉言谢绝了,但却例外地接受了我的采访,而且一再地向我说抱歉,因为昨天晚上我曾去访他未遇。①据胡博士说:"会刚一开过,我就到王部长(世杰)家中晚餐去了,直到晚上十二点钟才转来。"②此前,王世杰曾奉蒋介石命要胡适出任"国府委员",胡未就。后来,在"国大"开会前后,蒋觉得在现行宪法之下,总统不能为所欲为,不如行政院长有实权,因此想让胡适出任总统候选人,要王同胡商谈。胡适曾拿不定主意,可后来终于表示不干,但他在"国大"期间的4月18日,参加了莫德惠等提出的《动员戡乱时期临时条款》的签署,授权蒋介石可不受宪法限制采取他认为必要的紧急措施,又规定在动员"戡乱"时期,"总统"可无限制地连选连任,将蒋的权力抬高到无以复加的地步。这一"条款"被通过(但当时有420多人反对或弃权)。接着我

---

① 胡博士待人接物态度是谦虚和蔼的。
② 胡适和时任外交部长的王世杰的关系那时十分密切。

们就谈到了筹建蔡子民①先生礼堂的事。他说:"建筑礼堂,完全是由北大校友发起的,所以一切募款事宜,也归他们去办,而且我也不愿意向别人设法弄到这笔巨款。"当我问到礼堂大约什么时间可以建成的时候,胡先生苦笑了,他说:"这可不太容易决定。物价涨得这么高,等到款齐了,东西又涨了,礼堂的命运,似乎不大佳哩!所以只希望政府早日改革币制,物价一安定,北大的纪念堂才可以完成。"说着,胡博士呷了一口清茶。

"胡先生准备在南京待多久?"记者换了一个话题。胡博士答复说:"要等到国大开会完毕后才能走。"接着又谈到竞选副总统的事上,胡博士风趣地说:"我已决定应该投谁的一票,不过此时不能公开,即令是我的太太,也对她保守绝对的秘密。"他特别着重在"绝对"这两个字,随后又打趣地向另一位客人说:"你也是国大代表,这个秘密你恐怕也不会随便对谁说吧?"那客人听了也笑。这时,我想起外边传说:行政院长宋子文有下台之可能,行政院长的人选传说政府业已圈定,而学贯中西的胡博士就是被提名者之一,于是我就问起了这件新闻。他很幽默地说:"我除了对学术研究有兴趣外,别的事我总是拒绝的。这次来南京,出席国民大会是

---

① 蔡子民,即蔡元培。

主要的原因，要是说我来想弄个行政院长当当，那真太冤枉了！"胡博士刚谈到这里，又有几位客人来拜访他，但都又被谢辞了。我看腕上的手表，九点还差五分，正预备告辞，胡氏说："不忙，不忙！我还可以告诉你一件大事情，关于募款筹建礼堂的事，是由北大在京校友狄膺及余又荪①两人共同负责办理，一切有关募款的收据表册等均已造好，今天就可分发完毕，大概明天就可正式进行了。"

时间离九点越来越近，胡博士匆匆地跑去开会。我也很高兴地辞了出来。胡博士在开会的时候，一定会分外引人注目，因为除了他的声誉和地位以外，他的脸上那几块蓝色的痕迹，并没有擦干净！

（本文写于1999年春）

---

① 狄膺（1895—1964），江苏人，1919年毕业于北大哲学系，1920年留学法国，曾任国民党六届中执委兼中央监察委员会秘书长，1947年任中政会委员，1948年当选立法委员，后去台湾。余又荪（1908—1965），四川人，毕业于北大哲学系，曾留学日本，历任北平民国大学、四川大学教授，重庆大学教授兼总务长，后在台湾大学史学系执教。

难忘萧乾

教过我课的教授，剩下的本来就越来越少！在1999年1月27日刚度过九十华诞的萧乾教授，2月11日就因病去世。几十年来常同我保持着联系和交往情深谊重的老师，从此就永别了。这不能不使我常陷在一种悲伤与怀念的情感之中。

六月里离北京来英国之前，我和起凤又到复外21楼老师住处去了一次，是为了对老师的去世再做一次凭吊。面对老师微笑的照片，我们默默鞠躬。我嘴上没说什么，心里却在落泪。要我不动感情是不可能的。

那天下雨，我和起凤同文洁若师母告别后出来，大雨倾盆，我们淋湿了衣服走了很多路才招到一辆出租车回到住处。哗哗的大雨，使我的思绪回到了五十多年前的上海江湾复旦大学……我就是在一个下着倾盆大雨的日子第一次见到萧乾老师的。

一

1946年暑假开学以后，萧乾老师由英国回来到复旦大学新闻系和外文系兼课任教授。他是第一位赴欧洲报道第二次世界大战战事的中国记者，是唯一亲历法国诺曼底登陆战的中国记者，在新闻系学生中很有声望。他在新闻系教的是"英文新闻写作"课。第一天上课，他主要是讲热爱记者工作，认为记者这种职业，可以广泛接触社会，广泛涉猎人生，能接触各种人，能到各种地方，是了解并探索人生最理想的工作。正因如此，记者必须学好外文，要能说能写，英文新闻写作课就是教大家掌握用英文写作新闻的课，希望大家重视学好。这番话曾给我这样的新闻系学生不少鼓舞。那天，下课时正下着急雨，教室走廊的屋檐上流下的雨水哗哗响，他在藏青色西装外披着一件战地记者用的绿色军用风雨衣，冒着雨匆匆走了，步伐轻快敏捷，仿佛有什么重要事要去办。那个雨中远去的背影至今清晰如在眼前。

以后上课，他选过一些英文新闻报道做教材，给我留下深刻印象的一篇，题目是《赫斯吃鸡》。这是一篇用杂文笔法写的新闻报道。有英国人的那种幽默、讽刺和调侃。萧乾先生讲这一课时，谈到了他在西欧采访的旧事，谈《赫斯吃鸡》

一文时，很强调语言技巧，要我们善于用文学语言写新闻。

　　作为一个大学新闻系的学生，我那时在受业于萧乾先生之前，就爱读他在《大公报》上发表的特写通讯，尤其是做随军记者写的英伦通讯及欧洲战场的报道。当时他在《大公报》上用"塔塔木林"笔名写的"红毛长谈"一系列的杂文也引起我的注意。因此，他的课我总是专心听讲并做笔记。萧乾先生没有想象中的"英国绅士"架子和派头，很朴实亲切，谦虚而又和蔼，脸上永远有那种使人感到容易接近的笑容。那时候，每个教授手中都有一本点名册，萧先生有时也带点名册来，但他从不点名，给学生一种宽松的印象。复旦新闻系当时有不少名教授，有的难以亲近。萧先生忙，但从不拒绝同学生接触。我不喜欢"高攀"，但他的亲切和笑容使我忍不住不去他的住处看望。记忆中印象深的有两次。一次是谈他的长篇《梦之谷》。我在图书馆借到了这部小说，读后感到喜爱。那时新闻系的同学石碏（黄汉生）在编一家报纸的图书评论专栏。我有时应约写点书评去发表。读了《梦之谷》，我去看望萧先生，我告诉他我想写书评的意图，他笑着说：你看了有什么想法就照你想的写好了。但后来，我怕评不好，结果未写。一次是谈新闻写作，他说：新闻每每写出来时有生命，时间长了，生命就消失了。因此，写新闻时，要注意加点"防腐剂"。所谓"防腐剂",他指的是文学价值和政治价值、经济价值等。萧先生在《大公报》的事极忙,在我记忆中有两次课他都请了假。而且,家庭里出了些不幸的事。我同他久无接触。大约是1948年初,关于他要去办《新路》杂志的事在学生中有传播,说他倡导走"第三条道路",走"中间路线"。但他并没有向学生灌输或拉拢学生去走什么"第三条道路"。他反对国民党发动内战的态度是明确的,根本没去主编《新路》。有一天,在校门口突然遇到他。我们是站着说话的。我无从安慰他什么,但把听到的舆论告诉了他,我的措词自然是否定"第三条道路"的。记得他看着我的眼睛点头说:"我没打算去!"在我感觉上,他的思想当时是该从属于进步范围的,无论如何不该"左"到把他推到"黑色""反动"的泥淖中去。

二

1948年夏季,我从复旦大学新闻系毕业后留校做了助教。但萧乾先生已不在复旦任教。我再见到萧先生时,已是1957年反右前夕了。

我是1953年为筹办《中国工人》杂志由上海总工会调到北京中华全国总工会系统工作的,住在东总布胡同19号。当时的社会风气，人同人之间不大交往，我又不爱去串门，虽然知道有些老师和同学及熟人在北京，但从没有去看望谁的欲望。对萧先生也如此。

一天，我在东总布胡同一个简陋的邮局里寄信。这里狭小破落，柜台里坐着一两个工作人员。我在桌上蘸糨糊往信上贴邮票，忽然一抬头看见萧先生在帮一个老人填写包裹单。老人没文化，萧先生耐心认真地按照他说的地址，笑眯眯地低头帮他填写，写得很专心。填完，等那老人把包裹递到柜台上交给邮局的工作人员，他根本就没有发现我。他耐心笑着帮老人填写包裹单的事，当时就感动了我。等他填完，我走近他叫了一声："萧先生！"他抬头认出是我，就笑着同我握手问好，他当时在主编《文艺报》。我扼要说了自己的工作情况，并礼貌性地说以后要抽空去看望他。但事实上，从反右运动开始，我就再也没有同他见面。他写的《放心·容忍·人事工作》一文，我从《人民日报》上读到，他迅即很倒霉了！反右运动把人搞得黯然无声，互不来往，也不敢说真话，接下来是"三面红旗""大跃进"，再接下来是三年经济困难……1961年夏，我们的刊物《中国工人》奉命"拆庙搬神"，我自己就莫名其妙地离开北京被下放到了山东沂蒙山区，到一个省重点中学做领导工作。从此，茫茫天涯弹指二十多年，许多旧相识几乎忘了我，我并非无情之人，但也很少想起会同萧先生再有联系！

三

时光如水。同萧乾老师又恢复联系是在80年代了！

1983年10月，我由山东调四川成都四川人民出版社工作。当时，在该社出版的现代作家选集中有《萧乾选集》四卷。选集的一、二卷已经出版。第三、四卷由我终审签发。萧先生同我开始通信。现从找到的信中择一些摘录如下：

1983年11月27日他给我来信说："非常赞成你来主持文艺出版社。上函听说你们川社有五六百职工，我即吓了一跳。人文（人民文学出版社）三百人左右，已嫌太多。上函我提到西德慕尼黑一出版社，年出书一百种（包括七卷本的中德对照《毛选》，作一种计），还出两种月刊，而从社长到会计，一共只十六人。北京的外文出版社，1949年我们筹办（同时编着两个英文刊物）时只七人，包括乔冠华（他只算半个）。今天该社已三千人出头了。这全是大锅饭之所致。不改改不行啊！"

1983年12月13日他给我来信说："我有三点想法：①人手宜精，切不宜多。前些日子与丁玲同志谈起她选秘书的尺度。她说，绝不要一位准备当作家的。我是主张当编辑一定要写写，才好提高，但也最怕拿编辑岗位当跳板的那种同志。工作中的差错往往是这种人出的。当编辑（当什么）都得有献身精神。只怕这个问题你一人掌握不了！②人文社刚作总结。现代书有赔有赚，"五四"书大都赔钱。古典及外国文学则净赚。但"五四"书，有时可以撑场面。常有出版社人来看我（昨天就来了浙江及福建的），一提起四川，就想到你们自李劼人、巴金以来出的这批书（但我认为"五四"书一定得有库存，因为这不同于当代的，经常会有人来找）。如果搞自负盈亏，要不要设个古典组及外文组。③外国出版社人少，主要是依靠社会（尤其身边的大学）力量，书应包出去。另一点是，不搞文字加工。加起工来没个头儿，且往往纠纷无穷。"

1985年我向他约稿。2月25日他给我来信说："我年来文思迟钝，一时怕写不出多少东西。我的下一本书早已由三联（京港两地同时）约去，只能为你主持的文艺出版社当个啦啦队了。如今你独当一面，担子必重多了。全国这么多出版社，没有点看家的东西，没有新点子不行。人文这里也在苦恼着，《文学之窗》改为《故事报》，销路增了，可又有人对走通俗化的路子怀有戒心。如今搞出版，不赚钱不行，光赚钱更不行。如何把雅俗结合起来，是个重大课题。我有三点小建议供你参考：①请名画家为名作画插图——古的如《三言二拍》，今的如一些'五四'名著。画家让他插当代作品大多不肯；但如插文学史上名著，则必乐意为之。外国像莎士比亚、堂吉诃德，均有多种由名画家插图的版本。这种做法，只出画家报酬，不需稿酬，成本可低些。既是名画家，则收藏家必仍愿购买，一般读者也会视为珍品。②走通俗的路之一，是古典（尤其文言的）作品今译（或重述）。我为中青所译的《莎士比亚戏剧故事集》1956年初版，现已印了多版次，印数近百万册。中国的《元曲》《牡丹亭》《桃花扇》何尝不可有今译本或重述本？这，既俗又雅。③外国展出了许多文学磁带。中国许多'五四'作家，在八旬以上者，如不抢录，以后即录不成了。何不请艾芜、沙汀、巴金、叶圣陶、冰心等各位，谈一谈生平，接着朗读其作品之一章。我相信不但国内有人买，国外亦有需求也。如何请酌。"

萧先生希望我做一个有眼光有胆识的出版家，他的建议在当时自然都是好的。

1987年初夏，萧先生夫妇到成都，住红星中路红星旅馆。我专程前去看望。他见到我时，我们热烈拥抱，他激动得第一句话是："你看，我老得不成样子了！……"确是这样！岁月与坎坷无情！当年在我印象中那位生气勃勃、英俊开朗的萧乾老师现在已是苍老、行动迟缓、面色不好、头发灰白的老人。除了笑容，他那有名的亲切和蔼老带点童心的笑容未变。别的都不一样了！见到他，我心里酸酸的。那个二次大战时生龙活虎地在国外驰骋的战地记者哪里去了！？那个在大学讲台上广征博引使学生倾倒的年轻教授怎么这样子了！？那个爱书写书又编书的编辑出版家好衰老啊！蒙冤与遭受精神肉体的摧残竟能这么毁了他！……我只知他1981年动了手术，余下的肾只有常人四分之一的功能，他心脏也不好。我感到沉重和语塞，只匆匆同他和文师母合影后就分手了。

所幸，他的精神状态并不老。他的书不断出版，作品不断在报纸上发表。以后，我们通信，我常收到他的赠书，除通信外，我每到北京总去看望他和文师母。听萧先生谈话，总欣慰他精神不老、思想不老。他似是特别关心和思考中国的知识分子问题，常常话题不离知识分子。他又历来是个爱国者，一直关心国内外大事，总是认为知识分子应该是一个国家的良心，知识分子应当发出自己的声音，国家应当听取知识分子的声音。每次同他见面谈心或通信也总觉得常受教益。

大约在80年代末，我收到傅光明同志的信，说萧先生的意思，请他约我写一篇评《梦之谷》的文章。我不禁想到了大学时代那次同萧先生谈《梦之谷》的往事。因此写了《发自肺腑，魅力长存——关于萧乾的长篇小说〈梦之谷〉》一文，先发于《四川大学学报》，后被编入《萧乾研究论集》。我遵循的是萧先生说的"怎么想就怎么写"的原则，也算是了却一件几十年前的心愿。

四

萧乾先生是个极讲礼貌的人，同人见面，十分礼貌，很尊重人家，写信给他，他总是有信必复。因此，我在他年岁越来越大后，很怕写信干扰他。写信时总请他不必复信。但他改成文师母出面代他复信，他也总要在文师母的信上写上一段或再附一张信。他写信给我，每每客气地总要称"王火兄"，我再三提出，他有时改了这种称呼，有时仍不改。他们夫妇俩都是珍重感情的人。我与他们相处，始终感到有一种他们把我当作家里人对待的感情。

与萧先生交往，一直感到他密切关注时事和世事，爱国之心从未减弱。读他写的文章，总是在喊出发自内心的真诚声音，这使我感到极其可贵。他的思虑常常集中在国家民族的强盛上，1998年10月2日他写过一段人生小语，他说：

"我是本世纪第十个年头出生的,如今差不到两年就是世纪的终点。我出生时,北京皇宫里的宝座上还坐着个娃娃皇帝。国家从四分五裂、任人宰割,到今天,命运已握在自己的手里。我正以好奇的心情,巴望下一个世纪,我有信心会看到中国更强大,健康,开放。中国将永远同弱者站在一起,反对霸权。文化将在固有的基础上不断创新,中国人无论走到哪里,都挺胸直背,受到尊重。"

北京开第五次全国文代会时,与中央领导同志合影那天,他穿一套蓝藏青西装来了。我扶着他走了一小段路,发现他身体虚弱、疲乏。但他脸上仍旧总是露出他那著名的笑容。最后一次见到他时,是1998年的5月,我和起凤到北京医院看望他和文师母,他坐在那里,表示很高兴。事先我问过医生。医生说身体状况不好,别多同他谈话,我就不让他开口,自己也不说什么。一会儿,分别时,他依然要送好些新作给我。但赠书已是由文师母代他签名了!正因如此,以后我远在成都不能常去看望,也不愿写信或打电话打扰,却时常记挂着他,关心着他。他过九十寿诞的那天,朱镕基总理写信向他祝寿。我打长途电话到北京医院和他在复外的住所,想表示祝贺,但均无人接。谁知2月11日,萧先生就病逝于北京医院。数日后,我才与文师母通了电话。

老师生前一直关心我写的长篇《霹雳三年》，这小说，1999年第一期《当代》刊登将近二分之一章节，3月份人民文学出版社将书出版。但老师已经西去，未能见到。

自从萧先生去世，我常想念他。1999年6月到10月，我在英国住了四个月，我的住处离伦敦市区只有十几分钟路程。在伦敦经过舰队街时，我就想起萧先生1944年曾在这里设立过《大公报》驻伦敦办事处；坐地铁时，我就想起二战中伦敦遭德寇大轰炸，萧先生曾在地铁站台上过夜。尤其是到剑桥，我更不能不想起萧先生。他和名篇《剑桥书简》和《负笈剑桥》使我对剑桥变得熟悉而不陌生。我在皇家学院门口摄影留念，心里想：1942年到1944年萧先生曾在这里听课；1986年他重返剑桥时曾到这里的绿草坪上同他当年的老师见面。……处处无声，处处留痕，于是我决心写这篇悼忆的文字，作为一个学生对老师的敬爱和纪念。

萧先生曾被踩入污泥二十多年，却以一身洁净和光荣重新站立文坛辉煌二十余年。他是个平民化的大记者、大作家、大翻译家、大编辑家；待人平等，得意时从不得意忘形，失意时恬淡善良；为人正直，是非感十分强烈，与人相交宽厚待人，严于律己。他终身用笔战斗，带病工作到最后一息。他忧国忧民，将爱心献给国家人民。他走了，他那种睿智仁厚的微笑，那许多卷透彻人生洞察世态的文章，他那曾饱经沧桑坎坷依然天真纯净的待人接物态度，他那耕耘不停的奉献精神，他那见多识广鸟瞰世界的阅历与学识，他那种坚定不变的爱国精神，却都会遗留下来，留在中国，留在国外，留在人们心上，留给以后的世人。对于我，痛心于少了这样一位知心的老师，但只要想起他，他留给我的那些话和记忆以及感情，始终春风似的拂在我心上，使我感悟，促我奋进。

岁月已如逝水，死亡是一种生命终结的状态，但对不少人来说也是一个生命无法停止其影响的状态，对于萧乾先生，就是如此。

1999年12月

忆我的老师(范烟桥、程小青)

抗日战争时期,上海的租界沦为"孤岛"。我从1938年年底到1942年夏,在"孤岛"上海的东吴大学附属中学攻读从初二到高一的课程。

东吴附中本在苏州,因为抗战沦陷,才迁到上海租界里上课。在我上学的这个阶段,教国文的老师中有程小青和范烟桥两位先生。他们当时都是有名的作家。我们做学生的是怀着敬慕的心情听课的。当然,那时我并没有想学他们做作家的打算,但后来走上了写作的道路,恐怕也不能说同这两位老师的启蒙没有关系。

程小青教我国文课时,大约四十六七岁,头发虽稍稀疏,但精明强干,匆匆来上课,下课后提着他的黑色公事皮包匆匆又走了,显得整天忙忙碌碌。由于他写的《霍桑探案》当时我们都多多少少读过,所以同学背后都叫他"霍桑"。当时,我和一部分同学都很想听他讲讲作家的事。作家,对我们这些年轻学生来说,显得神秘有吸引力。但偏偏老师是忙人，在课堂上讲课时又从不爱涉及自己。他和蔼可亲，不摆架子，告诉过我们他在上海当学徒如何贫苦、如何刻苦自学的往事。记得我曾问他为什么要写《霍桑探案》，他回答：我想提倡用科学的侦探方法破近代案，平民百姓中的冤案很多。那时，同学中传说程小青很有本事，巡捕房里遇到疑难案件也请他去做参谋，所以我也好奇地问过他这些情况，并问他：你是不是就是霍桑？印象深刻的是他当时笑着摇头，说："呒没格种事（没有这种事）！"

程小青教课不是很精彩，只是称职而已。但他主持过一次全初中部的作文比赛，给我留下较深的记忆。作文比赛的题目是《在"孤岛"上的感想》。这当然是一个爱国主义的题目。我当时就把抗战同这题目联系起来写，抒发了在"孤岛"上的苦闷和对未来抗战必胜的向往。结果，得到了第二名，他发给我一张奖状，使我对动笔写作更有了一些信心。

大约就是在那两年，我读遍了自己那套上海世界书局集印的《霍桑探案袖珍丛刊》，好像有三十册，对程小青塑造的"中国的福尔摩斯"——霍桑有了深刻的印象。平心而论，霍桑探案有模仿福尔摩斯探案的痕迹，不如柯南·道尔的作品精彩、诡异，但反映的是中国的社会世态及人物。那一大套书早已失落，只是那六七十个侦探故事有的至今仍记得。

这些小说在逻辑推理、机敏灵活、了解社会生活等方面都给过我营养。

日本帝国主义者偷袭珍珠港发动了太平洋战争,"孤岛"这时也沦入日寇手中,当时,风闻日寇要控制学校,进行奴化教育。东吴附中遂决定停办。但爱国的老师们既拒绝为日伪效力,也要使青少年继续有上学的机会,他们就改头换面办了一个正养补习学校。学生和教师还是东吴附中的原班人马,范烟桥为校长,程小青仍做国文教师。因为他名气大,怕引起敌伪注意,他改名为程辉斋。当时,教师们的这些做法,引起我莫大的钦敬。这个正养补习学校其实相当于正规中学,为何取名"正养"呢?是因为东吴大学和附中的校训是:"养天地正气,法古今完人"。将这两句校训的前句五个字中摘用了"正养"二字,寓含了爱国心,勉励大家要正气凛然。

我在正养补习学校上到1942年7月,读完了高一课程,当时东吴附中的美籍教师文乃博和许安之已被日寇送进集中营。"孤岛"陷入了黑水洋中,生活水深火热。为了脱离沦陷区去到抗战大后方,我从上海经南京到安徽,过日寇封锁线到河南,从陕西入四川。历经危难,秋天抵达重庆。从那以后,就不知程小青先生的情况了。直到抗战胜利后,我回到了上海，打听到程先生和范先生都回到了苏州定居，对于自己曾受教并尊重的老师，做学生的总是牢记在心的。那时，我仍在复旦大学新闻系读书，但兼了重庆《时事新报》特派记者，常在上海、南京采访。我去信苏州东吴附中请转信给程先生问好。不久，果然收到他亲切的回信，并赠我《新侦探》一本。我曾有心到苏州看望老师，可惜当时极忙未能抽出时间去苏州。他送我的这本刊物后来遗失，他的信件也由于我萍踪漂泊而未保留。

中华人民共和国成立后，他是民主党派——中国民主促进会江苏省委的常委，又是省政协委员，并且参加了江苏作协的活动。但当时批判"鸳鸯蝴蝶派"的矛头也连带指向着他。听说他生活得并不顺心。其实"鸳鸯蝴蝶派"是一个以主张文学的娱乐性、消遣性为标帜，在旧中国文坛上发生过较大影响的文学流派，作为现代文学发展长河中的一段波浪，它也代表着一定历史时期的一种文学动向。这种作品对于为我们认识当时的现实和非革命文学的发展，提供了丰富的直观文学资料，是构成现代文学这幅画面上不应缺少的一个部分。

程小青实际是我们中国翻译、引进、创作侦探小说品种最多，倡导侦案小说最有力，被称为"中国侦探小说家"

之"第一人"的一位作家。他还是以比较认真的态度对侦探小说这一样式下功夫做过一些理论上的探求和阐述的人。所以，上个世纪五十年代中期知道他调离学校，让他去专业写作，我认为是很对的。他终于中止了搁笔，先后写了《大树村血案》《她为什么被杀》《生死关心》《不断的警报》等小说，走的仍是侦探小说、惊险小说的路子，目的是想反映中华人民共和国成立后公安战士同暗藏的阶级敌人英勇斗争的生活。此外，我在《人民日报》《文汇报》《雨花》等报刊上也读到过他写的散文、杂文，这使我很为这样一位老师高兴。我在有一年的春节曾给他写过一封信贺年，也收到过他的回信，从信上看，他的情况是不错的。

我是1961年夏季从北京去山东工作的，自己生活不安定，那个时期人际关系也不正常，于是，同程小青先生既未通信更未联系。1966年"文革"开始，我当然也受冲击。在自己倒霉时也常想起程小青和范烟桥两位老师。直到1972年秋季，我被解放，携两个儿女去江南探亲访友，到苏州后，打听程小青和范烟桥两位老师的情况。有人告诉我："范烟桥已去世了，程小青离苏州去外地了，不在苏州了！"再想打听详细情况，竟打听不到。我那次去苏州，是怀着怅然若失的心情离去的，真是"访旧半为鬼，惊呼热衷肠"了！

若干年后才知道：程小青先生 1962 年就离苏州去北京居住了，似乎仍用的是"程辉斋"的名字。1976 年 10 月 2 日在北京病故，终年八十三岁。"文革"中程先生遭遇如何？弄不清。他逝世时，则在"四人帮"被逮捕覆灭之后六天。

讲述录

现实世界中的作家
——在第34届国际作家会议上的讲话

1997年10月8日至24日,第34届国际作家会议在贝尔格莱德举行,中、英、美、法、俄、日、意、澳、加、南等25国的作家四百余人出席会议。以王火为团长的中国作家代表团出席了会议,王火担任开幕式执行主席并讲话,题为《现实世界中的作家》,讲话受到热烈欢迎,被会议主持人称为"来自中国的和平鸽"。

金秋十月,我们高兴地来到美丽的贝尔格莱德。

首先,请允许我以中国作家代表团的名义,向来参加第34届国际作家会议的25个国家的同行们表示由衷的敬意并向你们亲切地问好!

当今世界处于深刻的变动之中,在全球范围内一个多极化的世界正在形成。作家是人类灵魂的工程师,在此世纪之交、格局转换的重要时刻,作家理应登高望远,顺应历史潮流，加强责任感和使命感，为在下个世纪建立公正、合理的国际政治、经济新秩序，使21世纪成为给世界各国和地区带来繁荣和稳定的辉煌世纪而贡献力量！

我们处在现实世界中，我们看到的是国际局势总体走向缓和，但仍然存在一些紧张根源，有些地方还在响着枪炮声、流着鲜血。和平和发展仍然是人类社会面临的两大首要目标。因此，我们必须用我们的良知，为世界的和平与发展呼吁，为人类更加美好的21世纪祈祷！

中国的作家懂得：从1840年鸦片战争后的一百多年内，我国曾由于贫穷落后屡遭列强欺侮，但中国是爱好和平的，我们从不对外扩张。中国经过长期战争和苦难才得到和平，在和平环境中才有改革开放和可喜的发展，对内我们努力办好自己的事情，对外我们努力同一切国家和平共处。过去，中国为维护世界和平做了大量工作，将来中国的稳定与繁荣会对世界和平与发展做出更大的贡献。中国的作家生活在今天这个世界上，有这种坚定的信念，愿与世界各国与地区的作家一同献出汗水和劳动来努力建设世界和平的大厦。

我出版过一部书，叫作《战争和人》，在书中，我说："和平是人生哲学，是一种人生态度，是每一代人对自己和后代前途所负的责任。"我也说过："历史经验表明：为了避免战争，促成社会上全体人民既能明确区别战争的性质，又能有和平意识的觉醒，是人们对自己生活与未来及子孙后代应负的重大责任！"

我把宣传和平作为一种义务！

亲爱的朋友们！我已是一个七十多岁的白发老人了。我诞生时，中国正在军阀混战。中学时代，日本侵华，我经历了艰苦抗战。大学毕业前后，面临当时当局者发动的内战，我为中华人民共和国的诞生尽了自己应尽的力量。懂得战争之残酷，也就更懂得和平的可贵。在今天这个现实世界上，作家应当用笔把人类团结得更紧密，反对一切不义的战争，共同来对付人类生存和发展所面临的挑战，共同去缔造一个更加美好的世界。世纪之交的文学理应为这铺路、开道！作家的作品和诗人的诗篇，可以深入人心为和平不断播种，使和平开花结果，使人类的智慧共享，让21世纪变成充满智慧的世纪！

和平是时代前进的要求。是现实世界中各国亿万人民的强烈愿望。思想、文化、宗教、肤色、职业、语言、制度尽管有差异，但只要有善良的心爱人类、爱地球、爱文化、爱儿童……都一定会热爱和平！作家应当是在现实世界中为和平走在最前列的人！

在现实世界中的作家和诗人们,增加乐观精神和向上意志,勇敢不懈地进取吧!拿起你的笔坚定地为和平歌唱吧!团结起来努力去使人类共同繁荣、富强、发展、进步,让世界变得更温馨可爱吧!

我在这里为和平、为朋友们深深祝福!

有助于历史的前进

——1998年4月20日在北京人民大会堂第四届茅盾文学奖
　北京颁奖大会上的讲话

王火的《战争和人》三部曲,连获炎黄杯人民文学奖、第二届国家图书奖、"八五"期间优秀长篇小说及第四届茅盾文学奖等四大奖。1998年4月20日,茅盾文学奖在北京人民大会堂颁奖,王火代表获奖作家在会上作了《有助于历史的前进》的发言。

感谢中国作协和各位有权威的评委们,将这一届的茅盾文学奖给予另外三位作家和我。

我看了本届评委的名单,他们包括了老一代的作家、评论家,中老年专家,还有年青一代的学者、作家以及各方面的专家。其组成体现了百家争鸣、兼容并包的精神,他们不但有高的水平,而且都有对中国文学事业的责任心、使命感以及对作家的爱心与善意。评选的过程为了慎重,时间很长,经过充分阅读和讨论,评委们用自己的意志权衡轻重,决定取舍,以无记名方式认真投票,最后一轮是以超过三分之二的票数才评出四部作品的。

因此,我觉得这种奖励是对我国长篇小说创作在文学领域和精神文明建设中所做贡献的承认,是对在创作园地中辛勤劳动的作家们的一种鼓舞。应当珍视。但,我也认识到,优秀的作家很多,真正的作家谁也代替不了谁,读者多种多样,作品各不相同,好作品可以使得大多数人肯定,天下却还没有能使人人喝彩个个折服的作品。有许多的前辈、同辈和年轻的同路人,他们写得都很好。得奖作品也需要等待时间继续考验。

有一位得奥斯卡奖的演员(《克莱默夫妇》的男主角)领奖时对他的同行们说过:"我们都是艺术大家庭中的成员,都在追求更高的艺术境界,我们谁也没有战胜谁,我为能与大家一起分享这份荣誉而骄傲。"此刻,我有类似的心情。

同时,我又不能不想起我一位本家女科学家王承书同志。她不是文学家,但她是一位了不起的女科学家,她的精神和事迹是超越一切领域的。她无名地耕耘了一辈子,去世后报上才登载她那石破天惊的事迹,人们方知她是我国铀同位素分离事业理论的奠基人。她一贯谦虚,生前总是谢绝记者采访,由她参加或主持过的科研获奖项目有几十项,她都谢绝署名,贡献非常大,她自己却未得过什么奖,她的临终遗言说:"虚度八十春秋,回国已三十六年,虽做了一些工作,但是由于主客观原因,未能完全实现回国前的初衷,深感愧对党、愧对人民。"想到她我就不禁肃然起敬!像王承书这样的大写的人,当前在我国并不少,在各条战线都有。因此,感谢之余,我清醒地认识到:应当谦虚,应当继续努力创作和学习,不应当停步不前。我想,这对于一切的获奖者都是可以取得共识的。

因此,我虽然已经年迈,仍旧要深刻地认识这一点,说出这一点,要用诚实的劳动继续努力实践这一点!并要借此机会,向出版社,向广大读者,向报社、杂志社,向那么多评价过作品的评论家、作家、记者们,向一切关心过作品的人深深地致谢。

文学创作是一项高尚、严肃而艰难的事业。文学创作是我们为国家、为人民献出光和热的一条途径。文学是这样的迷人,我对它有执着不变的爱!我觉得我们的文学创作者应当义不容辞地站在自己的岗位上,有责任感、有使命感地用笔来为我们改革开放中的祖国和人民尽一份我们应尽的力量!

我希望而且相信,我们这样一个伟大的国家,有它了不起的人民，了不起的庞大作家队伍，必然会不断有更好更出色的长篇作品问世。这些作品会具有辽阔的视野、大气的格调、美好的理想、强烈的艺术感染力、博大精深的内涵，真实而不虚假，富于发现、富于创造，新颖、独特，能反映时代精神，塑造出典型人物，以毫不妥协的深刻性写出人生、写出矛盾，有助于生活的美好，有助于社会的发展，总而言之，有助于历史的前进！中国的优秀作品将不仅属于中国，同时也会属于东方、属于世界！

我就说这些，谢谢大家！

1998 年

面对文学的思索

——率大陆作家代表团16人访台,1999年5月1日在台湾中山大学"两岸文学研讨会"结束时的讲话

1840年发生了鸦片战争;1895年(清光绪二十一年),甲午惨败次年,签订了可悲可耻的《马关条约》。中国近代以来的危亡形势,造成了悲壮、辉煌的中国文学。在即将结束的20世纪里,中国经历过万分屈辱,受过血腥侵略,也有过酷烈的内战。历经半个世纪的风霜雷霆,占世界人口总数四分之一的受尽苦难的中国人才在1949年得以改天换地,向全世界宣告站立起来了!

鸟瞰20世纪的中国历史,实质上是一部追求现代化,摒弃落后、贫弱、愚昧与受人欺侮的历史,是一部探索中华民族的独立、解放,探索中华民族全面振兴的历史。有学者说:"近一百年变革图新的实践,一直伴随着观念层面的冲突与交融,本世纪最后的二十年,是我们实施改革开放,真正迎来现代化曙光的历史阶段。"这一论点是可以认同的。

这20年来的改革开放，综合国力增强，国际地位提高，民众生活改善，民主法制加强，广大作家、诗人、评论家、文学工作者解放思想，振奋精神，冲破"四人帮"极左思潮禁锢，创作了异彩纷呈的作品，开创了文学发展的新时期。文学的题材、体裁、主题以至人物塑造、语言风格，千姿百态，丰富多彩。老、中、青作家万马奔腾，汇合成了一支强大的文学队伍。我们关切地注意到：海峡两岸，虽曾长期隔离，但这20年来，从开始交流到较多地来往互访。台湾文学界的同行兄弟姐妹们的作品大量在大陆出版，作家大量在大陆介绍，不少作家和作品都得到读者喜爱，形成一种同步汇流前行的情势，值得高兴。

自然，交流还很不够，互相的了解也需加强。正因如此，我愿在此极为简略而概括地介绍一些大陆今天的文学情况。

按照1996年12月中国作协第五次全国代表大会上提出的"民主、团结、鼓劲、繁荣"的方针，作家们激发了文学创作的良好势头。现在，创作环境是这50年来最好的，这可以说是大陆作家们的共同感受。

中国作协会员已有6000多人，省、自治区、直辖市及地市作协的会员有3万多人，少数民族都有本民族的作家，总人数逾3000人。有200多家文学报纸和期刊，还有数百家报纸都有带文学性的副刊。全国600家左右的出版社,其中有相当部分都出文学书籍,还有20余家专业的文艺出版社。拿长篇小说来说,这几年来每年都有六七百部或七八百部长篇问世。中外文学交流互访始终不断,文学理论建设和文学评论受到文学界高度重视,健康的说理的文学评论正逐步增强,理论建设引导文学发展颇有建树,各项全国性的评奖正常进行。在上海、江苏、山东、湖南、吉林、广东、广西、山西、内蒙古等地都有文学创作中心供作家深入生活。在北戴河、深圳、杭州有三个创作之家,供作家休养、写作……

如今,与改革开放前那种"一体化""一元化"的规范相比,现在的主导文化表现出了前所未有的宽容,主旋律的弘扬与多样化的实施并行不悖。改革开放前,"多样化"在大部分时间里仅仅停留在意识形态口号的水平上,很少在实践层面得到表现。改革开放20年来,经济的开放影响到观念的开放。形势的确适应了多样性文化生态的形成。至于主旋律的文化取向,表现了反映国家意志和大众根本利益的正统价值观。近年来,对"五个一工程"奖的评选,对高雅艺术的倡导,以及"红色经典"的复出等等,无不体现了这一点。它们通过传媒非常适时地传向四方,宣传方针路线,传播昂扬向上的生活态度,美化现实中的理想人格,从而长久地和阶段性地形成了浩大声势,对大众造成了不可抗拒的影响。但主流并未排斥各种支流,那些重视追求艺术性的作品,那些认识和总结历史教训有新的思索、体验和感受的纪实作品,那些寻找凡俗生活亮点的作品,那些风格与流派各异、题材独特、进行文体试验的作品,如此等等,同样丰富多彩地在满足大众的需要。当然,大众化、多元化、现代化不可避免要受到市场经济影响,文学的娱乐、休闲作用既促进了健康作品的大量涌现,同时也难免产生既无文学价值又低级庸俗的垃圾,这往往形成一种矛盾。当然这种矛盾与经济、社会发展的转型特征是相适应的。它引起了有识之士对那种无所承受的失重的文学(由于对历史的遗忘和对现实的不再承诺)感到某种匮乏和失落,但可以相信的是,随着市场经济走向规范与成熟,随着优胜劣汰对良莠不齐的制约,这种矛盾必可得到调节。非主流的优秀作品,则是必然会存留而与主流一同四通八达的。

20世纪中国的文学,与中国面临的形势无法分割。中国的危急存亡和中国人的渴望进步与富强,使中国文学一直与民众共命运。因此无论文学承不承认,无论文学是否能有多大的作用,文学都长期一直是作为医疗、保健中国的"良药"存在。20年来,作家们相互探求,在这种振兴中华的时期，文学如何为树立共同理想，提高民族素质，促进经济发展和社会进步尽其绵薄之力；在扩大开放的形势下，如何吸收世界优秀文化成果，继承和发扬民族优秀文化和好的传统，多出精品来满足人民精神文化需要。这就是常常得到强调的使命感和责任感，这自然是无可厚非的，并不要求人人一律，各个作家有其独特性和不可替代性！作家作为社会的人，自然可有其自选的方式和道路，为文学殿堂做出应有的贡献，走上自己可以遵循的轨道。这些年来，有价值的文学作品诞生得不少，构成了绚丽灿烂的大花园。在座的我们这个团的成员，就是从各自的角度以各自独特的作品和工作，为百花的开放出了力的，大家将会座谈交流，这里就不多述。

谈文学的发展与前进，历来不能不谈到国家、民族的前途和命运。去年，一个从海外归来的老朋友，回去前说："现在，我看到的是一个与过去全然不同的中国，什么时候我们曾经有过像今天这样的一个中国呢？"21世纪可以预见是中国走向民主、富强、文明统一，实现振兴中华理想的新的一百年。一个伟大民族的崛起，必然有繁荣的文化相伴随。随着经济建设和高科技发展，我们的文学应该会更加成熟，走向繁荣，取得新的辉煌。

台湾文学是中国文学的重要组成部分，我爱我读过的不少同行兄弟姐妹们的作品。非常感谢我们的东道主——高雄文艺协会安排了这样好的研讨会,我们两岸作家应为博大精深、源远流长的中国文学的发展,加强合作,携手并进。这是我的良好祝愿!

谢谢大家。

答中央电视台主持人白岩松问

地点:四川成都王火家中

时间:1998年2月5日

白岩松开场白:

茅盾文学奖是我国长篇小说创作的最高奖项。1997年底,第四届茅盾文学奖揭晓,四川作家王火以他的《战争和人》三部曲获此殊荣。这位50年代就以《赤胆忠心——红色游击队长节振国的故事》一书成名的作家,倾其半生精力从事《战争和人》的创作。十年"文革"期间,他的近百万字的书稿被焚烧尽净。直到80年代,他才有机会重新开始写作。凭着对原书稿的记忆,在左眼意外受伤失明后,他硬是靠着右眼和顽强的毅力完成了小说的第二部和第三部,最终写出了这部被评论家称为"谱写中华民族抗日战争的史诗"的优秀作品。

白岩松:60年前的这场战争,在您个人生命中留下的是什么样的记忆?

王　火：这是很奇怪的事，近一二十年的事情，印象很快淡薄了，抗战印象却仍非常深刻。是不是可能跟年龄有关系，因那时正是我生长发育的时期。

白岩松：初一到大学三年级的阶段。

王　火：是的，听到许多事，亲身经历了那个时代，我就感到不能不写了，因为抗日战争对我来说是一段永远也无法磨灭的经历。

从1840年鸦片战争开始，中国受到列强的侵略，老是打败仗。只有抗日战争中国取胜了，而且是全民动员起来了。那个时候解放区动员得好，国统区动员得差，而沦陷区的抗日情绪爱国精神也都十分高涨……这都令我十分难忘。

白岩松：我想，您这本书虽涉及战争，但笔的着墨处还是在写人。

王　火：我想是在写人。如果写战争，打了一仗又一仗，从头到尾不知要打多少仗，那我160万字不够写。但是放在人上就不一样了，尤其是典型人物，透过写他们，可以体现出更加真实的历史。

白岩松：通过人的一生去写历史的时候，是不是能写更加真实的历史？

王　火：人，是活的人，尤其是典型人物，那他就更能代表和反映历史。我反映的是当时的全面抗战的历史。

白岩松：我想很多人非常希望看到作家笔下的历史是更真实一点的历史。

王　火：我们的抗战文学有所谓大后方的文学、解放区的文学，也有沦陷区"孤岛"文学。我实际是把三股文学汇在一起了，这也得到了许许多多人的认可。举个例子来说，这部小说这么长，160万字，四川人民广播电台要联播。当时我就想，联播这么长的作品，能受人欢迎吗？结果播出后在听众中引起极大反响，每次播放要八个多月，两年多里，应听众要求播了三次。

白岩松：你说自己是个不太走运的人，为什么？

王　火：《战争和人》的第一稿是我多年心血的结晶，然而"文化大革命"期间却被一把火烧尽。"文革"结束后，我又重新拿起了笔。但当我在写第二稿时，却又因为救一个落于深沟的小女孩撞伤头部，致使左眼失明。后来我还是坚持写完了小说的第二部和第三部。

白岩松：是什么使您坚持着写《战争和人》？

王　火：常常有许多生活可写，但有一种生活积累得太深、太厉害了，在你心里面就有一种创作的冲动……

白岩松：憋闷？

王　火：对了，不把它写出来就不行。

白岩松：毕竟在你写作过程中，你左眼失明了。

王　火：原来我不大相信，有部叫《鸳梦重温》的美国电影，它讲一个人受了伤，过去的事全忘了，连自己爱的人都不认识了。我倒没达到那样地步，但当时认不得了，说不出话，后来很多事也忘了，也是那种情况，所以我相信那倒是有事实根据的，并不是胡编的。医生叮嘱说：你是作家，最好还是写写东西把你的记忆恢复起来。

白岩松：你后来重写《战争和人》的过程是一个并不痛苦的过程？

王　火：不太痛苦。当然，从某种方面讲，从生理方面讲还是有些困难，毕竟只有一只眼嘛。记得当我刚只有一只眼的时候，上楼梯就摔过几次；当我倒开水的时候，两眼没有一个焦点，一倒就倒到手上；我搛菜的时候，筷子就搛到碗外面去了；写字的时候字迹就很潦草了，有的时候就像"画符"一样。一只眼又不能用电脑，其实如果我有两只眼的话，掌握电脑还是很快的。

白岩松：您现在为什么已能这么平静地讲述作为我们听者听来并不平静的一些事呢？

王　火：因为这个小说写完到现在时间已经很长了，我现在正从事另一长篇的写作。像这些事，我把作品写完就交给读者读，我尽到责任了。

白岩松：《战争和人》这部书得到评论界的一致好评，但毕竟还有非常多的年轻人没有读到过这本书，你对此是否感到遗憾？

王　火：我最遗憾的就是这个，因为我的本意主要就是写给年轻人看的。也许是由于书写得太长和书价太贵的原因吧。但我希望并且建议青年人能读一读这部书。

白岩松：作为一个严肃作家，寂寞对你来说是不是一种生活习惯？

王　火：我想，寂寞与作家是分不开的。如果一个作家很浮躁的话，那他是写不好的。习惯成自然，安于寂寞成为我的一种自然。不讲话，从早到晚坐在那儿写，我习惯。其实我是很希望保持安静的。

（本文根据中央电视台《东方之子》节目整理）

地震日记

——四川汶川大地震我在成都

2008 年 5 月 12 日　星期一　多云

午后,与病中的起凤正在午睡,忽被震醒。我敏感到这是强烈地震,立即扶起凤起床。只见卧室中央上面的大吊灯荡秋千般来回晃动,房屋似摇晃有叽叽声,人也站不稳。橱门有的已震开,五斗橱上的照片框"啪啪"摔倒。我寻思应当离屋,但我们俩都是 84 岁的老人,她又眩晕,住的是二楼,已来不及外逃。我扶住起凤说:"别怕!"心想:地震很快会过去!谁知道震个不停,遂拉起凤到卧室门框下站立,想"立柱顶千斤",如果房塌了,至少头部可以得到保护……约四分钟,震才停。起凤说:"你不要离开我!"我安慰她说:"房子坚固,不要紧的!"实际,震后检查已有数间房有裂纹,但承重墙安然无恙,比较放心。地震过后,我扶起凤急忙下楼。楼下花园里已集满了人。同一栋楼的几家熟人都说:"敲你们的门,你们也听不见!"有的让出椅子给我们坐，十分关心。我心想：这地震应在七级以上，太厉害了！不知损失有多大，心里很是牵挂。

与大家同在花园里坐了约三小时。在槐树街出版大厦上班的大女儿王凌匆匆赶回来了。他们的办公楼是高层建筑，她在十楼办公，摇晃强烈，电梯停了，人都从楼梯上往下飞跑，有跌了跤的，有脱了高跟鞋跑的，因为都没有经历过大地震，都吓坏了！一会儿，大女婿泽鲁也回来了。他正开着车在路上，地震晃动，只以为路不平或车子出了问题。接着大外孙楠楠带他的女友小尹也赶回来看望我们。很快，成都电视台播报：地震震中在汶川，离成都92公里，为7.8级强震（注：几天后改定为8级强震）。估计灾情严重，大家都焦灼不安。我们全家都上楼回屋做晚饭吃。

晚上消息来了！说汶川、北川、青川、绵阳一带损失惨重，但说成都不在龙门山地震带上，又知都江堰、青城后山等都有损失。很惦念在那些地方的熟人。

夜间有雷雨，不少人决定外出过夜。我说"一动不如一静"，既非震中又不在断裂带上，在家睡吧！决定和衣而卧，做好随时逃跑的准备。

2008年5月13日　星期二　大雨

大雨如注。看电视，才知地震灾情之严重。汶川、青川我去过；绵阳、德阳、都江堰等地都不止一次去玩过。都是些美丽的地方。如今那些使人流连忘返的地方均遭受巨创，死伤人数肯定巨大，这使我想起当年唐山大地震，心情哀伤浩茫。

成都生活未受影响，但也有伤亡。生活正常，是市政工作好。除地震当天通讯中断外（当天晚上通讯恢复），电灯、电视、煤气、自来水均未停。菜肉供应正常，商场超市与店家基本照常营业。只是人们都被地震吓坏了，见面都是谈地震。

王凌一早去上班又回来，因为怕不安全，领导关心大家，有紧急任务再作安排。

电话通了。从昨晚开始，来电不断，第一个来电话的是在英国的小女儿亮亮和小女婿卫平。接着兄妹们及陈清泉、靖一民、小亚、丽萍等都从石家庄、北京、上海、南通、福州来电话，问我们是否平安。

2008年5月17日　星期六　阴间多云

几天来总是整天看电视，关心着灾区情况，成都公布的死伤数字也有一千多人。十万解放军和武警、民警及大批飞机已投入抗震救灾，我常被许多体现人性光辉的事感动。无数志愿者投入抗震救灾，使我想起往事。我愧恨自己年老体衰，起凤又病。倘我能作为一名志愿者去灾区尽一分心力该有多好。可惜我只能可怜地在家里看着电视落泪，真是惭愧！

从"5·12"地震开始，我就常想起1976年7月28日的唐山大地震。那次一下子死了二十几万人，也是大批解放军到唐山营救的。但那时，"四人帮"正在抓紧篡党夺权，民怨沸腾，唐山大地震的事既无透明度也不像这次党中央以人为本竭尽心力抗震救灾。当时，"四人帮"泯灭了人性；这次党中央却增强了党的凝聚力和人民的向心力。汶川及周边灾区的抗震救灾锻炼了国人，并且使外国人也看到了中国的好！那时的条件跟情况与这次真没法比，但解放军当时也是了不起的，人民之间的互助也是好的。我深深记得一大批解放军完成救援任务撤走时，唐山满街那些被地震害得家破人亡的百姓都主动来送别解放军，一个个都是泪流满面哭着送的。大家的哭声响成一片，我也夹在人群中送解放军走，发自内心地哭着。这些解放军救人时都用双手扒。许多人的手指甲全掉了，血淋淋的，那是在我脑海中永远火辣辣的场景，永远难忘。

我那时到唐山，主要目的是想去写点什么，尤其是为了想重写威震冀东的矿工出身的游击队长节振国。1956年我在唐山开滦五矿和冀东采访后，写了抗日烈士节振国的传记小说《赤胆忠心》，被中央台连播，被《中国工人》连载，被改编成话剧、京剧、评书、电影，被译成外文发行国外。但"文革"中，节振国被诬为叛徒。我打算充实内容，重写烈士。我对唐山和开滦有感情，对烈士夫人刘玉兰和烈士的子女有感情。唐山也有我许多老朋友。我带了一张近60人的名单和地址去，但无法寻找。心情悲凉。我五妹赵平萍是长春医疗队赴唐山救灾的，也未找到。那时，还没有"志愿者"的名称，我就是以作家身份带着上海电影制片厂和山东临沂地委的介绍信去的。路过天津住天津饭店，这儿隔壁有一幢高楼在唐山地震时倾塌了一半，留下大半，晚上看去像站着的一个死神的鬼影。当时天津到处都是简陋的地震棚。我买了半箱饼干、一批感冒药和消炎药、一捆口罩和线手套、杂七杂八的十来斤糖果，估计这些东西唐山人一定需要。唐山当时满目疮痍、遍地废墟、惨绝人寰，我住市革委会招待所——实际上是帐篷。用水困难，因水里放了太多的漂白粉，放出水来像牛奶一样，过一会儿才能澄清。招待所办公室实际也是市革委的办公室。我将饼干、药物、口罩、线手套及糖果等留下一点儿自用，其余全部交他们去派用场。也帮他们的工作人员搬运装遗体用的大黑塑料袋和一些救灾物资。地震棚里有个十六七岁的原市委干部的女儿，家人全死了，她疯了，总是坐在那里哭。我同她谈，劝她，把吃的留一份给她，她仍是哭。常有余震，但都不十分严重。我到矿务局，楼房早毁了，找不到熟人。天热，捂着口罩极难受。到唐山机车车辆工厂找节振国的二女儿节凤兰也未如愿。找到冀东烈士陵园，只闻到尸臭味。原先华丽巍峨的纪念堂、陵园的办公室全部从根倾圮，烈士的墓，如包森司令员的墓已开裂，节振国的墓碑也倒了，陵园里有个用塑料布搭的地震棚，住的是原来陵园管理局档案处的一位女同志，姓赵（年久了，已忘名字），她真了不起，家人有死亡的，她却将有些档案从废墟中挖了出来存放地震棚中同住保存，十分敬业。她告诉我，家里房已毁，有些放档案的保险箱还埋在瓦砾堆里。第二天，我就去同她一起挖寻，但只有一把十字镐，我们俩按她指定的地方挖寻。烈日下空气恶劣，烈士陵园的工作人员也有殉职埋在山一般的瓦砾堆里的。我和她用镐用手只挖寻到了些散碎的文件、材料，瓦砾堆像座小山使我们无计可施。她觉得我在这种时候到唐山来很奇怪也很危险。我谈了来的理由，她才点头表示理解。干了两天，我们明白非力所能及，只好住手不干。我帮赵同志整理档案及文件材料，发现有两部手稿，一部是《包森传》，一部没有稿名，可能是后来《将军河》的未完成稿。均是用毛笔写的。纸很粗糙，字却细小流畅挺拔。两部手稿的末页都有红卫兵用歪歪扭扭的字体写的"此稿从黑帮管桦家抄来"，并盖有红卫兵造反组织的红印章。赵同志说这是地震前红卫兵串连到烈士陵园时丢弃下的。作家管桦也是书画家，冀东丰润人，其父鲍子菁是抗日牺牲的烈士，也葬在这烈士陵园。管桦的作品如《辛俊地》等我读过，他写的歌词《听妈妈讲那过去的事情》谱曲后我也会唱。我征得赵同志同意，后来将稿带回北京送还了管桦，他很高兴。

唐山大地震倏忽过去三十多年了，但当时的惨景刻骨铭心。那时唐山没有也不可能有正式的志愿者，我也是不经意地做了点志愿者的事。不像今天汶川大地震有那么多自发前来的好人，成群结队地有组织地开展着不可缺少的抗震救灾行动。我看到唐山人在第一时间里就对汶川大地震做出了可敬的反应。后来，我看到电视上有一支唐山农民自发组成的志愿者队伍，万里迢迢自费来到四川灾区，带来了物资，不分昼夜地在做救援工作，说：地震能触动唐山人的神经，当年唐山大地震得到全国人民支援，今天唐山人也要尽自己的力量！我的心十分激动，对唐山人肃然起敬。

5月12日大地震发生后，次日我就接到唐山名作家王立新同志(《曹妃甸》的作者)的慰问电话。他知道我们一家平安,表现得很高兴。原唐山市委宣传部的崔永泰同志也来电话问情况,我告知他一切均好,他也高兴。我同唐山之间似乎永远维系着深深的感情。

(2008年6月5日加注:今晚突然又接到王立新同志来电话问好,说:"我已到灾区来采访了,打算写点东西,现在在新都,离得远,不来看望了。"又说:"唐山来了许多志愿者,我现在身边全是唐山人。"我说:"四川人将永远记住唐山人!你们真都是大好人!"最后,要挂电话了,他谦虚而深情地道:"老师,保重!"仅仅四个字,我却忽然湿了眼眶。)

2008年5月19日　星期一

楼上原省新闻出版局机关党委书记老潘同志从青城山回来了,他在地震中伤了头部,夫人断了肋骨住院了。

天天从早到晚看电视,除中央台、四川台、成都台外,也看香港凤凰台。看到四川美丽的山水变形、城市墙倒屋塌,看到那么多人死亡伤残,尤其是北川中学、都江堰聚源中学等学校的师生在上课时全被压在倒塌的废墟中,我是年轻时做过中学校长的人,更加动感情。看到国家领导人迅速上火线指挥抗震救灾,献出肝胆。看到最可爱的人与志愿者、救援队日日夜夜舍生忘死，总忍不住流泪。解放军冒着余震、塌方、泥石流进入与外界断绝的重灾区；救援队连续从毁坏的废墟里救出超过72小时仍活着的伤者；一位老师用身体护住了他的学生，献出了生命；一个三岁的可爱男孩从水泥板下被救出放在担架上时，他举起了手向解放军敬礼表示感谢；一个小女孩在解放军叔叔把她从瓦砾中救出后，唱歌给叔叔们听表示敬意；一个镇干部家人在地震中死亡，他忙着救灾助人，拼命工作，但伤心地说"我现在没有空哭泣"；一个女民警死了女儿死了父母和亲属，坚持救灾，累得晕倒……苦难中这些美好的人和事不断拨动我的心弦，我这并不软弱悲观的人却总在拭泪。

许多外国人都送来了援助，有的国家还派来了医疗队和救援队。

全国各地都在支援四川抗震救灾。

中国四川大地震震动了世界。

今天，全国开始下半旗致哀。

午后，14点28分收看中央台，党中央领导人在北京新华门肃立默哀。我们全家也在室内与电视机中的人们一同默哀。天安门前群众云集，默哀后高唱国歌。歌声使我心弦铿锵震动。

2008年5月20日　星期二　阴

昨日傍晚，电视台一遍遍播报"将有六至七级左右余震"，要大家注意。

听到有这么大的余震，晚间决定不在家睡了。万家灯火时街上霓虹灯依然五颜六色，但人心并不平静。街上车辆及行人拥挤，人都到屋外来了！大女儿夫妇俩用小车载我们夫妇到浣花溪公园附近空旷处停下，一路上拟出外避震的小车排成了长龙。路边铺席就地坐卧的不少。但一夜平安无事，凌晨回家安睡。虚惊一场，人感到疲劳。但有预报总比没有预报好，防患于未然总会减少损失。

连日来不断有小的余震，有时震感也强烈。中央调来大批飞机包括直升机参加抗震救灾，空中飞机声日夜不断，显示救灾行动之紧张迅速。

从5月12日迄今，从晨至晚不断有国内外电话来问候平安，使我深感友情与亲情之可贵。大哥宏济兄嫂每天必来一次电话，三妹李淑、罗经国夫妇与五妹赵平萍、马正立夫妇也常来电话。顾骧、吴泰昌、陈兴芜、李书敏、张嘉、殷慧芬、江晓天夫人李茹、祖丁远、王善本等老友也打电话来问讯。上海、北京、重庆、南京亲友均提出要我们前去居住暂避。作家与出版界好友来电话的极多，山东临沂的同志也纷纷来电话。我用本子将来电话者名字写下，已超出百人，作为纪念。

2008年5月25日　星期日　阴　晚雨

仍旧是每日在家看电视，仍旧是经常感到有余震，但各单位均已照常上班工作。成都主城区是无问题的，商店营业一如既往。

收到诗人屠岸兄信，并附诗一首。屠岸兄是我历来十分敬重佩服的老作家之一，其人品、文品及渊博之学识非一般作家可以望其项背。来信关怀之外述及对汶川大地震的感受与心情，不同凡响，特录信及诗如下。

王火兄：

汶川大地震，举国悲痛，世界震惊！党政军、工青妇、陆海空，全民总动员，协力抗灾！台港澳，血浓于水。几个外国救援队也到达四川救援第一线。救援规模，大异于1976！

中国抗灾史上，空前！世界抗灾史上亦罕见！

中华民族的脊梁，像ATLAS，扛起整个天宇！

1991年5月我和妻是新闻出版署老干部旅游

团成员,从成都出发,经汶川、茂县……到九寨沟。在茂县南遇山体滑坡,巨石挡道,我们的大巴受阻五小时。见到这里的男女老少,纯真、诚实、美丽!就是这些美丽的人民,今天蒙受着巨大的灾难!大概是,天将降大任于斯人也!为之一哭!天公何不公!!

成都处于震区,不知吾兄及嫂夫人并全家安否?不胜牵挂,特驰函慰问。谨祝

平安!

屠 岸

2008.5.19 晨

阿特拉斯的脊梁

屠 岸

天将降大任于斯人也……
非典!禽流感!冰雪低温!地震!
邢台—海城—唐山—汶川
水火虫土考验着中华民族的振兴!

一道裂缝一声塌方就是命令:
整个国家呼啦啦站立起来!
党政军,工青妇,陆海空,
全民总动员,抗震救灾,快快快!

一百个夸父奔走在抗灾的道路上,
一千个愚公正在把灾祸的大山搬开,
一万个后羿挽起长弓去射灭灾星,
一亿个精卫终究要填没灾难的大海!

天将降大任于斯人也……
中国人早已从唐山走过来!
默哀一分钟,奥运圣火继续前进呵,
中华民族有如阿特拉斯的脊梁
正在扛起一个光灿的新时代!

2008.5.16

王火兄:

  上信尚未发出,补写数语。

独特生涯

今日为全国哀悼日第一天。下午2:28全民为四川汶川大地震遇难同胞默哀三分钟。北京天安门广场数万民众在下半旗的五星红旗下默哀三分钟后,不即离去,自发地高呼:"中国加油!""四川加油!""祖国万岁!"呼声撼天地!表现出中国人民的巨大凝聚力,中华民族的伟大生命力!

14:35我被接到"北京音乐广播"演播室参加支援四川灾区的音乐广播,并接受电视采访。

之前,5月16日,我的诗《阿特拉斯的脊梁》为抗震而写。

这次抗灾的最大特点是尽一切力量抢救人的生命。救人是重中之重!财产可以重造,生命不能再生。以人为本,还体现在对逝者的尊重。过去只有为国家领导人的逝世而举国哀悼,这次是为平民,为普通的人民!这在中国历史上也是第一次!我多次流泪,无法控制……

临笔呜咽,不知所云。

屠岸

2008.5.19夜

2008年5月28日　星期三　阴间晴

四川省作协通知，下午三点钟中国作协主席铁凝和党组书记、副主席金炳华两位要到我家看望。他们心系灾区群众、激励作家创作，早上由北京飞来成都就去都江堰灾区慰问群众和奋战在抗震第一线的救援人员，慰问在四川灾区采访、创作的中国作家抗震救灾采访团的作家们，也看望四川作家和文学工作者。汶川大地震后，中国作协做了大量工作，党组、书记处在第一时间通过电话和短信把慰问带到地震灾区的作家协会。5月18日，在中国作协参与主办的中央电视台"爱的奉献"大型募捐活动中，许多作家带着爱心向灾区人民送出温暖。接着中国作协先后组织了四批作家深入灾区，许多作品均在报刊发表。知道他们当天就要赶回北京，我觉得他们实在太忙太劳累，还要来关心看望，实不敢当，请来电话的同志转达辞谢之意。但他们两位仍是在下午三时由四川省委宣传部副部长朱丹枫，省作协党组书记吕汝伦、副书记勾春平、副主席傅恒等陪同来了。

正巧下午传又有较大的余震来袭，我与起凤出屋在楼下花园里接到作协小周电话说客人要来。我说："听说要有余震发生，是否就请不来了？"但小周说："已在来的路上，快要到了!"果然,一会儿,铁凝、炳华同志都到了!此时此地,大家先握手热烈拥抱,随即站着互相问候,谈起地震及灾情等情况,叙叙旧,最后合影留念。我看看表,总共40分钟。他们又匆匆握别去工作了!朱丹枫同志在抗震指挥部忙碌,他告诉我,从汶川地震至今,他没有正式吃过一顿饭,都是匆匆吃点方便面。我看到深入灾区回来的吕汝伦同志也黑瘦了。

这真是一次特殊的看望,由于地震,大家都是站着的,连一杯开水都没有招待,也没有一张椅子可坐。在成都的余震随时可能袭来时,他们这么忙这么累,竟还带着鲜花来了!我忍不住说:"在这种时刻,你们这么忙还来看望,使我深感温暖,非常感动!真是感谢之至!"炳华同志指着铁凝同志说:"我们在北京时就商定这次来一定要来看望你的!"炳华同志任党组书记多年,历来善于做好团结工作,有口皆碑,平易近人,工作周到细致,对老同志有感情。铁凝同志过去在河北任作协主席时,河北的作家们都常告诉我:"她不但作品好,为人同样好","十分关心作家创作和生活"。当选中国作协主席后,她与炳华同志等相处极好。有人说:"金和铁是两种最珍贵重要的金属!"她会议多,不免会牺牲一些创作。我给她介绍起凤时告诉她:"起凤过去爱读你的作品,只是现在老了病了,没法读了!"她握住起凤的手,亲切而谦逊。

他们走后,忽有李白的诗句涌上心头:"客从长安来,还归长安去。狂风吹我心,西挂咸阳树。此情不可道,此别何时遇?……"为什么这诗句会涌上心头,想不真切。李白写诗常化虚为实,又能化实为虚,形象怪奇,诗句绝妙,难以效法也。

至夜晚写这日记时,余震并未光临。睡前,看电视——中央台《以生命的名义》,颇感动。

2008年6月12日　星期四　晴

近日来,挂念着两件事:一是震区唐家山堰塞湖抢险泄洪以保障下游人民生命财产安全,主要涉及绵阳一百多万人的命运。这堰塞湖是大地震山崩地裂山体滑坡形成的。该地区的强降雨也对水位上升造成了一定影响。这个问题终于取得了决定性胜利,地处下方的绵阳市民转移的二十多万人已开始安心返家。绵阳吃紧前我与克非兄曾通电话,知他平安甚以为慰,但接着绵阳吃紧,人口疏散,电话不通,估计他无问题,但今日打电话去仍未接通,估计是疏散了尚未回家,但一定是平安的。

第二件事是成都军区某陆航团米-171直升机特级飞行员邱光华机长驾驶的直升机组的直升机不幸遇难。上万解放军及民兵后备役官兵搜山寻找。如今飞机残骸及烈士遗体已搜寻到。大家都很悲痛。

青川属于广元市,这次灾情严重。我是广元市作协名誉主席,灾后电话不通,今日才与广元市作协童臣贤常务副主席接通电话,他夫妇平安,但有亲属伤亡。

今天,距汶川大地震已整整一个月。成都的小震有时仍有,大约还会延续一两个月,但已不可怕。一个月,我们还擦不干悲痛的眼泪;一个月,奋力抗震救灾的中国从灾难中不屈奋起,让世界注目。

汶川大地震,死亡人数近七万人,失踪者一万七千余人,受伤者三十七万多人。2008年5月12日至今天的这段岁月必将为十三亿中国人共同铭记永难忘怀!现在,伤者治疗及灾区群众生活安排得较好,灾后重建已在开始。成都的旅游已在恢复,活力在复苏。今天《成都商报》上出现了这样的标题:"震后一月,最佳旅游城市复苏""让世界知道,成都很安全,成都最中国""震后一月,我们从灾难中站起"……

我为我们亲爱的祖国和人民祝福!

本色文丛

(柳鸣九主编 海天出版社出版)

《子在川上》柳鸣九/著

《奇异的音乐》屠 岸/著

《岁月几缕丝》刘再复/著

《榆斋弦音》张 玲/著

《飞光暗度》高　莽 / 著

《往事新编》许渊冲 / 著

《信步闲庭》叶廷芳 / 著

《长河流月去无声》蓝英年 / 著

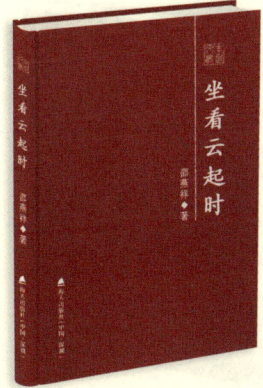

《坐看云起时》邵燕祥 / 著

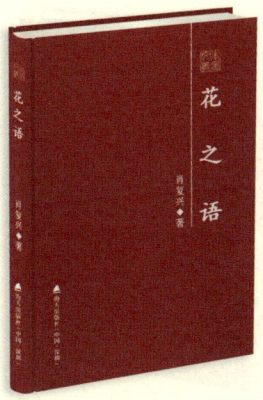

《花之语》肖复兴 / 著

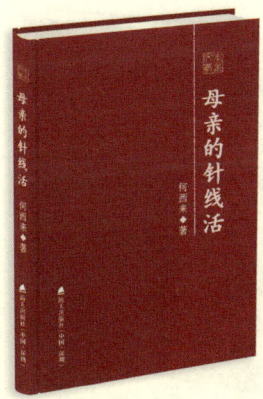

《母亲的针线活》何西来 / 著

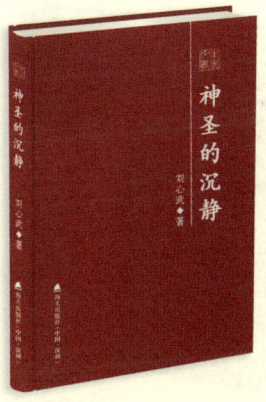

《神圣的沉静》刘心武 / 著

《青灯有味忆儿时》王春瑜 / 著

《无用是本心》潘向黎 / 著

《纸上风雅》李国文 / 著

《花朝月夕》谢　冕 / 著

《秦淮河里的船》施康强/著

《风景已远去》李 辉/著

《美色有翅》卞毓方/著

《行色》龚 静/著

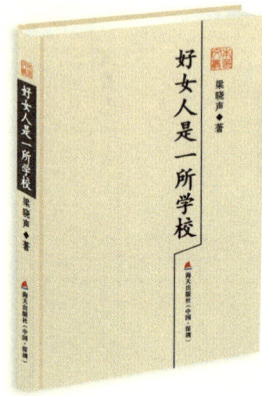
《好女人是一所学校》梁晓声 / 著

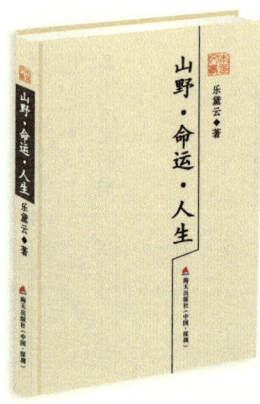
《山野·命运·人生》乐黛云 / 著

《散文季节》赵　园 / 著

《春天的残酷》谢大光 / 著

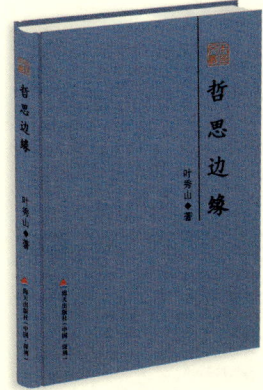
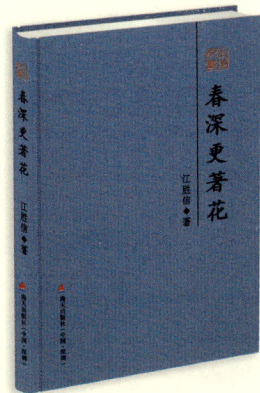

《哲思边缘》叶秀山 / 著　　　　《春深更著花》江胜信 / 著

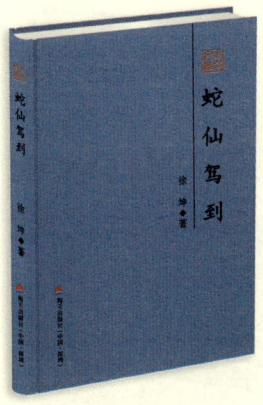
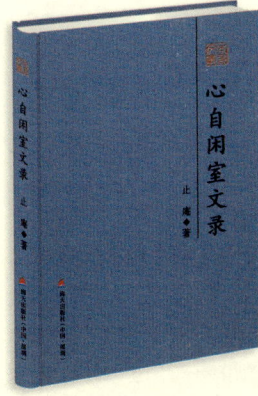

《蛇仙驾到》徐　坤 / 著　　　　《心自闲室文录》止　庵 / 著

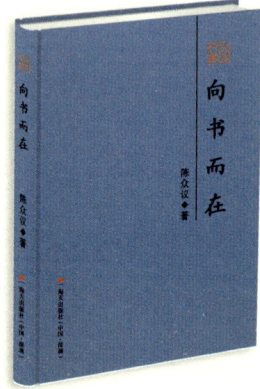

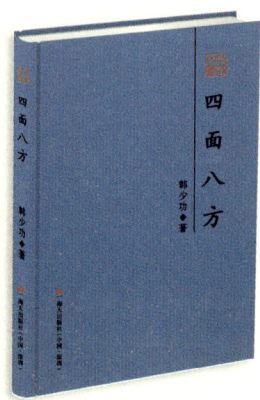

《向书而在》陈众议 / 著

《四面八方》韩少功 / 著

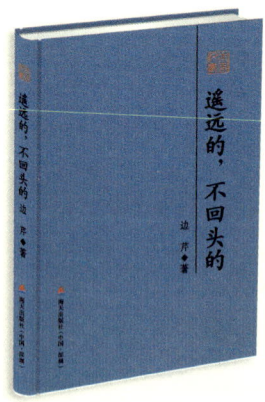

《遥远的，不回头的》边　芹 / 著

《一片二片三四片》钟叔河 / 著

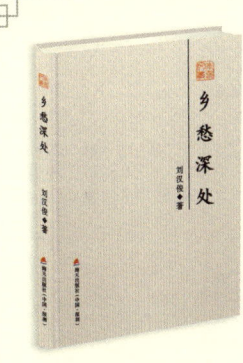
《乡愁深处》刘汉俊 / 著

《率性蓬蒿》陈建功 / 著

《披着蝶衣的蜜蜂》金圣华 / 著

《尘缘未了》李文俊 / 著

《艾尔勃夫一日》罗新璋 / 著

《无数杨花过无影》周克希 / 著

《无味集》黄晋凯 / 著

《独特生涯》王　火 / 著

《书房内外》黑　马 / 著

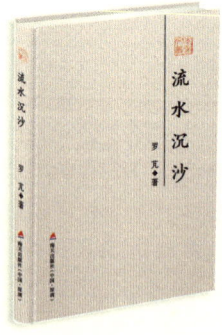
《流水沉沙》罗　芃 / 著